Victor
Hugo

愿你爱的人恰好也爱着你

[法]维克多·雨果 | 著

梁李 | 译

图书在版编目（CIP）数据

愿你爱的人恰好也爱着你/（法）维克多·雨果著；
梁李译.— 南京：江苏凤凰文艺出版社，2019.5
（世界大师散文坊）
ISBN 978-7-5594-1598-1

Ⅰ.①愿… Ⅱ.①维…②梁… Ⅲ.①散文集–法国
–近代 Ⅳ.① I565.64

中国版本图书馆 CIP 数据核字 (2018) 第 028312 号

愿你爱的人恰好也爱着你

（法）维克多·雨果 著　　梁李 译

责任编辑	汪　旭
责任印制	刘　巍
出版发行	江苏凤凰文艺出版社
	南京市中央路 165 号，邮编：210009
网　址	http://www.jswenyi.com
印　刷	江苏凤凰通达印刷有限公司
开　本	880×1230 毫米 1/32
印　张	9.25
字　数	249 千字
版　次	2019 年 5 月第 1 版　2019 年 5 月第 1 次印刷
书　号	ISBN 978-7-5594-1598-1
定　价	44.00 元

江苏凤凰文艺版图书凡印刷、装订错误可随时向承印厂调换

目录

第一辑　漫游莱茵河

　　爱克斯·拉夏贝尔
　　科隆
　　海德堡
　　美茵河畔的法兰克福
　　莱茵河

第二辑　生命的附言

　　碎石集Ⅰ
　　碎石集Ⅱ
　　碎石集Ⅲ
　　博马舍
　　论天才
　　碎石集Ⅳ
　　碎石集Ⅴ
　　碎石集Ⅵ
　　论生死
　　冥想

第三辑　诗艺及文论

　　　　诗歌在原始、古代和近代三大人类发展阶段的特点
　　　　实用之美
　　　　莎士比亚的才赋

第四辑　演讲和悼词

　　　　纪念伏尔泰逝世100周年讲话
　　　　悼念乔治·桑
　　　　巴尔扎克悼词
　　　　讨论废除死刑问题时的演说

维克多·雨果在制宪议会上关于废除死刑的演讲

国际文学大会开幕致辞

在立法会议上谈论贫困问题的发言

和平大会开幕词

第五辑　情书信札

写给未婚妻的信

写给朱丽叶的信

雨果入选法兰西学院院士的演说

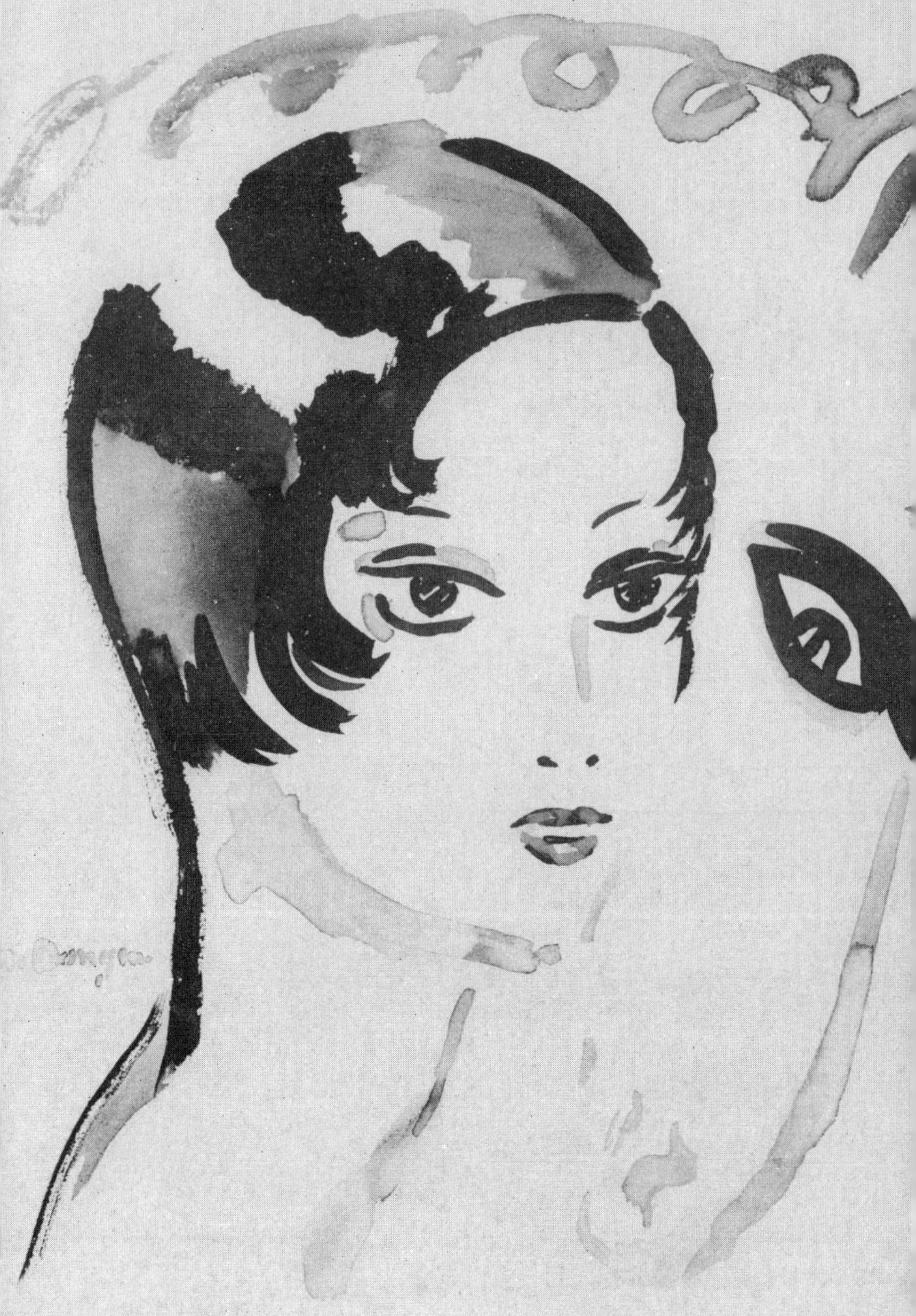

爱克斯·拉夏贝尔

很久很久以前，爱克斯·拉夏贝尔①人想建造一座教堂，于是，人们开始凑钱，接着就动工了。挖地基、筑围墙、搭屋架，伴着震耳欲聋的拉锯声、锤子敲打声、斧头砍木声，热火朝天地干了半年。之后，财源告罄，人们只好在教堂门口放了个锡盆，向朝圣者募捐。结果只募集到几个小钱和一些铜币。怎么办呢？元老院召集会议，寻找对策。工人们拒绝开工，天长日久，野草、荆棘、常春藤这些废墟上常见的野生植物，便渐渐蔓延到这块被搁置的新地基上。难道就这样半途而废了吗？元老院会议陷入窘境。

正当大家商量对策之时，进来一个人，一个陌生的外地人。只见他身材魁梧，神采奕奕。

"议员们，你们好！出了什么事啦？瞧瞧你们一个个愁眉苦脸的样子。是你们的教堂让你们烦心了吧？你们无法完工了？听说你们缺的是钱吧！"

"过路人，快走开，见鬼去吧！我们需要的可是一百万个金币呢！"议员们对答。

"这不有了！"来的这位绅士说着打开窗，指向停在市政厅门前广场上的一辆四轮大豪车。车由十头牛拉着，二十个全副武装的黑人守卫着。

元老院的议员们个个吓得目瞪口呆，对这个陌生人说道："大人，您哪位啊？"

"我亲爱的朋友们，我是个有钱人。你们还想知道什么？我家住在黑森林那边，就在维尔德西湖附近，离海登斯达德废墟不远的一座异教徒之城。我有金矿、银矿。每到晚上，我就拨弄拨弄那一堆堆的夜光宝石。我的嗜好很简单，生活也有点无聊。我还是个多愁善感的人，白天的时候，就看看螺蛳和蝌蚪在清澈的湖水中嬉戏，要不就看看岩石间生长着的两栖蓼。就这些了，废话少说，我掏腰包，你们尽管拿去用。这就是你们想要的一百万个金币。你们到

---

① 爱克斯·拉夏贝尔：即德国的西陲重镇亚琛。公元八〇〇年查理称帝后在此建都，查理大帝之墓也在这里。本文是一个耳熟能详的民间故事节选。

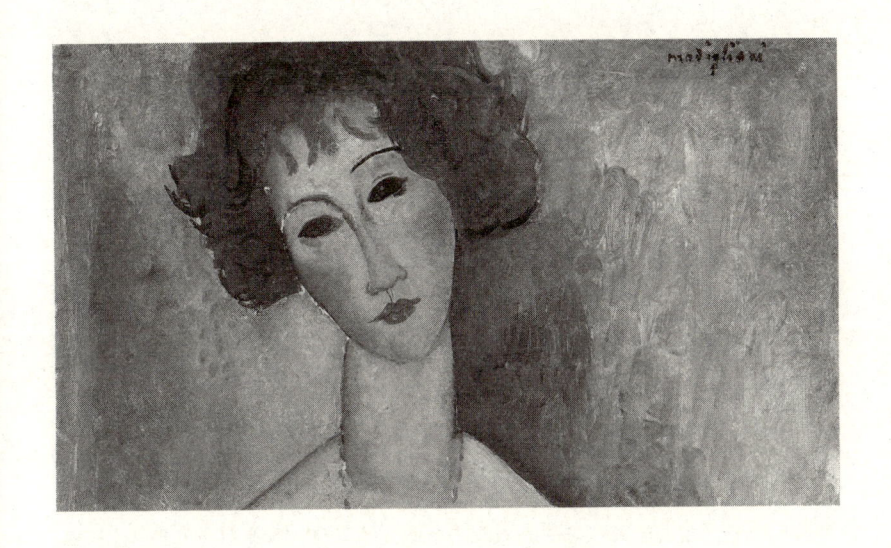

底要不要?"

"当然要!"议员说,"这样我们就能建成我们的教堂啦!"

"行,拿去使吧,但是我有个条件。"

"大人,请讲?"

"朋友们,拿着这些钱,去完成你们的教堂吧!但是,请答应我,在大钟和排钟齐鸣的教堂献堂日,把第一个进入教堂的灵魂,也就是说把第一个迈过门槛的那个灵魂交给我,无论是什么样的灵魂!"

"你是魔鬼!"议员们尖叫起来。

"你们这些笨蛋!"魔鬼乌利昂忍不住笑起来。

议员们吓了一大跳,惊恐万分,纷纷划着十字、祈祷上帝。其实乌利昂心眼不算坏,他笑得前俯后仰,晃得他那些崭新的金币哗哗直响。议员们定了定神,开始和魔鬼谈判。魔鬼想得到灵魂,正因为如此,他才是魔鬼。

"总之,"他说,"还是我不划算,你们将会得到一百万个金币和一座大教堂,而我呢,得到的只不过是一个灵魂。请问那是一个什么样的灵魂呢?

第一个进来的，一个完全偶然的灵魂。会不会是某个虚伪的坏家伙，假装笃信宗教的伪君子？我的市民朋友们，你们的教堂已经有了个好开端，我喜欢它的设计，我相信它将是个漂亮的建筑。我很高兴看到你们的建筑设计师喜欢蒙彼利埃式的拱门；我喜欢这种圆形的拱顶吊坠，当然也许更喜欢这个拱脊……我同意在那儿修个圆形门，但是我不知道你们是否已经规划好了顶砌石的厚度——我的朋友，你们的建筑师叫什么名字？——请转告他，为了更好地做这个门，不妨这样……总之，把教堂停建在一旁，实在是太可惜了，应该把它修建完成。来吧，我的兄弟们，这一百万个金币就是你们的了，那个灵魂归我，就这么说定啦？"

魔鬼绅士乌利昂吧啦吧啦地说着。议员们想：他只要一个灵魂，我们已经走大运了，如果他再打量一会想取走全城人的灵魂，对他而言也是轻而易举的事。

交易就这么说定了。百万金币兑现入了库。乌利昂化作一缕蓝烟消失于天花板上一活门口处。正如他所愿，两年后，教堂建好了。

不用说，所有议员都发誓不把这件事告诉任何人。这是一条不成文的规定，每个议员们都必须遵守。也不用说，当天晚上，他们之中的每个人都把这件事告诉了自己的妻子。多亏了议员们的妻子，教堂建成之日，全城人都知道了这个秘密，于是没有人愿意第一个进去。

一个新的窘境出现了，不比先前的好受。教堂建成了，但是谁都不想踏进去；教堂完工了，但是里面却空无一人。那么，空荡荡的教堂有何用呢？——元老院又召集会议，一无所获——人们求助于东格尔大主教，他也无计可施。——人们请教教务会的议事司铎，他们同样不知所措——人们又找到修道院的修士们。

"大人们，"一位修士说道，"应该承认，你们只是被一件小事难住了。你们欠乌利昂迈进教堂的第一个灵魂，但是他并没有明确表示要什么样的灵魂。乌利昂就是个傻瓜,我跟你们说。大人们,今天上午,经过长时间的围猎,我们在波尔赛特山谷活捉了一匹狼,把这匹狼赶进教堂去,乌利昂也没话说啊。这只是一匹狼的灵魂,但是也是他所说的'无论是什么样的灵魂'啊!"

"太好了!"议员们欢呼起来,"你真聪明!"

翌日清晨,教堂晨钟响起。

"怎么回事?"市民们嘀咕,"今天就是教堂的献堂日啦!那谁敢第一个进去呢?我可不敢!"

"不会是我!"

"也不是我!"

"肯定不是我!"

大家成群结队向教堂涌去。元老院和教务会的人都站在教堂正门前。突然有人带上来一个笼子,里面装着一匹狼;信号发出之后,教堂的门和笼门被同时开启。受到人群惊吓的狼,径直躲进了教堂。乌利昂正等在里面,张着血盆大口,惬意地闭着眼眼等待着。想象一下,当他感觉到自己吞进去的是一匹狼的时候,他是何等的恼怒!他发出骇人的咆哮声,狂风暴雨般地呼啸着在教堂高高的拱门下盘旋了一通,然后气急败坏地飞出了教堂,临走时狠狠地往教堂的青铜大门上踢了一脚,铜门立即自上而下裂开一条缝。——如今人们还能指出这条缝隙。

"正因为如此,"老妇人们说道,"在教堂的左侧,人们放置了一座狼的青铜像,在右侧,放了一颗松果,代表着被愚蠢的乌利昂吃掉的那个可怜的灵魂。"

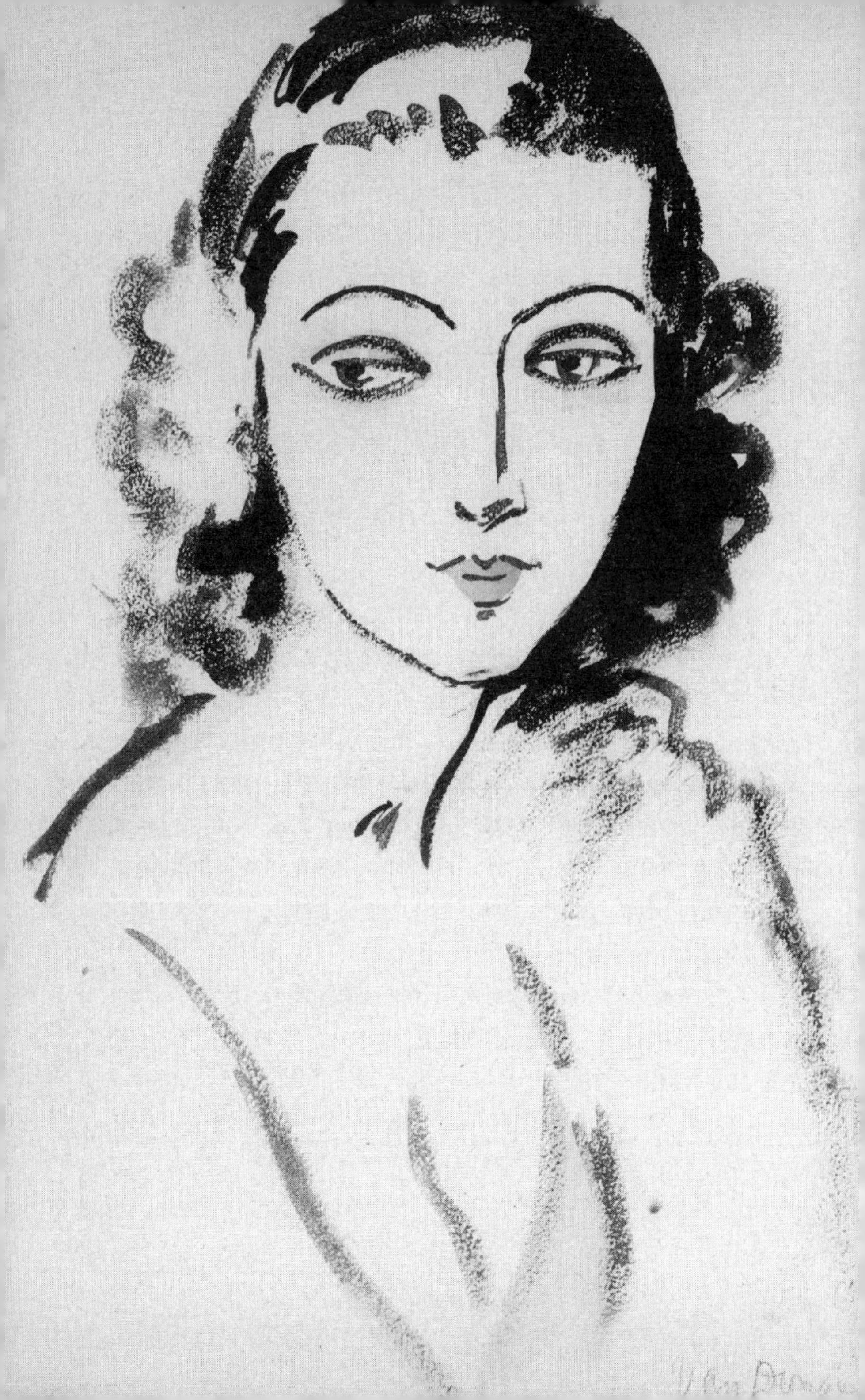

科隆

……我登上教堂的钟楼，天色阴沉沉的，倒是与周围的建筑很搭调，此时此景也很切合我的心境。从这里，我可以俯瞰这整座令人兴叹的城市。

莱茵河畔的科隆，如同塞纳河畔的鲁昂、埃斯考河畔的安特卫普①，所有这些依水而建的城市，其形状都好似绷紧了的弓箭，这条宽宽的河流就是弓弦。

房顶上的石板瓦层层叠叠，尖尖的顶部，就像对折的纸牌；街道狭窄，临街的房屋仿佛用刀切过一般整齐有序。从高高的楼顶俯视，随处可见一条暗红色的曲线，那是护城河和城墙的接界线。这条曲线像一条腰带紧紧地围系着这座城，同时也好似给河流镶了个边圈。下游是图尔姆森塔楼，上游是漂亮的拜恩杜姆塔楼。在塔楼的雉堞处，矗立着一座大理石神父像，正在为莱茵河祈福。从图尔姆森到拜恩杜姆，沿河延展出一法里的居民楼房。在这条长长的河岸线上，中途有一座浮桥，曲线优美，仪态万方，横跨莱茵河，直达对岸，连接科隆和多伊茨，这边是一大片黑色的建筑群，那头的小城则以白色房屋居多。

在科隆鳞次栉比的高楼中，在屋瓦、塔楼和摆满鲜花的阁楼顶楼丛中，矗立着二十七座教堂，除了科隆大教堂，还有另外四座罗马风格的大教堂。它们外形各异，瑰丽壮观，名副其实。北边是圣马丁大教堂，西边是圣热雷昂大教堂，南边是圣阿波特尔大教堂，东边是圣玛丽·卡皮托利大教堂。教堂的钟楼、回廊和后殿围成一个圆，像个庞大的扭结。

如果我们观察城市的细节，就能触摸到它的脉搏，感受到它的气息。人行桥上车水马龙，河面上帆船点点，沙滩上桅杆随风飘曳。所有的街道人头攒动；所有的十字路口都在倾诉；所有的屋顶都在歌唱。远近皆是绿色的枝叶温柔地抚摸着黑色的屋顶。在单调的石板瓦屋顶和砖石建筑群中，时而可见十五

---

① 安特卫普：世界大港之一，位于比利时斯海尔德河河畔。该河发源于法国北部圣康坦以北，在法国境内叫埃斯考河。经比利时，在荷兰注入北海。

世纪老式的旅馆，它有着长长的屋檐，屋檐上雕饰着鲜花、水果和树叶的图案。一些鸽子兴高采烈地逗留在屋檐上。

发达的工业使这个城市成为商贸中心，特殊的地理位置使之成为军事重地，流淌的河水又使之成为海滨之都。它的周围是一片广袤富饶的平原，有一方一直下延到荷兰，莱茵河在其间若隐若现。在东北方向，盘踞着历史上著名的七座圆丘，即传说中的七山山脉，传统故事中的奇妙圣地所在。

如此这般，受益于荷兰的商业，根植于本土的诗歌，融合了人类精神的两大体现：现实与理想。这两者矗立在科隆的地平线上，塑造了这座商贸之城，梦想之都。

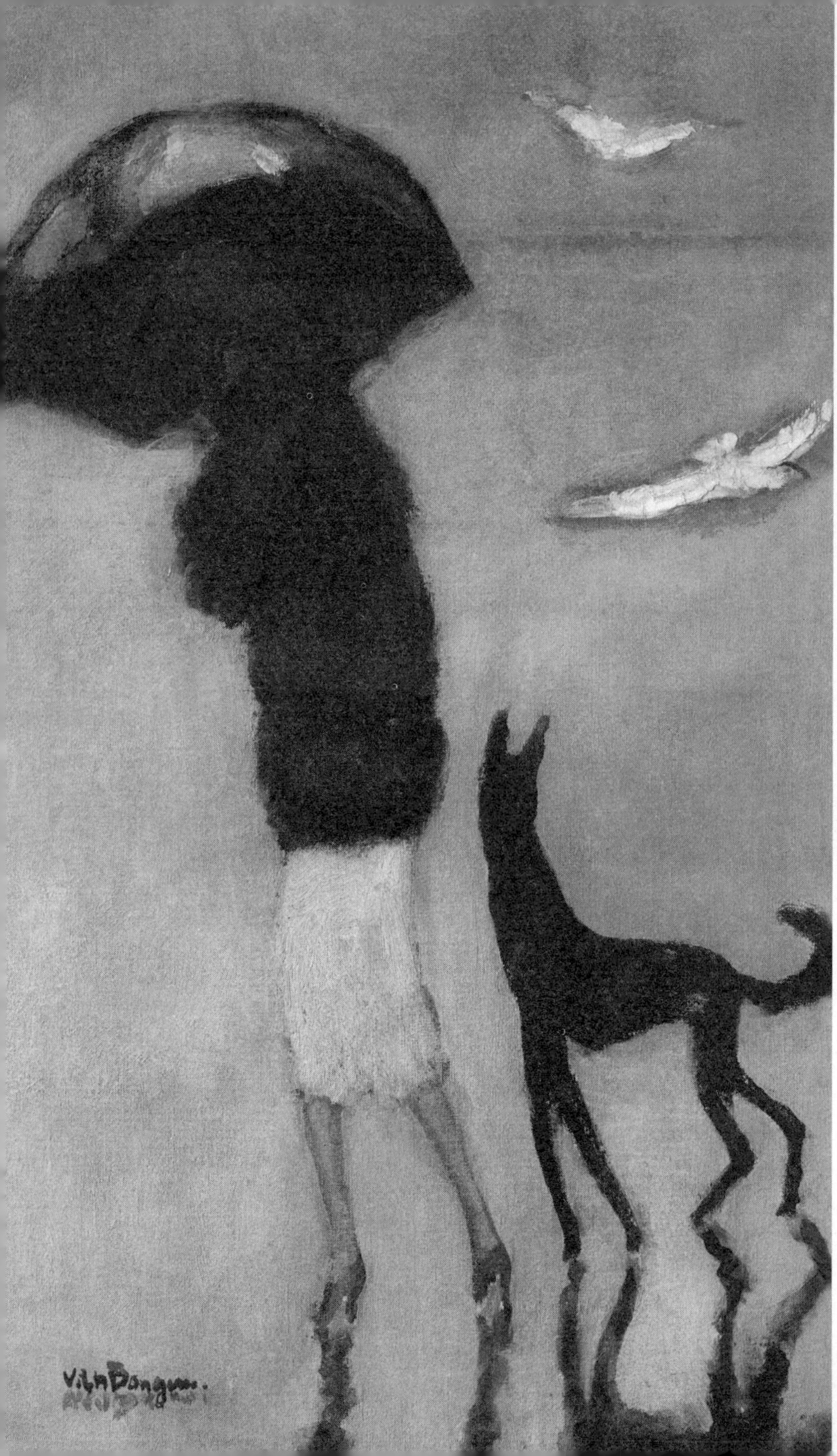

海德堡

毫无疑问，您肯定已经记不得了，我是在小盖斯山丘上开始向您描述海德堡的。当时，连我自己都快忘了身在何处，犹如深陷梦境一般。夜幕降临，浓云密布，月亮几乎爬到了穹顶，而我仍坐在这块石头上，观望着四周的黑暗，审视着内心的阴影。突然，城里的钟声在我脚下响起，已是子夜时分，我起身下山。通往海德堡的道路，正从选帝侯①宫殿遗址前经过，当我到达那儿的时候，月亮正好被云雾遮掩起来，出现了一大片月晕，洒下些惨淡的月光，笼罩在这堆废墟上。越过一条沟壑，在离我三十步之遥的荆棘丛中，有座"劈裂塔楼"，我往里面窥探，是一番酷似骷髅头的景象。我能分辨出哪是鼻孔，哪是硬腭，两条弯弯的眉弓和深不可测的眼窝。中央立柱及柱头就似鼻梁，被撕裂的隔板就似软骨②。下边，在沟壑的山坡上，突起的倒塌墙体，神似下颌部分。我平生从未遇见过如此凄凉的景象，一个大骷髅头置于一大片虚无的死寂之中，这就是当年的选帝侯城堡。

废墟，始终敞露着，而此刻满目荒夷，我冒出了想进去瞅瞅的念头。过了两块守门的巨石，我进入城堡。来到黑魆魆的门厅，只见厅上竟然还悬挂着古老的铁质照明灯，穿过门厅我进到院子里。月亮几乎完全隐没在云雾中，夜空的月光萤火般微弱。

路易，我的朋友，没有什么比坍塌之物给人更强的视觉冲击力了。幽幽的月光下，此刻的废墟，看起来有种无法言说的悲凉、柔情和肃穆。树影婆娑，荆棘摇曳，我的感受近乎庄严和敬畏。我听不到任何脚步声，任何声响，任何呼吸。院落里既无光线也无阴影。梦幻般的朦胧笼罩了一切，照亮了一切，虚化了一切。微弱的一缕月光直直洒入缝隙和裂口中，照到最黑暗的隐秘角落。在深邃的黑暗中，在苍穹之下，在无法步入的走廊间，我看到白色的墙

---

① 该选帝侯：德国历史上的一个专有名词，指那些拥有选举皇帝权利的诸侯。
② 鼻骨是由骨和软骨构成，突出的部分是软骨，不突出的部分是骨骼；软骨在人死后会分解消失，所以鼻子看起来只剩下一个洞了。

面正在慢慢地移动。

此时此刻，被遗弃的古老建筑的正墙已经不是一面墙了，而仿佛是一张面孔。

我小心地行走在凹凸不平的路面上，生怕弄出一丁点儿响声；身处四面围墙之中，我感到浑身不自在；前人把这种心绪不宁的感觉称作"圣木之惧"。这个曾经富丽堂皇、如今却令人唏嘘不已的遗址，总透露出一种消散不去的瘆人感。

然而，我还是拾级而上，这些古老的台阶已无栏杆，阶梯潮湿而泛起青苔绿，我进入到奥托-亨利[①]的古老宫殿中，宫殿已经没了屋顶。您也许觉着好笑，但是我向您保证，深夜行走在这些名人旧居，脚下传来阵阵的野草味，仰视苍穹，真的令人不寒而栗。旧屋的房门上还带有装饰，房间依稀可辨——这是餐厅，那是卧室，这是放床的凹室，那是壁炉。房屋尚存房屋的模样，然而顶盖已经被一只无形的手给掀了去，俨然一个失去盖子的大盒子，莫名成为无法言状的凄凉之物，已然称不上房屋，亦不能说它是坟墓，因为在坟墓里，人们能感受到灵魂的存在，而在这儿，唯有鬼魅的出没。

当我从前厅走向骑士大厅的时候，被一个古怪的声音吸引住了脚步。它隐约可辨，空寂的废墟让这个声音更加刺耳。像是一种嘶哑的喘气声，低低的，刺耳的，持续的；时而掺杂着枯燥而急速的锤击声；时而疑似来自黑暗深处、荆棘丛或是某个隐蔽的角落；时而又好像从我的脚下，从地缝间传出来。这个声音究竟从何而来？是哪个夜精灵发出的尖叫声或是拍击声？不得而知。听着又像织布机发出的吱嘎声，让我不禁联想到传说中丑陋的纺织工，在深夜的废墟中编织着绞刑架上的绳索。

[①] 奥托-亨利：奥托大帝。九三六年，美茵茨大主教在亚琛为奥托一世加冕。奥托成为神圣罗马帝国的第一任皇帝，德意志境内萨克森王朝的第二代国王。其父亨利一世，原为萨克森公爵，开创萨克森王朝。奥托即位后，积极打击封建割据势力，维护王室的中央集权，成为当时欧洲大陆最有实力的国王。

此外，确无一物，空无一人，毫无生机。大厅如整座宫殿一样荒芜。我用手杖敲击地面，声音停止了，一会儿又响起；我又敲了一次，它又停了，后来再次响起。另外，我只见到一只受到惊吓的大蝙蝠，因为我手杖的敲击声，从墙壁的壁龛中飞了出来，忧郁地在我的头顶上方盘旋，就像刚才在坍塌的塔楼内那样的情景。

要我跟您叙说全部的经过吗？可以啊，为什么不呢？您不正是那个能够理解所有神明鬼魅故事的人吗？我感觉自己好像打扰了某个住在废墟中的人。谁？不清楚。但是，千真万确，我觉得自己打破了某种静谧。静静的夜，原本寂寥，是我扰乱了它。在这个亲王们的旧屋中，所有幽灵都同时盯着我，目光茫然而惊愕。半人半鱼的海之信使特里同，长着羊角羊蹄、半人半兽的森林之神萨蒂尔，双尾美人鱼，在骑士大厅的门口舞弄花环三个世纪之久的爱神丘比特，两尊被人致残的自由女神裸体像，藏匿于紫色灌木丛中的女像柱，口含环圈的吐火怪兽喀迈拉①，还有倾听水罐流水倾泻的水神，所有的这些神怪都带着某种难以言表的激愤与伤感；怪面饰咧嘴强笑的表情更是奇异；借着厅内昏暗的微光，可见伊希斯②女神在黑暗中黯然神伤，受雨水的侵蚀，已经有点儿模糊不清，但仍然可以觉察出她脸上带着普律东③画像中那种神秘的微笑；两个斯芬克斯像，有着女性的双乳和动物的双耳，仿佛正注视着我——斜视着我——窃窃私语。我觉着好像听到了荆棘丛中壁炉石狮的喘息声，这些大理石的鬃毛兽，自从选帝侯们沉思的脚步不再踏上这方土地，它们只好蜷身躲进了荆棘丛中。在所有的断壁残垣上，总回响着某种固定的拍打声，这一可怕的声音一直萦绕在我耳旁。每当我靠近一扇昏暗的门，或是某个雾气缭绕的角落时，我仿佛看见那儿眨巴着神秘的眼睛。

① 喀迈拉：希腊神话中，一个怪异的精灵，有狮子的头和颈、山羊的躯体、巨蟒的尾巴。时而出现三个头：狮子头、山羊头和巨蟒头。
② 伊希斯：古埃及神话中司生育和繁殖的女神。
③ 普律东：法国画家。

您也和我一样产生过这般幻觉吗？您是否也有过类似的经历？白天，这些雕像在沉睡；夜晚，他们醒来化为幽灵。

我走出奥托宫，来到院子。耳畔还是那些微弱而怪异的声响，如同刚在骑士厅听到的某个守夜人发出的声音。我走下台阶，月亮突然从云缝中露出了脸，在大朵云隙间显得皎洁而光耀。腓特烈四世的双三角楣宫殿赫然跃入眼帘，亮如白昼，与他那十六个脸色泛白的英俊巨人武士一起，煞是壮观；我右侧的奥托宫也突兀地立在明亮的夜空下，同时，月光照射进它的二十四扇窗

户，宫殿显得亮堂起来。

刚才我说"亮如白昼"，其实不妥，还是存在些许差别的。晚上的月光比白天的阳光柔和。月光与废墟浑然一体，两者很和谐。这种照亮不掩饰任何细节，也不放大任何伤痕。它给废墟蒙上了一层薄纱，给这个古老的建筑增添了某种不为人知的朦胧感。参观倒塌的宫殿或是隐修院，最好是在晚上，感觉会比白天好，因为白天强烈的阳光会使废墟显得无精打采，夸大雕像给人带来的伤感。

这回轮到皇帝和选帝侯们观望我了，他们"热情地"打量着我。刚才，我觉得那些美人鱼、仙女们、吐火怪兽看我时都面带愠色，而此刻，奇怪的事情发生了，这些令人生畏的亲王们，竟然如此亲切友好地注视着我这个微不足道的过客。其中某几位在神奇的月光下显得愈发高大伟岸。让·卡西米尔，其中的一尊雕塑，被炮弹击中，仰面着地，只见他面色惨白，鹰钩鼻，长长的虬髯，活脱脱的一个被挖掘出的亨利四世。

我由花园走出宫殿，下山的时候，在一处平台歇歇脚。回望身后的废墟，它遮住了月亮。废墟好似半山腰上的一大片灌木丛，向四面八方伸出或明或暗的枝杈，刺破了黑幕背景上的朦胧雾气。在我脚下，沿着山脉，海德堡延展在谷底酣眠，所有的灯光都熄灭了，所有的房门都关闭了。在海德堡下边，我听到内卡河①潺潺的流水声，好似在与山林平原娓娓而语。古代人类的虚无，现代人类的缺陷，大自然的伟大以及上帝的永恒，有关这些的思考整个晚上都盘踞在我的脑海中。此时，人类、万物、上帝如同一个三面的雕像又一起涌上我的心头。我在黑暗中缓步下山，一边是惊醒的河流，一边是沉睡的城市；一边是生动的流水，一边是死寂的宫殿。

---

① 内卡河：莱茵河的第四大支流（次于阿勒河、摩泽尔河和美茵河），位于德国的巴登符腾堡州，长三百六十七公里。

美茵河①畔的法兰克福

---

① 美茵河：德国境内的一条河流，长五百二十四公里，流域面积二点六五万平方公里。在美茵茨注入莱茵河。主要河港有维尔茨堡、法兰克福。

法兰克福是一个像柱之城。除了法兰克福，我从没有在别处看到过如此多的驮物苦力雕像。大理石的、石头的、青铜的、木头的，全部都在劳作，在呻吟，在号叫，其创作想象之丰富、痛苦暴虐之万象，可谓登峰造极。无论游客放眼何处，目光所及，都是些不同时期、不同风格、不同性别、不同年龄的像柱，一派负重扭曲、悲叹声声的景象。头顶羊角的森林之神，佛来米仙女、小矮人、大巨人，人面狮身斯芬克斯、蛟龙、天使和魔鬼，这整个超自然族类仿佛遭遇了不幸，就像被传说中某个无礼的魔法师给一网打尽并点化为石，束缚在了柱顶盘，成为上楣、下楣及拱墩的凸饰，其下半身还被固定嵌入石墙中。一些像柱托起阳台，一些支撑起房屋上最为沉重的墙角塔；另一些肩扛某个身着镀金锡裙的青铜黑人，或抬着一个巨大的罗马王石像——他身穿路易十四时期的盛装，戴着浓密的假发，披着宽松的大氅，他的扶手椅，他的讲坛，他放王冠的祭器桌，以及他那荷叶边帐檐和宽大帷幔的华盖；还有一个代表奥德朗雕刻艺术的巨作，是在一个二十法尺高的整石上原样复制而成的圆雕。这些神奇的建筑纪念物都是旅馆的招牌。在这巨大的负重之下，人体像柱扭曲成各种姿态，有的愤愤不平，有的痛苦万分，有的疲惫不堪。一些像柱低着头，一些半扭着身，一些紧握双拳叉在腰间，或是压在她们呼之欲出的胸前。一脸倨傲的赫丘一只手托起一座七层楼房，另一只手向众人挥舞着拳头；火神伏尔甘则痛苦地跪在地上；还有不幸的美人鱼，她分叉的鱼尾被悲惨地压碎在石缝间；还有愤怒地撕咬着的怪兽喀迈拉；一些哭泣着，一些苦笑着；一些则向过路人做出可怕的鬼脸。我注意到，在很多不时传来摔杯子声的小酒馆里，都有厅台悬建在人体像柱上。这似乎是法兰克福早期自由资产者的品位，让受难的雕像来承载他们丰盛的宴席。

在法兰克福，最可怕的梦魇不是俄罗斯人的进攻，也不是法国人的入侵；既不是横贯国土的欧洲战争，也不是再次分裂城市为十四个区的内战；既不是伤寒斑疹，也不是天花，而是这些像柱正在觉醒、挣脱锁链、意欲复仇的模样。

在法兰克福，有一处名胜，我担心它可能不久就会消失，那便是屠宰场。它占据两条老街，一堆堆鲜肉摆放在不能更黑更旧的房屋前，这番壮观的景象，估计别处不好寻见，此处也将不复存在了啊。深灰色的房屋上，雕刻奇异，有某种不为人知的饕餮快活神情；房屋的底层像一张开启的、深不可测的大嘴，吞噬了不计其数的牛和羊。气色红润的女老板和满手鲜血的屠夫在她蓬蓬的花袖子下面优雅地聊着天。一条红色的血溪，被两股清泉冲淡了颜色，流淌在街道中央，还冒着热气。当我经过的时候，正传来阵阵骇人的号叫声。无情的杀手，猎鹰的模样，正在宰杀一头乳猪。女佣们手挎菜篮，在嘈杂声中谈笑。有一些可笑的场面，真是不该任人围观。不过，我承认，要是我早知道他们将这样处置这只可怜的小乳猪——一个屠夫拎起它的两只后蹄，经过我面前的时候，它哼都不哼，不谙世事的小猪，对自己的命运浑然不知——我就会把它买下来，救它一命。一个四岁模样的漂亮小女孩，像我一样无限同情地看着它，好像在用目光激发我去做点什么，可是我却没有听从这温柔目光的鼓励，我很抱歉，我没有按照这迷人眼神的指示去做。——有一块华美壮丽的鎏金招牌悬挂在一个T字形的栅格上，这是世界上最赏心悦目、最灿烂辉煌的招牌，上面收集了屠夫这个行业的所有的徽章，还冠以皇冠；这个招牌罩着这整个屠宰剥皮场，给它锦上添花，使之与中世纪的巴黎相媲美。面对它，十五世纪的卡尔塔吉罗内①和十六世纪的拉伯雷都要惊得目瞪口呆了吧。

从屠宰场，我们能够通往一个中等大小的广场，这个广场和弗朗德伦②很般配，虽然不及布鲁塞尔的旧货市场，但也是值得赞美和欣赏的。这是一个梯形的广场，在广场的周围，矗立着中世纪和文艺复兴时期所有风格的典型建筑。这些房屋风格各异，根据时代和个人喜好的不同，总是装点得恰如其分。

---

① 卡尔塔吉罗内：意大利旅游胜地。
② 弗朗德伦：又译为弗兰德，欧洲北海地带，比利时西部地区。

不管是板岩的、石头的、铅制的，还是木头的，每个门面都自成一体，别具一格，同时又形成一道和谐的广场风景线。无论在法兰克福，还是在布鲁塞尔，总有那么两三幢新房子，看起来很别扭，就好像在才智非凡的人群中，探出几颗愚蠢的脑袋，破坏了广场整体的和谐。这些新楼房反而衬得邻旁的古老建筑愈发壮丽。一幢十五世纪的美妙建筑，由一座教堂大殿和一座市政府钟楼合二为一，不清楚它的用途，矗立在广场的一边，颇显雅致。在广场中央地带，毫不对称地冒出两股喷泉，像两株多年生的灌木丛一样，一处是文艺复兴时期的，另一处是十八世纪的。更巧合的是，在这两处喷泉之上，各自立了一个女神像柱：密涅瓦①和朱迪斯②。一个是荷马风格的凶悍女神，一个是圣经中的泼辣女英雄；前者手握神盾，盾牌上装饰着蛇发女怪美杜莎③的头，后者则提着亚述王奥罗菲尔的头。

朱迪斯，美丽、高傲、迷人，四条著名的美人鱼围在她脚下吹着小号。她是十八世纪的女英雄。她曾左手提起奥罗菲尔的头，现在，这个头已经不翼而飞了。她的右手仍握着一把宝剑；她的裙摆迎风飘起，撩到膝盖的地方，露出紧实而修长的大理石小腿，在裙褶下显得十分撩人。

一些人断言这个雕像代表正义，先前手提的不是奥罗菲尔的头，而是一架天平。我不以为然。

左手持天平，右手握宝剑的正义兴许代表的是非正义。再说了，正义女神可不应该这么漂亮，也不应该如此风情万种。

在这个像柱的正对面，是罗马式大教堂三面平行的人字墙，黑色的墙

---

① 弗密涅瓦：相当于希腊神话中的雅典娜，智慧女神、战神、艺术家和手工艺人的保护神。
② 朱迪斯：传说中的以色列女英雄。为了解救贝杜里城，她魅惑亚述王奥罗菲尔，并趁其酒醉割下他的头。
③ 美杜莎：据说原来是美女，因触犯雅典娜，将其头发变成毒蛇，谁只要看她一眼，就会变成石头。后来被英雄珀耳修斯杀死，并割下她的头献给雅典娜作为饰物。

面,五扇高低不同的大窗子。

正是在这个大教堂里,之前的人们选举皇帝,也正是在这里,宣布选举的结果。

……

看过选帝侯大厅之后,我来到了皇帝大厅。

十四世纪,伦巴第商人在此开店经营,并留名于这个罗马式大教堂。他们想出了在大厅周围建造壁龛的主意,以便放置他们的货物。一位名字不详的建筑师测量了大厅四周,建起了四十五个壁龛。在一五六四年间,马克西米利安二世在法兰克福当选为皇帝,并登上此大厅的阳台向人民大众挥手致意。从他开始,这个大厅就被叫作皇帝大厅,并用作皇帝就职演说的场所。人们就想对这个大厅进行装点。首先想到的是在大厅四周的壁龛里放置德国皇帝的塑像,即从查理大帝①家族之后的所有当选并加冕的皇帝,空余的壁龛留待未来的皇帝。仅从九一一年的康拉德一世到一五五六年的斐迪南一世,就有三十六个皇帝在亚琛加冕,再算上新的罗马王,就只剩下八个空位了,实在有点少。不过先就这么办着,等需要的时候再扩建。壁龛渐渐填满了,每个世纪差不多四位皇帝。到一七六四年,当约瑟夫二世登基时,只剩下一个空位了,人们又开始认真地筹划扩建皇帝大厅,准备在五个世纪前伦巴第商人所建的基础上增添壁龛。一七九四年,弗朗西斯二世,第四十五位罗马王占据了第四十五个壁龛。这是最后一个壁龛,也是最后一位皇帝。大厅装满了,日耳曼帝国也垮台了。

这个没留名的建筑师,真是授命于天意;这个含有四十五个壁龛的神秘大厅,同样也是一部德国史。在查理大帝家族消亡之后,注定只产生四十五个皇帝。

在这个昏暗、阴冷、宽敞的长方形大厅里,在一个角落堆积着一些废弃

---

① 查理大帝:即查理曼,法兰克人国王,七六八年至八一四年在位。

的家具，其间我发现了选帝侯们的皮面桌子。从大厅东头的五扇窗棂透射进一些微光，这些狭窄的窗户大小各异，按窗外人字墙的方向排成金字塔形。在大厅四围的高墙上，有些依稀可辨的壁画。在一个先前是金色的横肋木拱下方，可见幽暗中的皇帝塑像，它们似乎已经要被人遗忘了；所有的青铜半身像都很粗糙，其底座上刻有统治的起止日期。一些塑像如罗马凯撒帝一样头戴桂冠，另一些则头顶日耳曼发饰冠冕，大家都安安静静地相互注视着，在自己昏暗的壁龛里。有三个康拉德，七个亨利，四个奥托，一个洛泰尔，四个腓特烈，一个菲利普，两个罗道夫，一个阿道夫，两个阿尔贝，一个路易，四个查理，一个瓦茨拉夫，一个罗贝尔，一个西吉斯蒙德，两个马克西米利安，三个斐迪南，一个马蒂亚斯，两个莱奥波德，两个约瑟夫，两个弗朗西斯。这四十五个幽灵，在九一一年至一八〇六年的九个世纪中，贯穿了世界的历史，他们一手持着圣彼得宝剑，一手掌握着查理大帝的版图。

当选帝侯们终于选出皇帝之后，法兰克福议院便在这个大厅中集会。按十四个不同城区，市民被分为十四组，在外面的广场上集合。彼时，皇帝大厅的五扇窗便向市民敞开。中间较大的那扇窗，被覆上华盖，但里面还是空的。右边中等大小的窗户外，配有黑铁阳台，在阳台上，我似乎看到了美茵茨的未来。皇帝出现了，单独一人，身着盛装，头戴皇冠。再往右边的小窗里，聚集着三个选帝侯，他们是：美茵茨大主教、特里尔[①]大主教和科隆大主教。空空的大窗左边的另外两扇窗户，中等大小，站着波西米亚大主教、拜恩大主教、莱茵河选帝侯。小窗户下，是撒克森大主教、布伦瑞克大主教和勃兰登堡大主教。在罗马式大教堂正前面的操场上，有一个由卫兵把守着的宽敞四方院，在院中央堆放着一大堆燕麦，一个装满了金银财宝的罐子，一张桌子上面放了

[①] 特里尔：德国最古老的城市，也是基督教在阿尔卑斯山北侧最早的主教教区。特里尔大主教是一个重要的教会诸侯；他管辖的主教辖区控制从法国边界到莱茵河的大片地区。特里尔大主教也是神圣罗马帝国的选帝侯之一。

一个银盆和一个朱红色的短颈宽口瓶，另一张桌子上供奉着一头烤全牛。皇帝现身，小号和铙钹齐鸣，神圣帝国的大元帅、司法大臣、司酒大臣、财务大臣以及司厨大臣列队进入广场。在欢呼和军号声中，大元帅骑马踏上燕麦堆，马蹄一直陷到了马鞍带的位置上，大元帅往麦子堆上放了一定量的银钱；司法大臣拿起桌子上的银盆；司酒大臣把那宽口瓶装满酒和水；财务大臣取出罐子里的银钱，大把大把地撒向人群；司厨大臣切下一块烤牛肉。此时，御玺大臣出现，大声宣布新的恺撒帝即位，并宣读誓词。完毕，大厅里的议员们和广场上的市民们庄严地回应"万岁"！在宣读誓词的过程中，这位杰出的新帝手持利剑，脱冠致敬。

从一五六四年到一七九四年，在这个如今被人遗忘的广场上，在这个如今业已荒芜的大厅里，上演过九次这样的盛典。

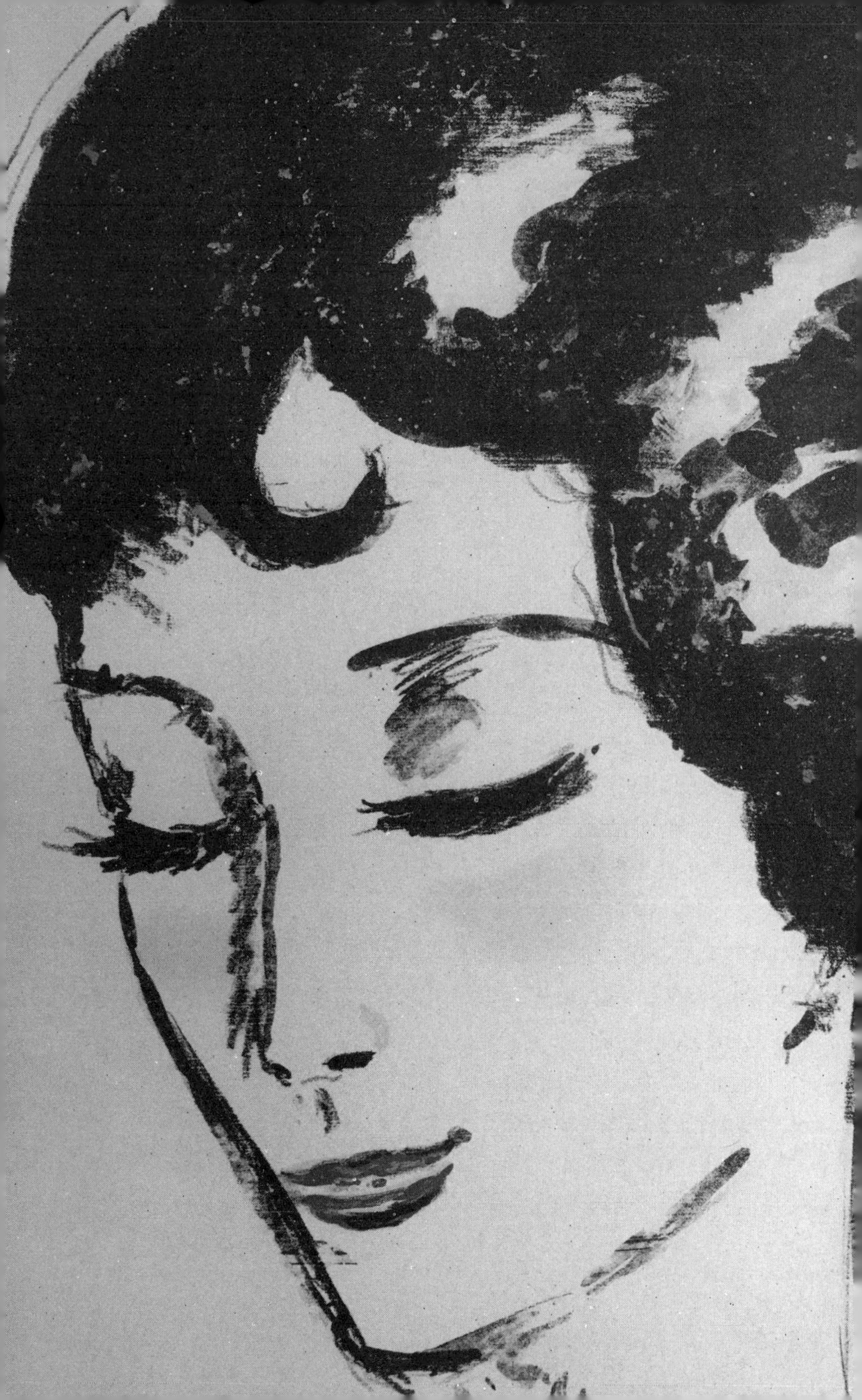

莱茵河

您知道我是喜爱河流的，我常常与您说起。因为江河可传承思想，源远流长，如同它载运货物顺水而行。天地万物各有其妙。河流就像是一把巨大的号子，向着海洋吹颂着陆地的绚烂、田野的物产、城市的壮丽以及人类辉煌的过往。

我还曾跟您提起，在所有的河流中，我偏爱莱茵河。第一次见到莱茵河，是在一年前的凯尔①，当时准备过一座浮桥。那晚暮色沉沉，车辆缓慢。和这条古老的河流亲密接触，崇敬之情油然而生，对此我记忆犹新，因为我对它一往情深。每当我面对自然界伟大而神奇的力量的时候，我都难以抑制自己激动的心情，我甚至想说我和它们之间产生了共鸣，因为它们在人类的历史长河中也同样居功至伟。不知为何，纷繁杂乱之物，在我眼里却显得出奇得和谐、亲切。我的朋友，您还记得瓦尔塞林河②注入口处的罗讷河吗？——我们在一八二五年前往瑞士的时候一起看到过它。那次美好的旅行可是我一生难忘的记忆亮点。彼时我俩年方二十！——您还记得当时的情景吗：罗讷河怒吼着、咆哮着卷入湍急的漩涡！而我们脚下脆弱的小木桥则在战栗。从那时起，罗讷河在我的意识中便是只凶恶的猛虎，而莱茵河则是头威武的雄狮。

那天晚上，当我第一次看见莱茵河，我觉得它确实是一头雄狮。我对这条骄傲而高贵的河流观察了很久，它威猛却不凶悍，它野性却依然威仪堂堂。当我穿越莱茵河时，正逢它的丰水期，江水满盈，虽混浊却不掩雄浑。它那浅褐色的浪花如同雄狮面颊的鬃毛——布瓦洛③称之为"泥黄色的络腮胡"——拍打着桥身。河的两岸隐没在暮色中。咆哮的水流声沉寂有力，让人仿佛感受到了大海的澎湃和力量。

---

① 凯尔：德国西南的一个小镇，位于巴登-符腾堡的奥特瑙县，和法国城市斯特拉斯堡隔莱茵河相望。

② 瓦尔塞林河：发源于汝拉山脉的河流，罗讷河的支流。

③ 布瓦洛：法国诗人、文学批评家。被称为古典主义的立法者和发言人。代表作《诗的艺术》。与莫里哀、拉辛等文豪是朋友。一六八四年当选为法兰西学院院士。

是的，我的朋友，这是一条高贵的河，它见证了封建、共和以及帝国制度的更迭，被德法两国所尊崇。它涵盖了整个欧洲史的两大重要版块，因为它既是一名战士又是一位思想家，在它身上，我们不仅能感受到推动法国前进的壮丽波澜，也能体会到促使德国沉思的潺潺水流。莱茵河集河流之万般风貌于一身：惊涛骇浪如罗讷河，波澜壮阔如卢瓦河，峭壁夹岸如缪斯河，九曲回肠如塞纳河，碧波荡漾如索姆河，源远流长如台伯河，庄严高贵如多瑙河，神秘莫测如尼罗河，金鳞闪烁如美洲之河流，寓意深远、如影如幻如亚洲之河流。

在有文字可考之前，也许在人类出现之前，如今的莱茵河流域，曾存在两条火山山脉，熊熊燃烧，冒着滚滚浓烟。火山熄灭之后，堆积成两队平行排列的火山岩，仿佛两座长城。与此同时，巨大的岩浆凝固体形成原始山脉，大量的熔岩流固化为从属山脉。惊人的熔岩慢慢冷却，于是就有了如今的阿尔卑斯山脉。山顶积雪丰厚，融化的雪水汇成两条江河顺流而下。一条，沿北麓流下，穿过平原，流经死火山间的沟沟壑壑并投入大西洋。另一条，向西坡而去，在群山中飞泻，流经火山的另一堆熔岩——如今的阿尔代什山脉——最后流入地中海。前者就是莱茵河，后者就是罗讷河。

据史料记载，最早出现在莱茵河流域的人类族群，是凯尔特人这一半开化民族。罗马人称其为高卢人。恺撒曾说过："他们自称为凯尔特人，我们则把他们叫作高卢人。"另有罗拉克人定居在靠近河源的地方，阿尔让多哈克人和摩根特人则在河流出口处落脚。接着，罗马时代到来，恺撒大帝征服莱茵河流域；德鲁苏斯[①]在此建立五十个城池；执政官缪纳迪乌斯·布朗古斯开始在汝拉山脉的北面设置城市；玛库斯·维普撒尼乌斯·阿格里帕[②]在美茵河的

[①] 德鲁苏斯：通称大德鲁苏斯，罗马帝国早期的将军，本为提贝里乌斯·尼禄与莉薇娅·杜路希拉之子，莉薇娅改嫁屋大维（即首任皇帝奥古斯都）后成为奥古斯都之子。德鲁苏斯是第一个率军攻占日耳曼，并抵达威悉河与易北河的将军。

[②] 玛库斯·维普撒尼乌斯·阿格里帕：古罗马政治家、将军、地理学家、奥古斯都的军政大臣。

疏水口处构建了一座堡垒要塞，然后又在杜迪奥姆城对面建立了一个殖民地；在尼禄①统治时期，参议员安托瓦还在巴达维海附近创建了一个自治市；此时整个莱茵河流域都归罗马人管辖。当古罗马的第二十二军团从耶路撒冷撤回时，提图斯②便把它派驻到了莱茵河畔。这个军团曾扎营于耶稣受难的橄榄树下。军队继续开创玛库斯·维普撒尼乌斯·阿格里帕的伟业：征服者们认为有必要再建立一座城市将梅里博库斯和陶努斯山地区③连接起来，于是由玛库斯设计、第二十二军团建造的莫干蒂阿克姆城④便应运而生，随后又由图拉真⑤将其扩大，哈德良⑥将其美化。值得一提的是：第二十二军团带来了克雷桑蒂斯，他是莱茵河畔的第一个基督传教士，并在这里建立了新的宗教。那是上帝希望这些有眼无珠的人们，在拆毁约旦河畔的最后一座庙宇之后，能为莱茵河畔神庙的新建作奠基。继图拉真和哈德良之后，又来了尤利安⑦，他在莱茵河和摩泽尔河的交汇处设立了一座要塞；在他之后，又来了瓦伦提尼安⑧，他也建造了一些城堡，就在如今我们称为落旺堡和斯特洪堡的两座火山处；就这样，在短短的几个世纪里，这条漫长而坚固的罗马殖民线如同链条般由河流连接起来：沿线包括维尼塞拉、阿尔达维拉、洛尔加、特拉加尼·卡斯特姆、维尔萨尼亚、莫拉·罗马诺古姆、杜里·阿尔巴、维多利亚、波多布里加、安托·尼亚库姆、桑蒂亚库姆、里格度鲁姆、里格马库姆、杜尔伯杜姆、布鲁瓦鲁姆⑨；然后从科尔努·罗马诺努姆出发，直到康斯坦茨湖，沿莱茵河而下，

---

① 尼禄：罗马帝国的皇帝，公元五四年至六八年在位。是史上有名的荒淫暴君。
② 提图斯：罗马皇帝。
③ 陶努斯山地区：指德国中部莱茵河右岸、美茵河和兰河之间的地区。
④ 莫干蒂阿克姆城：即如今的美茵茨。
⑤ 图拉真：罗马帝国皇帝，九八年至一一七年在位，罗马帝国五贤帝之一。
⑥ 哈德良：罗马帝国皇帝，一一七年至一三八年在位，五贤帝之一。图拉真的继子。
⑦ 尤利安：君士坦丁王朝的罗马皇帝，三六一年至三六三年在位。
⑧ 瓦伦提尼安：罗马皇帝。
⑨ 很多地名都是拉丁文，此处系音译。

沿途流经一些重要城市：奥古斯塔，即今天的巴塞尔；阿尔让蒂娜，即今天的斯特拉斯堡；莫干蒂阿克姆，即今天的美茵茨；孔弗吕安蒂亚，即今天的科布伦茨；克罗尼亚·阿格里比纳，即今天的科隆；并在靠近大西洋的地方，将特拉泽克杜姆·莫桑——今天的马埃斯特里茨和特拉泽克杜姆·雷努姆——今天的乌德勒支相连接。

从那时起，莱茵河滋养了罗马。但它还只是一条灌溉日后的瑞士省、日耳曼①两省、比利时省以及巴达维省的河流。在三世纪的时候，北部的长发高卢人因英勇善战而闻名，引得米兰穿长袍的高卢人、里昂穿长裤的高卢人带着好奇心前来观瞻，而此时，长发高卢人却已被罗马人征服了。莱茵河左岸的罗马城堡令右岸敬畏。罗马军团的士兵身着特里尔呢绒军服，手执东戈尔的槊，只需站在悬崖上监视日耳曼人那古老的战车——一种巨型的活动塔楼，车轮上装备着镰枪，车辕上竖立着长矛，由牛牵引前进，上面筑有可供十个弓箭手使用的雉堞。这种战车有时也会冒险从莱茵河的另一端进犯到罗马人的要塞射程范围之内。

北方种族侵入南部地区，一次次地造成南方民族的灾难史，人们称之为蛮族入侵。莱茵河畔城堡上的宏伟军事屏障被这股洪流所攻破。罗马帝国在它正需要改革的时候被吞没了。在六世纪左右，曾出现过这样的时刻：莱茵河的浪峰环抱着罗马城废墟，就像今天它冲击着封建残余一样。

查理大帝修复了这些瓦砾，重建了城堡，用以对抗一个古老的日耳曼游牧民族：波尔曼人、阿波德利特人、维尔巴特人、萨哈波人——该民族新名迭出，不断复兴。查理大帝还在美茵茨——安葬他妻子法斯特拉达的地方，修建了一座石桥，今天我们还能在水下看到它的遗迹。他还重建了波恩的引水渠，

---

① 日耳曼是个法语音译词，日耳曼民族是一种文化或者地名，类似于东亚民族、美利坚民族、中华民族一样的泛指。也就是现如今大约在德国、波兰、荷兰、丹麦、瑞典南部这一范围。

修复了维多利亚，即如今的纽维爱得的罗马大道；巴克希拉，即今天的巴查拉克大道；维尼塞拉，即今天的温凯尔大道；特诺努斯·巴克希，即今天的特拉尔巴克大道；并用尤利安浴室的废砖残瓦，在尼尔德·安日莱姆为自己修建了一座宫殿，即撒阿尔宫。但是，无论查理大帝如何才华卓越、毅力超群，他的举动也只能算是给这些残骸枯骨通了一把电。古罗马帝国已经灭亡，莱茵河今非昔比。

正如我上文已经提到的，在罗马的统治时期，一颗未曾被察觉的胚芽已经播种在莱茵河流域。基督教，这只展翅欲飞的雄鹰，已经在悬崖上产下了一个蛋，蛋中却是气象万千。克雷桑蒂斯曾在公元七〇年就为陶努斯山地区传教，以他为榜样，圣阿波利奈尔拜访了里格马奎姆；圣高阿尔在巴克希拉尔布道；来自土尔的圣马丁主教在孔弗卢昂蒂亚讲授教理；圣马代尔纳先是居住在科隆，而后去了东格尔；圣厄沙里尤斯在特里尔附近的树林里为自己建造了一座修道院；就在这座树林里，圣热泽兰在一棵立柱上整整站立了三年，与戴安娜雕像面对面地论道，据说正是在他的注视下，雕像最终崩溃坍塌。在特里尔，许多无名的基督徒在高卢省府大院里成了殉教者，他们的骨灰被撒向风中，而这些骨灰化作了一颗颗种子飘散开去。

种子虽然落到了田沟里，可是当时正遭到蛮族踩躏，于是毫无生机可言。恰恰是罗马文明自身的衰落，加速了帝国的消亡；牢固的传统之链被打断；历史被抹杀；这个黑暗时期的人和事，如魅影一般，在莱茵河上一闪而过。

从此，莱茵河在历经春风秋雨之后，有了一段不可思议的时光。

人类对于空缺的想象可不及大自然。当人类哑然无声的时候，大自然却可以让鸟儿啁啾鸣叫，让树叶簌簌作响，让孤寂的万籁窃窃私语。当某段确信存在过的历史销声匿迹之时，人类只能靠捕风捉影的想象去填补。于是，虚构的故事悄然而生，在已逝的历史夹缝中四处蔓延、攀缠、开花，如同在罗马废墟的裂缝中盛放着的山楂花和龙胆花。

文明犹如太阳，它有自己的昼夜、盈亏、时辰。

当文明复兴的曙光重新照亮陶努斯山城，莱茵河悦耳的淙淙水声似乎开始诉说无数的传奇和寓言故事。光明所及之处，成千张超自然的面孔突然闪亮起来，魅力无穷；而在那些光明不及的阴暗角落，却滋生出一些恐怖的鬼魂幽灵，张牙舞爪。彼时彼刻，人们一边在罗马人的残垣断壁旁，用漂亮崭新的玄武岩建造撒克逊城堡和哥特式城堡（如今早已被拆毁）；一边虚构着一些动人的故事，这些故事流传在莱茵河畔的妙龄贵妇和英俊骑士之间：看护树木的山林女神，掌管水泽的水灵仙子，守卫地底宝藏的土地神灵；悬崖神、敲击东西的开路神；骑着长有十六个侧枝的梅花鹿去披荆斩棘的黑衣猎神、黑沼泽中的女神、红沼泽中的六仙女、长有十只手的巫当神、黑衣十二神、给人出谜题的椋鸟、呱呱乱叫的乌鸦、诉说祖母故事的喜鹊、泽特尔摩斯的滑稽小矮人、为狩猎迷途的王子们指路的大胡子埃瓦拉尔、在洞穴中屠龙的西热弗瓦·勒科尔尼。魔鬼将他的讲道巨石台置放在特福尔斯坦，将攀梯架在特福瓦斯莱特；他甚至胆敢在黑森林附近的热尔斯巴克公开布道讲说。幸亏上帝在河对岸、魔鬼讲道台的对面，设立了天使讲道台。在七山山脉这座死火山靠阴面的山崖峭壁中，充斥着无数的妖魔鬼怪、七头蛇、巨魂幽灵。在山脉的另一侧，莱茵河的入口处，威斯拜尔的冽风将一大群如蝈蝈般大小的老巫婆们吹到了宾根[①]地区。在这些流域，圣者的传说和神话相融合，由此产生出一系列奇妙的故事，不得不说是人类想象的奇葩了。龙山特拉尚福尔换了其他的叫法，且有了自己的塔拉斯克恶龙和圣女马尔特；回音女神艾果和许拉斯[②]这两个神话的改编版本，发生在了可怕的鲁尔莱山上；美女蛇在奥格斯特的地道中爬行；坏主教阿托在他的教堂里竟然被变成耗子的下属们给吃掉了；斯科安堡爱嘲弄人的七姐妹化身为岩石；莱茵河也有了自己的侍女，就好像缪斯河拥有自己的随从一

[①] 宾根：德国的城镇，位于该国南部劳赫特河畔。
[②] 许拉斯：神话故事中的美男子，赫拉克勒斯的同性密友，最后被水中仙子拉下水而沉溺。

样。魔鬼乌利昂在杜塞尔多夫渡过莱茵河,背负着一个大沙丘,像背面粉袋那样沙丘被弯成了两折。这是他从莱德①的海边搬来,本想投放到亚琛地区,可是最后由于精疲力竭,又受到一位老妇人的愚弄,他竟然愚蠢地将这座沙丘卸在了皇城的城门口,这座山丘就是今天的洛斯堡。对于我们而言,在这个昏暗的时期,能得到的就是这些星星点点的微光,闪烁在树林中、悬崖上、幽谷里,看见幽灵的魅影、上帝的显圣、奇妙的相遇、魔鬼的追踪、地狱般的城堡;听闻些矮林中的竖琴声、悦耳的隐身女歌声、神秘路人发出的可怕大笑声。人类的英雄,几乎同超自然的族类一样神奇,诸如古农·德塞恩、西博·德洛尔什、"威力剑客"、异教徒格里索、阿尔萨斯公爵阿蒂什、巴伐利亚公爵塔西罗、法兰克公爵安迪兹、旺德王萨姆,他们惊慌失措地闯荡在令人头晕目眩的乔木林中,一边哭泣一边寻找着他们那貌美如花、身形颀长、婀娜多姿的白衣公主们;公主们都被冠以美丽的名字:热拉、卡尔蓝德、丽芭、维丽丝婉德、肖娜塔。所有的这些冒险家都带些荒诞色彩,他们和现实是有距离的,他们只用脚后跟着地。他们穿梭在各类传奇中,夜晚他们便披荆斩棘消失在密林深处。就像阿尔布雷希特·丢勒②的铜版画《骑士、死神和魔鬼》,他们踏着沉重的马蹄声而来,身后跟着瘦骨嶙峋的猎狗,亡灵在两根树枝间偷窥他们。在黑暗中,他们时而和某个坐在火堆边的黑衣烧炭人攀谈,其实此黑衣人就是撒旦,他正将死魂灵堆积在一口热锅中;时而同裸体的仙女搭讪,这些仙女送给他们一满盒子的宝石;他们时而还和小个子老人交谈,从他们口中获得自己的姐妹、女儿或者未婚妻的下落,他们将会遇见她们正安睡在山上的青苔床上,或者寻见她们深居在那些由珊瑚、贝壳和水晶装饰而成的美丽楼阁;时而,他们又同某个身强力壮的小矮人聊天,古老的诗歌中称这些小矮人为

---

① 莱德:比利时的一座城市。
② 阿尔布雷希特·丢勒:德国中世纪末期、文艺复兴时期著名的油画家、版画家、雕塑家及艺术理论家。

"巨人的代言者"。

在这些虚构的英雄人物中，时不时也会冒出几个真实的人物。首推查理大帝和罗兰。各个年龄层次的查理大帝都有：孩提时代的、青壮年时代的以及古稀年迈的。传说中的查理大帝出生在黑森林旁的一户磨坊人家。传说中的罗兰，不是由于战斗中受到军队的攻击牺牲在奥雷亚加，而是出于爱恋莱茵河，逝世于农兰斯威尔特修道院里。继而是奥托大帝、腓特烈一世（红胡子）[①]和阿尔道夫一世[②]。这些掺杂在故事中的神奇历史人物，其真实事件糅合大量的幻想和想象成为经典，历史就这样通过寓言的形式流传开来，成为废墟遗迹上绽放出的美丽花朵。

当黑暗消散，故事淡去，天色渐明，文明重塑，历史继而复现。

有四个来自不同方向的人，他们时不时在莱茵河左岸某个石台旁聚会，离朗斯和喀贝朗之间的林荫小径几步之遥。这四个人就坐在这块石头上，商讨德国皇帝的选举和更替。这几个人就是莱茵河的选帝侯，这块石头，即是王者之地。

他们所选择的地方——朗斯，属于科隆选帝侯，几乎是莱茵河谷的中间地带。从这儿，向西放眼左岸，可以看见喀贝朗，属于特里尔选帝侯；向北眺望右岸，可以看见奥贝尔朗斯坦，属于美茵茨选帝侯；还能瞅见布朗巴克，属于莱茵河选帝侯。每个选帝侯都能在一个小时之内从自己的官殿赶到朗斯。

每年，在圣灵降临节的第二天，科布伦茨和朗斯的贵族们，都会借口节日聚会，在同一个地方集合，一起商议某些国事难题。这便是公社和资产阶级的雏形。他们甚至在封建王位的阴影之下，悄悄地给业已竣工的日耳曼壮丽大厦挖墙脚；在科尼格斯图尔王宫附近大胆地密谋策反，虽是以弱抗强、以小克

[①] 腓特烈一世（红胡子）：霍亨斯陶芬王朝的罗马人民的国王。
[②] 阿道夫一世：一二九二年至一二九八年间任罗马人民的国王，登基之前为拿骚伯爵。

大，但依然声势浩荡、意义深远。

几乎在同一地点，科隆大主教威尔内曾于一三八〇年到一四一八年间，在斯托尔桑福尔斯的选举城堡居住。从这座城堡里可以俯瞰喀贝朗小城，如今它已成为一处绝佳的名胜遗址。大主教曾在城堡里供养炼金术修士，可他们并没有提炼出金子，倒是在炼金的过程中发现了好几条重要的化学定理。就这样，在短短的时间里，在我们今天几乎不太注意的兰河口的对面，就在莱茵河的同一个位置上，我们看到了德意志帝国诞生了民主和科学。

从此，莱茵河就有了军事和宗教的双重意义。修道院和女子静修院成倍增长。半山腰的教堂成了联系河畔村庄和山上城堡主楼的纽带，这一壮观的景象，在莱茵河的每个拐弯处屡屡重现。由此教士得以立足于民间教徒之中。具有神职的王侯们在莱茵河流域大肆扩建教堂，就像一千年前罗马的执政长官们曾经的所作所为。特里尔的大主教波杜安建造了奥拜威塞尔大教堂；大主教亨利·德威坦让在摩泽尔河上建造了科布伦茨大桥；大主教瓦尔拉姆·德于里安运用一个精美雕琢的石头十字架，神化了罗马遗址和哥德斯堡的火山顶，以魔力迷惑人们。就像教皇一样，神权和俗权都集中在这些有着神职的王侯手中，他们从而掌握了对教徒的精神和肉体的双重审判权。即使在纯世俗的世界里，王侯们也不愿意放弃使用这种特权。圣·高阿尔教堂的神甫让·德巴尔尼克用圣酒毒死了他的妻子卡特内朗博让伯爵夫人。科隆的选帝侯，作为主教将其逐出教会，作为皇室一员，又令人将他活活烧死。

拥有王室特权的莱茵河选帝侯，预感到科隆、特里尔和美茵茨的三大主教可能会蚕食领地，为此他需要进行长期的对抗。作为君权的表示，那些有着王权的公爵夫人们都前往莱茵河中段的法尔茨——一座建在科博城前的帝王行官去分娩。

与此同时，就在这些选帝侯们并行或相继的发展过程中，骑士的等级制度也在莱茵河流域占有了一席之地。条顿人的骑士队伍驻扎在美茵茨，与陶努斯山相望；而在特里尔附近，与七山山脉相望，罗得人的骑士队伍驻扎在了马尔丁瑟夫。条顿人的骑士部队从美茵茨一直扩展到科布伦茨，他们的一个指挥部在那里安营扎寨。圣殿骑士部队已经掌控主教巴尔管辖的库尔热内和勃朗特瑞，他们还控制着莱茵河畔的博帕尔特和圣·高阿尔，控制着莱茵河与摩泽尔河之间的特拉本特拉尔巴赫。就是这个特拉本特尔巴赫——美酒之乡，被罗马人誉为酒神的天堂，日后便归属了皮埃尔·弗拉特[1]。教皇卜尼法斯说他是"肉体的独眼、精神的瞎子"。

当王侯们、主教们和骑士们各自忙于建功立业时，商业也着手拓展地盘。仿照摩泽尔河上的科布伦茨以及莱茵河前的美茵茨，无数个商业小城镇在条条小河和激流的交汇处冒出来。这些小河源自汉德斯鲁克、奥昂鲁克、哈迈尔斯坦山峰以及七山山脉，然后全部流入莱茵河。宾根建立在纳黑河上；尼埃德尔拉思斯坦建立在兰河上；安格尔斯建立在萨因河对面；伊尔利赫建立在维德河上；林茨建立在阿勒河对面；兰因多夫建立在马赫尔巴赫斯河上；还有贝尔甘建立在西格河上。

然而，在所有主教和封建王侯、僧侣骑士和市镇法官所辖地的交界处，由于时代风貌和地理特征，催生并发展出一批特殊的大领主，从康斯坦茨湖到七山山脉，他们占据了莱茵河岸的险山要塞。这些匪夷所思的莱茵河霸主豪强，是艰苦而荒蛮的大自然所造就的。他们身强力壮，栖身在玄武岩和灌木丛中；他们在洞口筑有雉堞；他们像皇帝一样受到部下的跪奉；他们既贪婪又凶残，兼有老鹰和猫头鹰的双重性格。他们的权力虽然只局限在他们的领地，但却是至高无上的。他们据险扼守，招兵买马，高垒路障，强行征收巨额税金，敲诈勒索过往商人，无论他们来自圣·加勒还是来自杜塞尔多夫。他们联合起来形成莱茵河上的封锁链。如果邻近的城堡不经意冒犯了他们，他们就会傲慢地派送过去一份挑战书。这就有了奥康菲尔的指挥官挑衅大城镇林茨，还有骑

---

[1] 皮埃尔·弗洛特：法国国王腓力四世的首席顾问。

士奥斯内·德赫高挑战皇城康弗博埃尔的故事。有时候，在这些莫名其妙的决斗过程中，一些城市感到势单力薄，心生畏惧，于是便向皇帝求救。指挥官见状得意地开怀大笑起来。在下一次的主保瞻礼上，他便盛气凌人地骑在磨坊主的驴背上，巡视城镇一周。好几个在陶努斯山拥有要塞的指挥官，趁阿道夫·德·纳索与迪迪埃·德伊桑贝尔相互厮杀夺城，就在他们的眼皮底下，英勇果断地掠夺走了美茵茨的一个城郊区。这是他们保持中立的方式。这些城堡指挥官既不支援伊桑贝尔，也不支持纳索，他们只为自己。直到马克西米利安一世①统治时期，神圣帝国的一个将军统帅——弗伦德斯贝格的乔治摧毁了最后一个城堡奥亨卡拉昂，这种可怕霸蛮的绅士现象才彻底消亡。他们于十世纪如英雄般登场，又于十六世纪如强盗般退出历史舞台。

在莱茵河畔，有些无形的东西也在日趋成熟，尽管其结果要在多年以后才会具体呈现。与商业同期发展的，也可以说是同舟共济的，是异端邪说，是探索精神，是自由信仰，这些思想在这条伟大的河流中追溯过往，似乎要囊括人类思想的全部精髓。据说在十二世纪，唐克兰曾在安特普卫大教堂前传道反对教皇，他死后受到三千武装信徒的护送、国王般的盛大礼遇；他的灵魂溯流而上，来到康斯坦茨湖，给待在家中的约翰·胡斯②以启示，然后又去了阿尔卑斯山，顺罗纳河而下，来到阿维尼翁伯爵领地，同样给杜塞以启示。后来，约翰·胡斯被烧死，杜塞也被施以磔刑。然而路德③的大限却没有来到。在神意大道上，会有人半路殉道，也会有人修成正果。

无论如何，十六世纪就要来临。莱茵河在十四世纪见证了大炮的诞生，就在离它不远的纽伦堡；又于十五世纪得见印刷业的问世，在它岸边的斯特拉斯堡。一四〇〇年的科隆，人们熔化了著名的十四法尺身管的轻型大炮。

---

① 马克西米利安：神圣罗马帝国皇帝。
② 约翰·胡斯：捷克宗教改革家。
③ 马丁·路德：十六世纪欧洲宗教改革倡导者，基督教新教路德宗创始人。

一四七二年，万德兰·德·斯皮尔印刷了《圣经》①。一个新的世界即将诞生。还有一个杰出的创举值得关注：就在莱茵河畔，上帝刚刚找到了两件神秘的宝贝：武器和书籍，即战争和思想，并将之合二为一，上帝正是借用它来不懈地开创人类的文明。

莱茵河，在欧洲的命运中，是一种神的安排。正是这条横向的鸿堑划分了南北。神意将它作为一条分界河流；成为了那些城堡要塞的护城河。莱茵河记取了几乎所有的英雄在金戈铁马的岁月中留下的音容笑貌，并折射出他们的灵魂。三千年来，正是这些伟人用"刀剑"的犁铧耕耘了这片古老的土地。恺撒经莱茵河由南溯流而上；阿提拉②则由北顺流而下；克洛维一世③在这里取得了托比亚克战役的胜利。查理大帝和拿破仑·波拿巴也曾统辖过这里。腓特烈一世（红胡子）、鲁道夫一世④和腓特烈一世（勃兰登堡选帝侯）⑤也都在此留下了光辉、胜利的伟大形象。居斯塔夫·阿道尔夫⑥曾在科博城的哨所指挥过军队。路易十四也曾亲临莱茵河。欧根亲王⑦和孔代亲王⑧曾经渡过这条

---

① 此处雨果举例可能有误。根据记载，德国的约翰内斯·古登堡发明活字印刷术，并于一四五五年二月二十三日他用活字印刷机第一次印刷了《圣经》，被称为《古登堡圣经》。

② 阿提拉：古代欧亚大陆匈人最为人熟知的领袖和皇帝。曾多次率领大军入侵东罗马帝国及西罗马帝国。匈人帝国在阿提拉的带领下，疆土到了盛极的地步：东起自咸海，西至大西洋海岸；南起自多瑙河，北至波罗的海。

③ 克洛维，法兰克王国奠基人、国王。

④ 鲁道夫一世：德意志国王。奥地利哈布斯堡王朝的奠基人，一二七三年登基。

⑤ 腓特烈一世：普鲁士的第一位国王，得到国王的称号前为勃兰登堡选帝侯兼普鲁士公爵。

⑥ 居斯塔夫·阿道夫二世：瑞典瓦萨王朝国王，生于斯德哥尔摩，即位后，与神圣罗马帝国相争，节节获胜，却于吕岑会战不幸阵亡。他是历代瑞典国王中唯一被国会封为"大帝"者，另外，清教徒称之为"北方雄狮"。斯德哥尔摩和哥德堡都有古斯塔夫·阿道夫广场，以纪念这位君主。

⑦ 欧根：神圣罗马帝国元帅、军事委员会主席。历史上最伟大军人之一。

⑧ 孔代：法国波旁家族后裔。法国军事家和政治家，孔代家族最著名的代表人物。

河。啊，杜伦尼①也曾来过！在美茵茨，有德鲁苏斯的碑石；在科布伦茨有马索；在安德纳克有奥什。在那些追古思今的思想家眼中，有两只雄鹰一直在莱茵河上空盘旋：罗马军团之鹰、法国军团之鹰。

这条高贵的莱茵河，曾被罗马人命名为"绝妙的莱茵河"，时而它架起浮桥，桥上梭镖、长槊或刺刀林立，意大利、西班牙或者法国的军队从这里如潮水般地涌向德国；而那些古老的蛮族之众，成群结队，也从这里冲向地理上始终保持一体的古罗马帝国。时而它又静静地运输着林格和圣加勒的枞树、巴塞尔的斑岩和蛇纹岩、宾根的钾碱、喀尔萨尔的食盐、斯特洪堡的皮革、朗斯堡的水银、约哈尼斯堡和巴什哈克的果酒、科博的板岩、奥博尔维塞尔的鲑鱼、萨尔齐格的樱桃、鲍巴尔德的木炭、科布伦茨的白铁餐具、摩泽尔的玻璃器皿、班多尔夫的锻铁、安代尔纳克的凝灰岩和石磨、纽维德的石板、安托尼乌斯坦的矿泉水、瓦朗达尔的床单和陶器、阿尔的红酒、林茨的铜和铅、科尼西万代尔的琢石、科隆的羊毛和丝绸。遵照上帝的旨意，这条河穿越欧洲庄严地完成了它作为战争之河与和平之河的双重使命，并灌溉了两岸宽阔的丘陵地带：一边种植了橡树，另一边开垦了葡萄园；一边是军武的北方，另一边是民乐的南方。

对于荷马来说，莱茵河并不存在。它被当作是一条可能存在却不为人知的河流；是属于辛梅里安人雾气迷漫之国的河流，那是个雨水不断、终年不见阳光的地方。对于维吉尔②来说，这是一条有名有姓的河，却是一条冰河。对于莎士比亚而言，莱茵河是一条美丽的河流。而对于我们来说，莱茵河哪怕是到了成为欧洲大麻烦的那一天，时尚的它仍是一处风景如画的旅游胜地；是埃姆斯、巴登③和斯帕的闲暇之人的散步圣地。

---

① 杜伦尼：法国军事家，元帅。一六三九年攻占都灵、诺德林根战役。
② 维吉尔：古罗马伟大的史诗诗人。
③ 巴登：一个历史地名，位于德国西南部的施瓦本，为今天巴登符腾堡州的一部分。

彼特拉克①曾经来过爱克斯·拉莎贝尔，但是我并没发现他曾描绘过莱茵河。

莱茵河的山坡、河谷和谷壁都具有不屈不挠的精神，世界上所有的会议都无法人为地将它长期隔离。地理上，只有莱茵河的左岸属于法国，而命运之神曾先后三次将莱茵河的两岸都判归于法国：分别是矮子丕平时代、查理大帝时代和拿破仑时代。

矮子丕平的帝国曾经横跨莱茵河。当时，这个帝国包括除阿基坦地区和加斯科涅地区以外的法国本土，以及除巴瓦洛克地区以外的德国领土。

查理大帝的帝国更是拿破仑帝国的两倍。

确实如此，但是应该指出的是：拿破仑曾统治着三个帝国，或者更恰当地说，他是个以三种方式进行统治的皇帝：直接统领法兰西帝国；通过他的兄弟们间接来掌管西班牙、意大利、威斯特法利亚和荷兰，他将这些王国作为中央帝国大厦的墙垛；又从伦理上通过绝对权威称霸欧洲。欧洲仅仅是一个基地，日复一日地被他神奇的帝国大厦所侵吞。

如此看来，拿破仑的帝国至少和查理大帝的帝国一样伟大。

查理大帝的帝国和拿破仑的帝国有着相同的中心城市和产生方式。他继承了矮子丕平遗留下来的疆域，城市及人口进一步向外扩张，东达撒克逊的易北河流域、德国巴伐利亚州的萨尔市、斯拉沃尼亚②的多瑙河畔、达尔玛提亚③地区的科托尔湾，南至意大利的加埃塔④、西班牙的埃布罗河地区⑤。

一直打到意大利南部城市贝内文托，打到希腊，打到西班牙，制服了萨

---

① 彼特拉克：意大利学者、诗人，被誉为"文艺复兴之父"。与但丁、薄伽丘齐名，文学史上称他们为"三颗巨星"。
② 斯拉沃尼亚：历史上一个地区，位于克罗地亚东部，其北部是德拉瓦河，南部是萨瓦河，东部是多瑙河。
③ 达尔玛提亚：南斯拉夫。
④ 加埃塔：意大利中部拉齐奥大区拉蒂纳省的一个城市，距离罗马一百二十公里。
⑤ 埃布罗河地区：另译为厄布罗河地区，西滨大西洋，北抵北海和波罗的海。

拉森人①。

　　查理大帝的儿子"虔诚者"路易逝世，萨拉森人趁此机会重新夺回了他们的领地，即位于埃布罗河和略夫雷加特河之间的整个西班牙境地。帝国在八四三年面临第一次解体，一分为三，罗马皇帝称号归路易长子洛泰尔，他拥有意大利和横跨法德边界的一大块三角宽阔地带②。他的兄弟们成为另外两个王国的国王——日耳曼路易得到了包括德国的一个大区③，秃头查理得到了法国④。随后，在八五五年，三块领土中的第一块又一次被瓜分，洛泰尔也将他所辖地区划分给三个儿子。于是，查理大帝的残国再次被分裂，这回洛泰尔的长子路易二世称帝，他占据着意大利；另外国王查理，他拥有普罗旺斯（勃艮第）王国；还有国王洛泰尔二世得到洛林⑤王国。随后，第二块分地，日耳曼路易王国的分裂时刻也到来了：最大的一块成为了德意志帝国；而那些人口聚集的小块地方则成为无数的公爵领地、伯爵领地、公国，以及一些由边境总督们看守的自由城市。最后，轮到第三块分地，秃头查理的王国在时代巨轮的压迫和诸侯的威胁下屈服并解体，于是在这最后一块分地上，产生了一个法国国王、五大独立的公爵（勃艮第公爵、诺曼底公爵、布列塔尼公爵、阿基坦公爵、加斯科涅公爵）以及三大伯爵（香槟伯爵、图卢兹伯爵和福兰德尔伯爵）。

　　这些皇帝都是巨神泰坦。他们曾一度拳握宇宙，然死神令他们松手，一切又都从指缝间滑落。

　　可以说，莱茵河的右岸曾属于拿破仑，如同它也曾属于查理大帝一样。

---

　　① 萨拉森人：阿拉伯人。
　　② 长子洛泰尔的王国：史称中法兰克王国，即后来的意大利民族国家的基础。
　　③ 日耳曼路易的王国：史称东法兰克王国，莱茵河以东地区，即后来的德意志民族国家的基础。
　　④ 秃头查理的王国：史称西法兰克王国，即后来的法兰西民族国家的基础。
　　⑤ 洛林：该词可能来源于"洛泰尔王国"的法语称谓。

拿破仑从未梦想过建立一个莱茵河公国，这只是一些平庸的政客在法兰西王室和奥地利王室的长期争斗中的所作所为。因为他清楚：一个不是由岛屿构成的条形王国是不可能长久的，一旦遭受劲敌的打击就很容易屈服并一分为二。一个公国不应该只是追求一种简单的秩序，一个国家想要长治久安并具抵抗力，就必须建立起完备的制度。正如地理和史料所记载的那样，在分分合合几回之后，拿破仑实际成为莱茵联邦最高元首，并有模有样地建设着联邦体系。莱茵联邦必须同南北双方相抗衡，并成为其间的屏障。这一联邦曾为反法而结盟，拿破仑却扭转了它的方向，使之掉头去对付德意志帝国。政治就是一种摆弄，需要皇帝像巨人的手臂一样强壮有力，像高明的棋手一样深谋远虑，去摆弄众多棋子般的王国。在赋予联邦成员国的统治者较高地位的同时，皇帝明白必须加强法兰西帝国的王权，削弱德意志帝国的王权。确实，这些成为国王的选帝侯们，这些加官进爵的总督和诸侯们，在奥地利和俄国那里得到安慰，以弥补他们在法国的所失。这些王侯们表面显得很强大，实则不然；表面是北方皇帝的诸侯，实际只不过是拿破仑的下属。

如此，莱茵河分为四个明显的阶段，各具特色。第一个阶段：诺亚时代，也可能是亚当以前的火山时代；第二个阶段：远古时代，日耳曼尼亚与恺撒的古罗马相争斗的时代；第三个阶段：查理大帝出现的神奇时代；第四个阶段：现代史阶段，即拿破仑统治时期的德法战争年代。因此，无论作家如何千方百计想要避免因讲述这些丰功伟绩而让人产生的乏味之感，一旦我们开始梳理欧洲的历史，恺撒、查理大帝和拿破仑都是三个绕不过去的里程碑，或者说是千年以上才会出现的丰碑。

最后，作为全文收尾再提一笔：莱茵河这条神意之河，似乎也是一条具有象征意义的河流。在河道上，在水流中，甚至在它流经的每一个地方，它都代表着文明。莱茵河为文明作出了巨大贡献，并将一如既往延续下去。它从康斯坦茨湖流向鹿特丹，从雄鹰之乡流到鲑鱼之城，从教皇、主教以及皇帝们的官邸流向商人和资产者的发展地，从阿尔卑斯山流向大西洋。就像人类自身从自负、坚定、冷傲、平静、光辉的思想滑向广阔、变幻、激烈、阴郁、实用、扬帆启航、充满危险、前景叵测的思想。这些思想负荷一切、承载一切、孕育一切、吞没一切。从神权制度演进到民主制度，这即是从一个伟大之举上升到另一个伟大之举。

碎石集 I

我喜欢有思想的人，甚至包括那些和我想法不一样的人。思考，本身就是有益的，无论在什么样的情形之下，思考都是一种让人更接近上帝的努力。

思想者的分歧或许也是很有意义的。谁知道呢？归根结底，殊途同归。为了使人类多出一些探索者，思索的道路纷繁复杂或许也是一件好事。通过打理思想的杂草，甚至连那些最不靠谱、最摸不着北的哲学家，最终也可能悟出一些道理。

有一天，我把我的这一想法写给了一个爱思考的人，一个和我想法有些不太一样的思想家；他想让我相信他所相信的一切，我就回应他："我会在你行进的路上一直关注你，但是我不会离开我自己的道路。"

*

大自然的存在天经地义，艺术的存在也如此。艺术，是人类所专有的创造活动。艺术是人类有限才智的必然、必需的产物，正如大自然是上帝无限才智的必然、必需的产物。艺术属于人类，大自然属于上帝。

*

诗歌蕴含哲理，一如灵魂拥有理性。

*

逻辑是智慧的几何学。思考时离不开逻辑。但是，仅靠逻辑产生不了更多的思想，正如单靠几何学不能描绘出更多的风景，这是一个道理。

*

智慧是妻子，想象是情妇，记忆则是奴婢。

*

当军人完成他的英雄伟业，回到家就可以把佩剑挂到钉子上；思想家的情况则不同，思想不能像剑一样被挂在墙上。当哲学家、诗人休息的时候，他们的思想却仍然在继续战斗。思想在不断地自由驰骋，像个狂傲而高尚的人，打碎丑恶灵魂中的一切，撼动世界。

＊

　　智慧和心灵是两个相互感应的平行区；一个区域扩大了，另一个就不可能不增大；一个区域想要提高，就离不开另一个区域的提升。

　　在艺术领域里，没有不发热的光。

＊

　　艺术给人类带来的效益，除了诞生了艺术品本身这一可供欣赏的实物之外，更是潜移默化地提升了人类的内在世界。

　　这是一笔巨大而真实的财富。思想浅薄的人往往与此无缘。艺术是从真和善两个方面凝炼而成的美。

　　这些杰作，有时候也并不是创作者的本意（哦，这恰恰是天才的弱点），却渐渐地、不可思议地、神奇地显现出来，传播开来；可以这么说，是艺术营造了一种氛围，一种神圣而强烈的道德观。那些接触艺术，感受艺术气息，长期耳濡目染的人，不知不觉就被熏陶得更有才智，变得更为优秀。

＊

　　花之散发芬芳，一如艺术传播文明之气息。

＊

　　文人，学者，科学家经由梯子登高；诗人和艺术家则是带翅膀的鸟儿。

＊

　　人，即使是最庸俗的、切合时下所谓"最现实"的人，也需要幻想。哪怕仅有片刻，哪怕只是稍纵即逝，他都需要。但是，并不是所有的灵魂都具备自发想象的神奇天赋。大众之所以喜欢音乐，正因为它是现成的幻想。杰出人物也喜欢音乐，但是他们更喜欢自己去幻想。

＊

　　思想的起点越高，越容易幻化为影。

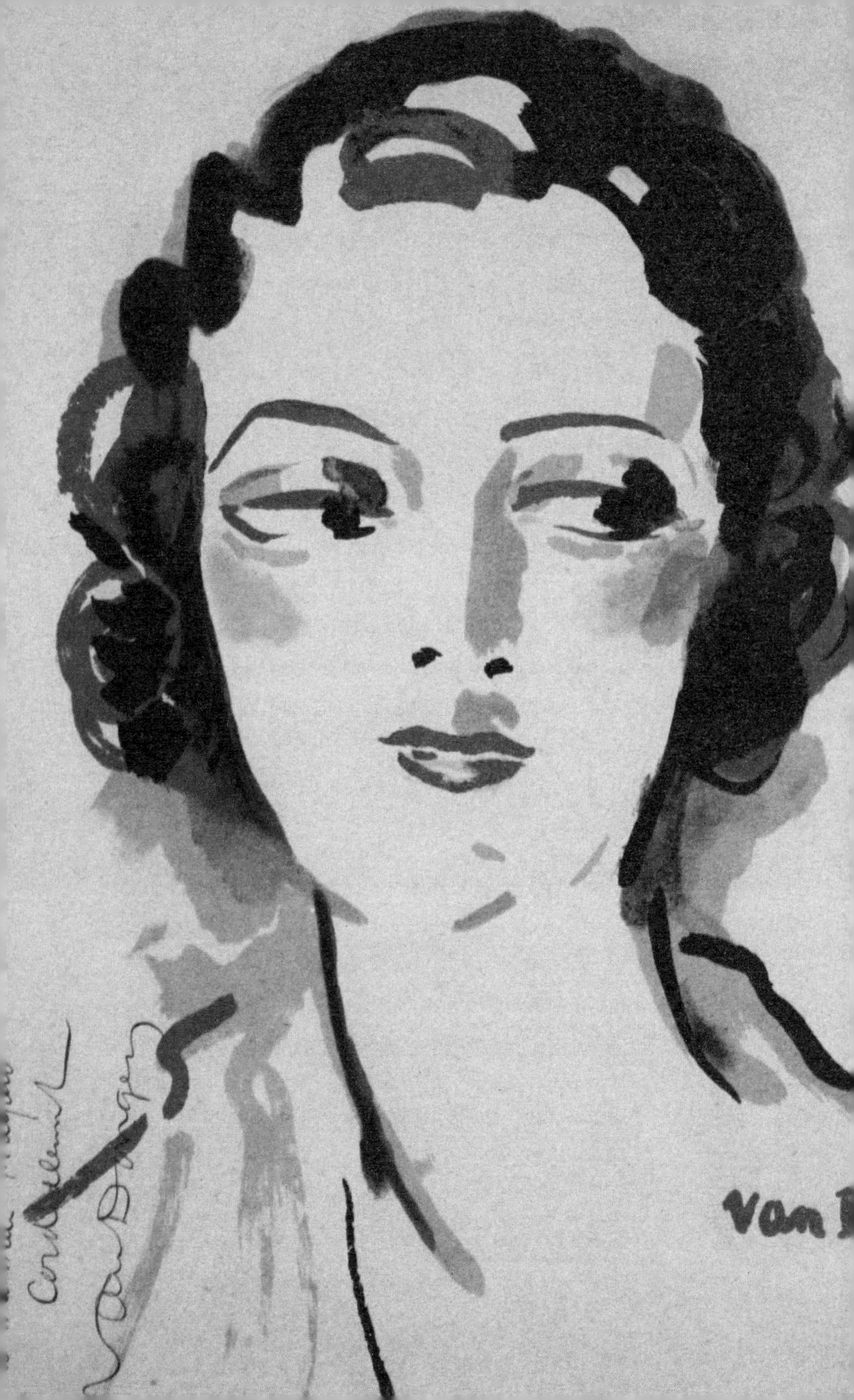
Van

砕石集Ⅱ

苦之众多犹如人之万相，能忍则忍。

*

骄傲是狮子，自私是老虎，虚浮是猫咪。

*

真正有才能的人以此为铭：才能算不上什么。

*

不能安于贫困，岂能享受自由。

*

恶。小心那些欣赏恶的人，因为他们比作恶者更坏。

*

很多朋友就像日晷仪，他们只在你阳光灿烂的时候跟随你。

*

攻击蚂蚁的大象，还不如对抗大象的蚂蚁。

*

——你看到那堵墙了吗？

——是的，将军。

——它是什么颜色的？

——白色的，将军。

——我告诉你它是黑色的。它是什么颜色的？

——黑色的，将军。

——你是个好士兵。

*

哦，天啊，美是多角度的。从大自然和艺术这两个不同的角度来审美，结果是不一样的。若是一名女子，肌肤像大理石一样，那是一种美；若是一尊大理石雕塑，说它好比女子的肌肤更是一种美。

*

恶人的嫉妒和憎恨,正是他们表达欣赏的方式。

*

智者知己之所不知。

*

能够忍受污蔑是正人君子的一种气魄。

*

谦逊的人就是那镀银的金子。

*

无所事事,最是煎熬。

*

百无聊赖，就是头脑空空。时常听说：他自杀了，活腻味了；其实还不如说，他自杀是因为不知道该怎么活，这样来得更为恰当。

*

无事可为，是童年的幸福，却是老年的悲哀。

*

君子谋求为他人带来利益；小人则追求自身的存在感。

*

想要强大外表，必先强大内心。

*

想要十足的幸福感，光拥有幸福是不够的，还要有享受幸福的感受力。

*

人们可以有很多抱怨的理由，但是抱怨本身是不理智的。

*

笨人的高明之处就是不要当一个蠢货。

*

美德罩着面纱，邪恶戴着面具。

*

不要只满足于小有成就，要胸怀大志，有所作为。

*

人总是无视他人的优点，却放大他人的缺点。

碎石集Ⅲ

大自然靠对比来呈现万物。

通过对比，事物更加鲜明。通过对比，事物更容易被感知和接受。用白昼凸显黑夜，用炽热感知寒冷，用光明造成阴影，等等。立体感、轮廓、比例、关系、真实感都由此而生。对人而言，自然界的万物、生命、命运无不是存在于无限的明、暗之中。

诗人，是具象的哲学家、抽象的画家；诗人，是至高无上的思想家；诗人就应该模仿大自然，运用对比来让人更进一步地感知万物。他或是梳理人类的灵魂，或是打理外在的世界，他尽可处处用黑暗对比光明，用不可见的真对比可见的实，用精神对比物质，用物质对比精神；天地万物是个整体，人只是其中的一部分，诗人要想让人类感知天地万物，就要通过巨大差异的强烈对冲，或是细微差别的亲密磨合。无论是诗歌的生命，还是万物的生命，都在于事物所包含的矛盾双方永无休止的对抗。

*

当我们说：这充满诗意！而你们却说：这只不过是彩色而已。可怜的人，太阳也只是一个调色师而已。

*

语言和气候之间有一种微妙的关系。阳光催生元音就像它催生花朵一样；北部冰川和山岩居多，如同林立的辅音。元音和辅音两者平衡的语言，必定存在于南北气候适中的温带地区。

法语之所以成为一种主导性语言，原因正在于此。北方的语言，比如德语，无法成为世界通用语，因为德语中辅音见长，南方人柔软的嘴巴承受不了。南方的语言，我指的是意大利语，也不可能被所有的民族接受，因为很多的元音在北方人粗硬的发音中根本听不出来，白白浪费了字词中那么多的元音。法语则不然，靠辅音支撑而不显得生硬，被元音软化而不失之于单调，如此之完美，全人类的舌头都能接受它的发音。因此，我才敢说，而且要重复一遍，不仅是法兰西讲法语，整个文明世界都在讲法语。

从音乐的角度研究语言，考虑到词在词源学意义上的神秘由来，我们可以得出这样的结论：每个单词都独立成为一支小乐队，元音是乐队的声部，是"声音"；辅音是乐队的乐器，"是伴奏"，是"共鸣"。

这是个多么惊人的细节发现，它以如此生动的表现方式阐释了一个真理，使得一切问题顿时迎刃而解：器乐曲适合语言中辅音多的国家，即北方各国；声乐适合语言中元音多的国家，即南方诸国。德国是管弦乐的王国，拥有不少交响乐作曲家；意大利是歌曲的天堂，拥有众多歌唱家。因此，北方、辅音、乐器、交响乐，这四样东西从逻辑顺序上依次而生，不可或缺；与之相对应的另外四样东西：南方、元音、声乐、歌曲。

从大海、森林和风暴中能产生什么呢？交响乐！从小鸟身上呢？歌曲！

*

追求简洁永不为过。简洁是精髓。在塔西陀①的作品中就有某些绝妙的深奥段落。

*

风格要简洁，思想要正确，信仰要坚定。

*

不得已时才可以使用粗俗的词，但是肮脏的字眼可不能用；要尽量避免不恰当的词和淫秽的词，这是两个陷阱。

*

"像宝石般流光溢彩"，我在抒情诗《东方吟》中的这个比喻，一下子流传开来。如今，这个比喻变得十分通俗，我恨不能把它从诗里删去。我至今还能想起这个比喻对画家们所产生的影响。我给布朗热郎朗诵《拉扎拉》，他听完后即兴作画一幅。

---

① 塔西陀：罗马帝国执政官、雄辩家、著名的历史学家与文体家。

所有巧妙的比喻很快就被庸俗化。其真实生动的形象马上被大众广泛接受。诸如：拼命跑①，怒气冲冲②，捧腹大笑，猛烈攻击，剑拔弩张，拔腿飞跑，等等；曾经有多少令人惊叹的比喻，如今就有多少的老生常谈。

*

我今天才看到拉马丁写的有关《悲惨世界》的文章。这篇文章可以题为《论天鹅咬的伤口》。

*

诗人作为铸工和雕工，散文和诗行还只是他们借以形象表达自己思想的原材料。散文是青铜，诗行是大理石。

之于创作型的艺术家，熔模铸造是其理想的工艺；之于后人，大理石是较理想的材质；之于思想的表达，两者同样的珍贵。正如希腊科林斯③的金属、意大利卡拉拉城的大理石那般珍贵；正如诗人塔西陀和维吉尔两人的才情难分高下。

然而，诗歌可能更有幸流传得长久一些，因为诗歌不是那么容易被庸俗化，它永远也不可能化成辅币。人们无法用大理石制造辅币；人们却可以把青铜熔化铸造辅币。

有些主题，既可以写成诗歌，也可以写成散文。也就是说既可以用大理石雕琢，也可以用青铜浇铸，没有太大区别。因为这些主题往往既包含人又包含神，既有理想又有现实，其比例只不过是或多或少的问题。而另一些主题，却只能用白皙的大理石，即梦幻般的诗歌来表达。让诗歌来表现纯美。维纳斯如果用青铜铸造，就会成为一个女黑奴。

叙事诗可以写成散文，抒情诗则不然。

---

① 拼命跑：原文形象为肚子贴着地面跑。
② 怒气冲冲：原文形象为被怒火点燃。
③ 科林斯：希腊的一个主要工业枢纽，其工业品是铜线、石油制品、医疗器械、大理石、石膏等。

*

　　戏剧是文明和艺术的交接点：人类社会的缺陷、偏见、盲目、倾向、本能、权威、法律及习俗，与人类精神之自由、幻想、灵感、向往及修养两者之间的交接点。

　　在舞台上，诗剧作家和观众面对面：他们时而相互接触，时而相互碰撞，时而彼此融合，产生出新的火花。一边是观众，一边是作家。观众的体会进入作家的创作，作家的思想又进入观众的头脑。这就是全部的戏剧艺术。

*

天才的抒情诗人抒发的是自我;天才的剧作家写的都是别人的故事。

*

剧作家们,请你们把历史人物而不是历史事件搬上戏剧舞台!你们常常被迫去虚构一些故事,你们可以根据真实的历史人物来创作。请依据历史来编写戏剧吧!别再讲述历史啦!

*

有人对莎翁的创作作呕,这就像有人在大海上晕船而剧烈呕吐。伟大的剧作如同汪洋大海:使得一些人兴奋到颤栗,又使得另一些人眩晕到反胃;伟大的剧作往往有种深渊的气息,令人头晕目眩。反对戏剧好比反对大海,这能说明什么呢?

*

塔丢夫①这个角色没有独白;雅果②从头到尾都是独白。——看看能从中得出什么样的理论吧!

*

舞台并不是个真实的世界:有纸板剪裁的树木,纱幔围成的宫殿,破布搭成的天宇,玻璃的钻石,箔纸包的黄金,上色的桃子,傅粉的脸颊,从地下升起的太阳。

舞台又是一个真实的世界:台上有情,幕后有情,观众也有情。

---

① 塔丢夫:莫里哀喜剧《伪君子》中的主人公。
② 雅果:莎士比亚悲剧《奥赛罗》中的人物。

博马舍

在博马舍①的身上,最让我着迷、也最让我惊讶的气息,即是它的思想中有那么多优美的东西,却偏偏要用大量粗鄙的语言来表达。至于我本人,还是更偏向于他的优雅而非粗鄙,尽管这种粗鄙带有革命早期原始的胆魄,又有几分天才人物恃才自傲的鲁莽。从历史的角度看,博马舍和米拉波②一样厚颜无耻;从文学的角度看,博马舍和阿里托斯芬③一样玩世不恭。

我想重申一遍,尽管博马舍的粗鄙充满力量,甚至还有些美感,但是我依然更喜欢他的优雅。换句话说,我欣赏他的费加罗,但我更偏爱他的苏珊娜。

首先,苏珊娜,多么有灵性的一个名字!这个名字取得多好,选得多妙啊!由于博马舍创造了这个名字,我一直对他心怀感激。我有意用了"创造"这个词。那是因为人们往往没有注意到,只有天才的诗人才能给他们所创作的人物取一个如此气质贴近,具有表现力的名字。一个名字就是一个形象,如果连这点都不懂,那么只能说是诗人的无知了。

因此,苏珊娜,我喜欢苏珊娜这个名字。您看,这个名字可以有三个变体:苏珊娜、苏泽特、苏宗。

苏珊娜,有着天鹅般的脖颈,双臂裸露,一个齿如编贝的美人儿,或许还是个少女,或许已为人妇,不甚清楚;几分侍女的谦卑,几分少妇的风韵;是个尚在人生起点的可人儿;时而大胆,时而娇羞;能叫见了她的伯爵心跳,也会被一个年轻侍从看红了脸。苏泽特,是个蹦来跳去的漂亮精灵鬼,她爱做梦也爱幻想;她也可以安心聆听,静静等待;她像鸟儿一样机敏地环顾四周,像花儿一样绽放着美丽心情;她是个披戴白纱的未婚妻,是个机智聪颖的女孩儿,是个好奇心爆棚的天真少女。苏宗,则是个脚踏实地的好女孩,目光

---

① 博马舍:法国作家,《塞尔维的理发师》和《费加罗的婚礼》的作者。
② 米拉波:法国大革命时期杰出的演说家、政治家、革命家。生活放纵奢侈。
③ 阿里托斯芬:古希腊喜剧家,被称为"喜剧之父"。

坦诚，直言快语，漂亮的额头，柔美的酥胸；她不惧长辈，不怕成人，也不畏后生；她如此心满意足以至于让人猜想她曾饱受苦难，她又如此无动于衷让人猜想她也曾为情所伤。苏泽特没有情人，苏珊娜有一个，苏宗有两个，也许三个，谁知道呢？苏泽特叹息，苏珊娜微笑，苏宗笑得前俯后仰。苏泽特迷人，苏珊娜吸引人，苏宗诱人。苏泽特几近天使，苏宗几近魔鬼，苏珊娜介于魔鬼和天使之间。

多么美丽！多么漂亮！多么深奥！在苏珊娜身上能演化出三个女子，而从这三个女子身上又折射出了所有女人的样子！苏珊娜已经不再是一个人物了，她成了一个三重奏；她已经不是三重奏了，而是三位一体了。

博马舍只需要使用其中一个名字，就能在其作品中唤醒这三个形象中的任何一个形象；于是，仅凭名叫苏泽特、苏珊娜或是苏宗，观众面前的那名女子，就像中了魔术师的魔法棒似的，或是被一束不期而遇的舞台光束所笼罩，立马就变换了色彩，显现出作家所希望的那个样子。

一个精心挑选的名字就能达到如此神奇的效果。

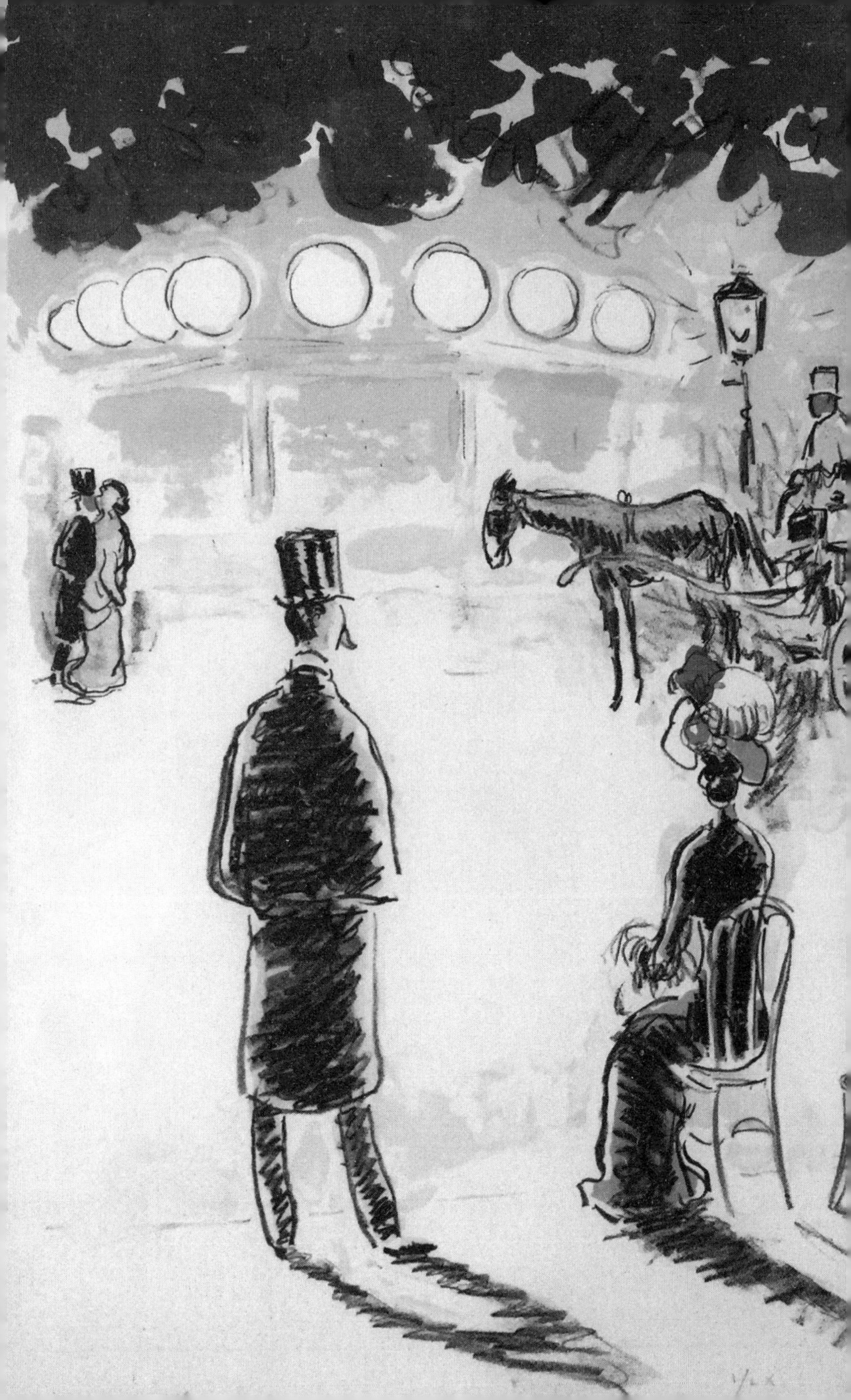

论天才

一个阴雨天,您在乡间,为打发时间就随手拿起一本书,就近的任意一本,就像读省级公报,或是像瞅省城中的告示那样看起来,满脑子想着别的事情,心思全然不在书上,还打着哈欠。突然,您感到一阵悸动,您的思想仿佛不再受您控制了,适才的心不在焉顿时被抛到九霄云外,取而代之的是一副全神贯注的神情,继而几乎像是被征服了一般,坐卧行走完全不由自主。有人抓住了您。是谁?手里的这本书。

一本书是一个人。不可思议。

一本书就是一架齿轮传动机。对于白纸上的黑字,您可得加倍小心,其间潜藏着无穷的力量。它们相互结合、分拆、重组,形成一个样子,又形成另一个样子,字里行间,相互纠缠,结对,咬合,发挥威力。这一行在撕咬,那一行在承压,还有一行在拽扯,另外一行在牵制。思想就是一个齿轮。您被一本书给钳制住了,在未留下它的思想烙印之前,您是不会轻易获释的。而当您走出来的那一刻,发现自己竟然已经脱胎换骨了。荷马的诗歌和《圣经》就会创造这样的奇迹。无论是那些最自以为是的人,最感性的人,最细腻的人,最淳朴的人,还是最伟大的人,都曾遭遇过书的这般魔力。莎士比亚曾对贝勒福雷[1]如痴如醉。拉封丹到处喊叫:"您读过《巴录启示录》[2]吗?"高乃依比卢肯[3]伟大,却对卢肯着迷;但丁还被维吉尔弄得神魂颠倒,而维吉尔比不上但丁。

在您面对所有伟大的作品时,其魅力都是无法抗拒的。您可以不被这些著作所改造,您可以读《古兰经》而不变成穆斯林,您可以读印度教的《吠陀经》而不变成苦行僧,您可以读《老实人》而不变成伏尔泰主义者,但是,您

---

[1] 贝勒福雷:法国作家、诗人、翻译家。最出名的作品可能是编译的《悲剧故事》,其中一个故事据说是莎士比亚的哈姆雷特的来源。

[2] 巴录:时间约雅敬第四年,巴录将先知耶利米口中所说的话写在书上。

[3] 卢肯:古罗马诗人。创作了继《埃涅阿斯纪》之后最优秀的史诗《法萨利亚》。

不得不赞赏这些书。这就是书的力量所在。一个希腊人曾对薛西斯一世[①]说过这样的话:"我先向您致敬,然后再与您战斗,因为您是国王。"

人容易赞美和自己相似的东西。赞赏平庸是心怀嫉妒之人的特征,赞美伟大则是高尚之士的特征。为了能发现地平线上所有的绝对高度,自己首先必须站在一定的高度上。

我们这里说的是实情,在赞赏一件杰作的同时,您也在不自觉地自我欣赏。知晓这一点,可喜可贺。在欣赏的过程中,会产生一种无法言说的东西激荡人心,让自己变得更加高尚纯洁,让自己变得更加才智非凡。激情就似强心针,引起共鸣能拉近彼此的距离。打开一本书,身心愉悦地徜徉其间,或是迷惑不解,或是信其所言,无不乐哉!现实中所有的意想不到,都在书中被惊喜地发现了,接踵而来的是理想中的种种美好情形。

然,美是什么?

不要下定义,不要争论,不要推理,不要条分缕析地自寻烦恼,不要因为犹疑、牵强、迟疑而和自己过不去。还有什么比书呆子更愚蠢的吗?来吧,勇敢地站出来,说上帝的力量是取之不尽用之不竭的,说艺术是无限的,说诗歌不受任何写作技巧的约束,正如大海不可能受瓶瓶罐罐的约束。坦诚地当一个懂得欣赏而又有内涵的人吧!任凭诗人左右吧,畅饮吧,接受吧,感觉吧,理解吧,观看吧,感悟吧,相信吧,一醉方休,喝醉了不怨酒杯!

天才就是无垠中那道光芒,闪耀夺目,扇动着至高无上的羽翼,瞬息之间超凡入圣。您手里拿着书,书就在您眼前,突然那一页像圣殿的帷幔似的由上而下撕裂下来。透过这个缝隙,您看到了无极。一段歌足矣,一行诗足矣,一个词足矣。已达顶峰,尘埃落定。去读一读于戈兰[②],漩涡中的弗朗索瓦兹,辱骂阿加曼农的阿希尔,被缚的普罗米修斯,古城底比斯前的七位首领,

---

[①] 薛西斯一世:波斯帝国的国王。
[②] 于戈兰:但丁神曲中受到诅咒的人,吃了自己的孩子,被判处饿死。

墓地里的哈姆雷特，粪堆上的约伯，去读读这些段落吧。现在请合上书，想象一下，眼前群星璀璨。

有些神秘人物，他们必然将成为伟人。那些马路上东游西逛的人，几乎就是因为这点而憎恨他们。在看热闹的人群里，分大量盲流和少数读书人。切不可把看热闹的人和人民混为一谈。矮子指责巨人，说他长得高大就是他的过错。那么，小矮子，你想怎么样？让自己也变得伟大？把自己叫作歇尔·塞万提斯、弗朗索瓦·拉伯雷，或是皮埃尔·高乃依，不当蹩脚的作家，想要鹤立鸡群，投下高大的身影，占据一席之地；让某个名人、某个著名的空论家、某个大人物矮你半身，你可真行！事儿可不能这么做，有点让人接受不了。

那么，这些伟人为什么会这般高大呢？他们自己也不清楚。造物主知道。他们的身高也是为了衬托他们在人间的作用。

他们独具慧眼。他们像荷马一样，见过大洋；像埃斯库罗斯一样，见过高加索山脉；像约伯一样，见过苦痛；像耶利米①一样，见到过巴比伦；像朱文纳尔②一样，见过罗马；像但丁一样，见过地狱；像弥尔顿一样，见过天堂；像莎士比亚一样，见过人间；像卢克莱修③一样，见过叫潘的畜牧神；像犹太人的先知以塞亚一样，见过上帝。他们沉浸在梦幻与直觉之中，不自觉地踏进一片深渊，穿越理想的奇异之光，于是他们身上一辈子笼罩上了这种光芒，并从他们的脸上散发出来。然而他们的脸也会因为迷茫而显得阴郁不安。他们的脸上也会微微渗出些闪闪的汗珠，是灵魂从他们的毛孔里渗出来。谁的灵魂？上帝的。

他们身上充满着这种圣洁的光环，他们时而是文明的使者，时而是社会进步的先知；他们敞开胸怀，向人间洒下光明。这种光明是话语，因为，圣言

---

① 耶利米：希伯来先知，《旧约》中《耶利米书》和《耶利米哀歌》的作者。
② 朱文纳尔：又译尤维纳利斯。罗马伟大的讽刺诗作家。
③ 卢克莱修：古罗马诗人，唯物主义哲学家。

即光明。"上帝啊!"哲罗姆①在荒漠里呐喊:"我的眼睛和耳朵一样,也在聆听您的教诲!"施教布道,给人以建议,给人以精神支柱,给人以希望,这就是他们的贡献;接着,他们流着鲜血开裂的肋部重新愈合,这个如同嘴巴一样会说话的伤口沉默了。接下来展开的是他们的翅膀。

不再怜悯,不再流泪。让人头晕目眩之后,他们远离了人群,去别处看风景,去所谓的宇宙深处翱翔,去探索未知,去理想的彼岸。他们必须这么做。他们出发了。上苍会对他们做些什么?黑暗又将会带给他们什么?他们走了。他们突然振翅高飞,留给大地一个硕大无朋的背影,成了不可名状的怪物,抑或是幽灵,抑或是大天使,带着鹰击长空的呼啸声,他们消失于令人恐惧的、未知的无垠之中。

然而,他们突然又回来了。他们出现在人们面前,微笑着抚慰人们。他们是人类。

他们在人类视线中的消失和复现,启程和回归,这种骤然间的巨人掩月、复而又光芒万丈的现象,对于沉浸在书中的读者而言,已经被刺得睁不开眼睛,与其说他们看到了这点,毋宁说是他们感受到了这一点。读者已经处于诗人的掌控之下,着了魔一般,他并没有意识到这个天才启合巨大的羽翅忽来忽去。他只感到天才离他忽远忽近,在阅读的过程中,就产生忽明忽暗的感觉,脑子里一会儿茫然,一会儿又顿悟。

当但丁离开地狱,升入天堂,读者所体会到的热情减退,不是别的什么,而是他们和天才之间的距离在增大。彗星远去,热量会减损。但丁更高远,更超前,更遥不可及,更接近绝对存在。

有一天,施莱格尔②想到这些天才,提出了这样一个疑问:"这些人,他们真的是人类吗?"他的提问可能只是一时心血来潮;但是,在傅立叶和圣西

---

① 哲罗姆:西方教会学识渊博的神甫,把《圣经》翻译成拉丁文。
② 施莱格尔:德国作家、批评家,启发德国早期的浪漫主义运动。

门眼里，这个问题也许就是对制度的一种呼唤了。

是的，他们的确是人。这是他们的不幸，也是他们的光荣。他们知道饥渴。他们有血有肉，他们有情有性，他们有亲有爱，他们有苦有乐；他们和所有的人一样，他们也有癖好，有冲动，有失意，有满足，有情绪，有心计；像所有的人一样，他们也是肉体凡胎，带着病端，带着诱惑——这也是一种疾病。他们也有其笨拙的一面。

他们也会被物欲压倒，也会围着它们转动。当他们的思想围着绝对理想转动的时候，他们的身体不由地围着需求、欲望和所缺而转动。肉体有自己的意愿、本能、贪婪，有追求快乐和享受的要求；这是从他们肋下衍生出来的某个小人，躲在角落偷偷干着自己的勾当，是独立于这些天才而存在的另一个自己，他偷取他们的一些思想，满足他的任性和需求，让这些天才也大为困惑不解。睿智的高乃依写出《西拿》①，愚蠢的高乃依把它题词献给了财政长官猛托龙。

在某些天才身上，表现为他们身带残疾，但是，这丝毫无损于他们的伟大。纵然眸子里是漆黑一片，头脑里仍满是大天使般的光明。荷马双目失明，弥尔顿也是瞎子。卡蒙斯②独眼，似乎是一种羞辱，贝多芬失聪，似乎是一种嘲弄。伊索驼背，相貌丑陋，上帝赋予他伏尔泰那般的才华，却让弗雷龙③画了外形。发生在这些可亲可敬的思想家身上的这类残疾或是畸形，是一种可悲的平衡策略，是上帝的嫉妒之心在作祟，是在他们身上找到一种情感的弥补；有这种嫉妒心，造物主大概也不好意思承认，可能也会因此而感到羞愧吧！如此一来，造物主或许正可以自鸣得意，在暗中窥视提尔泰奥斯④和拜伦，他们像天才一样在空中翱翔，同时也像凡人一样在地上一瘸一拐。

---

① 《西拿》：高乃依的四大悲剧之一。
② 卡蒙斯：葡萄牙诗人、作家，对西方文学影响广泛。
③ 弗雷龙：伏尔泰的论敌。
④ 提尔泰奥斯：公元前七世纪的希腊哀歌体诗人。

砕石集
IV

伟人们的命运，尽显的是上帝各种各样的旨意。

*

天才就是凡间的超人。

*

大诗人、大哲学家和凡夫俗子一样，他们也有困顿、疑惑和行为异常的时候。只是在一般人那里，这些困惑不解是些薄雾、阴影和昏暗。而在大思想家那里，这些困惑堆积如山，散发光芒，巍峨壮丽，遥不可及。两者的差别，如乌云之于星团。

*

荆棘、木刺、石头、砾石、陡坡和泥坑，是建立名望的不利因素，却是必要条件。给公园添乱的这些东西，却构成了山林的美景。

*

天才是全能的。要想在某一方面有所擅长，就要做得滴水不漏。各种因素都是相互依存、相互转化的，优雅蕴含于力量之中，阴暗藏身于光明背后。

如若没有两极，造就不了天才。存在两极，方有轨道，有了轨道，才有星宿。

*

一个伟大的艺术家，既是一个成年人，也是一个大孩子。

*

伟人的卑劣因其为伟人而愈加卑劣。

*

荫庇，这个词既适用于大树，也适用于伟人。

*

哪里有荣誉，哪里就有纷争。

*

冲向伟人的仇恨，犹如吹向旗子的大风，只能使他们更加旗鼓张扬。

*

伟人之所以为伟人，是因为他们备受攻击，却从未被攻克。

*

天才不仅拥有明天，并且永远拥有明天。

*

失之东隅，收之桑榆。换言之，第一天错了，第二天对了。这就是所有发现真理的伟人所历经的过程。

*

深井影映星空，映出无垠天空的壮阔。一个孩子经过，俯身，往井里扔进一粒石子。石子打破一平如镜的水面，星星不见了。

思想家亦复如是。随便一个人，拿起生活中的琐事扔进去，就足以搅乱他的思想，扰乱他对永恒事物的思索。不过，这种扰乱只是暂时的，石子终归会沉入井底，烦忧也会沉入灵魂深处。然后，那面神秘的镜子重又影映出一片星空。

*

野蛮民族的活力在于其青春，但会随着青春的消逝而消失。
开化民族的活力在于其智慧，也会随着智慧的发展而发展。
强盛而古老的野蛮民族，前所未有。野蛮民族要么被开化，要么被灭亡。
苏联解体属于上述第一种情况，土耳其则属于第二种情况。

*

本世纪的任务就是为未来社会铺路。我们筑路，你们来走。

*

我们用望远镜遥望过去，用显微镜观看当下。因而当下显得异乎寻常。

*

受大众欢迎,这是我的幸福;有益于大众,这是我的责任。

无用而受欢迎,抑或有用却不得人心。两者选其一的话,我会毫不犹豫地选择后者:承受痛苦,为大众服务。

*

我单手写作,却用双手搏斗。

*

流放以混乱为开端,以成为一种抉择而终结;磨砺让人成长,让人变得优秀。流放就如同筛子。

*

当我还是法国君主制度下的贵族议员,或是共和制度下的人民代表的时候,如果有人为我预言,我,维克多·雨果,有朝一日将会受到查理大帝时代重罪法庭条例的惩罚,又将像个封建时代的佃农一样,向英国女王缴纳家禽税,我一定会对这些无稽之谈一笑置之。如今预言成真,看来没有什么事情是不可能的。命里的大事小情都该有所预料,预备好不测吧!

*

革命就像火山一样,有它喷发的日子,也有它沉寂的时期。

我们现在正处在休眠期。

*

啊!所有被制度禁锢的人们,被政治阴谋搞乱的人们,被奴役的人们,被暴政统治的人们,祖国母亲哪里有伤痕,哪里的人们就有一种责任。

*

贺拉斯[①]早在两千多年前就说过,无论在哪个时代,年轻人都钟爱马匹,只不过是喜爱的方式不同罢了。我们的父辈,以前的年轻人,如同骑士一般爱

[①] 贺拉斯:古罗马诗人、批评家。

马；如今的年轻人如同马夫一般爱马。

*

专制是一项长久的罪行。

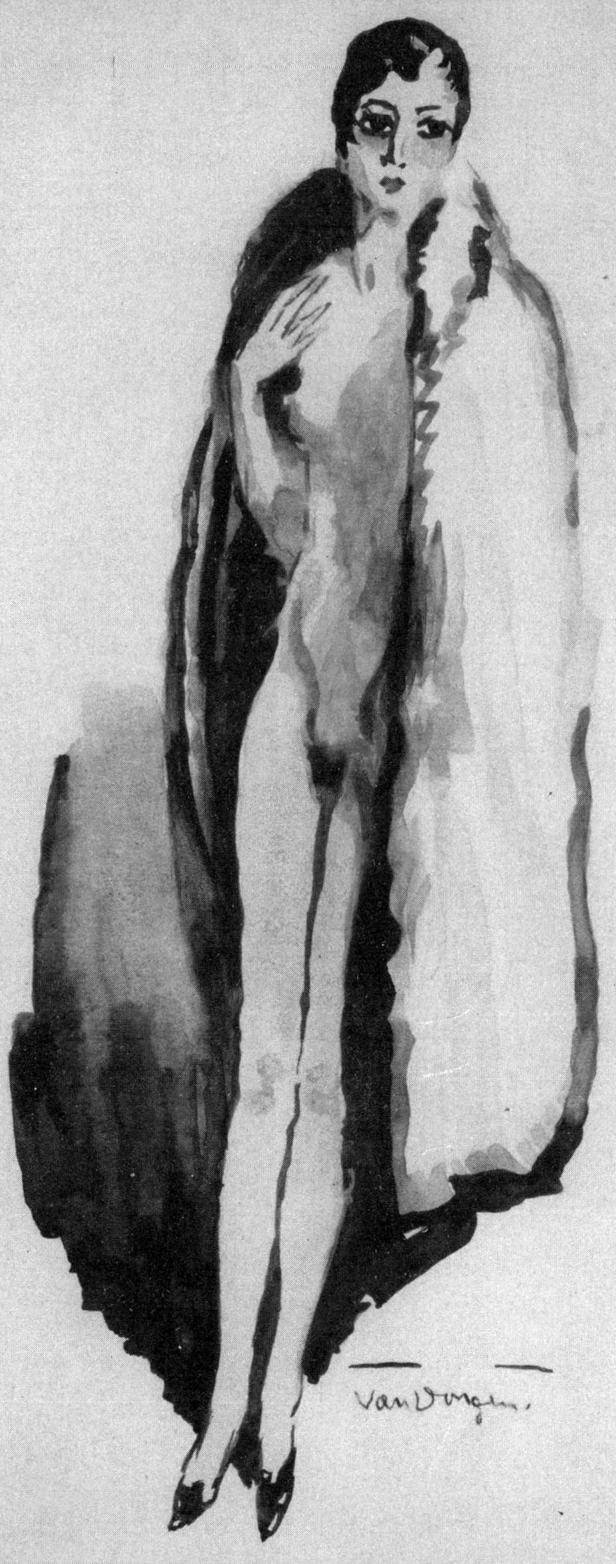

Van Dongen

砕石集Ｖ

改变你的观点,坚守你的原则;焕发你的新枝,保留你的根基。

*

有两种情况让人不容易被分门别类。比如妇孺,我们很难一一把握其脾性;比如思想家和智者,我们虽然已经把握准了他们的思想,却因其纷繁复杂而无法贴下标签。

*

反作用:逆流而上的船,并不妨碍河水往下流。

*

真正的大政治家是这样的人,当他们所处的时代发生大事件时,能知道在必要的时候像人一样去思考。

*

停滞,无异于死亡和黑夜,它不会认错自己的对手。它会揭发和迫害所有的运动。如果可能,它还会扼杀一切运动。因为一切运动都是生命,一切生命都是光明。那些待在阴暗处墨守成规的人,心怀怨恨,讽刺哈维[①]是"沿街流动叫卖的小贩",这个称号和革命者是一码事。

哈维并没有创造出血液循环,路德也没有发明信仰自由。哈维是另一个路德,路德是另一个哈维。他们的共同点就是观察到了一个事实真相。仅此而已。有所作为的人都是这样成就的,或者说是这样造就的,谁观察到了万物的规律,谁就是创新者,谁运用了这个规律,谁就是革命家。

*

年复一年,岁月增长,我们会摒弃原先的自己,其实是由于思想的不断更新,成为了一个不同与以往的新人。随着世事变迁,人身上的某些方面得到修正,某些观点得到更正,就像人的容颜在发生变化一样,人的精神面貌也在不断焕新。上苍希望,生命的存在就是一个持续更新的过程,生命中的东西,

---

① 哈维:英国医生、生理学家,发现血液循环的规律。

像海浪一样，一波接着一波向前翻涌，永不停歇。但是，在这番不可避免的交替和变换中，需要保留本质的东西，那就是我们的初心。最好矢志不渝。有些事情可上可下，有些东西必须坚守。成为另一个自己的同时又不失你的本色。这才是问题的关键。

*

年轻人有很多优点：真诚、忠实、正直、纯洁、有信仰、有激情、有品质、慷慨大方、知恩图报。当您随着年龄的增长，对生活不再抱以幻想，但是请保留年轻人的这些优点吧；成人以后，请保持蓬勃的朝气。

美好品性的养成，伟大心灵的形成，无不遵循这个规律。对于真正的智慧，激情是根本。

智者成熟，而不老去。

*

深渊，离人们咫尺之遥。

我们，这些诗人，渴望彼岸。也许，你们，国家的人民，却仍在其间酣眠不醒。

*

真正的社会发展格局应该是这样的：

美善人们的道德，扩展人们的智慧，幸福人们的生活。

首先是真善美，接着是强大民智，最终得到幸福。

*

思想家，在他认为有必要的时候，他就能成为演说家。

*

适合于在公众场合上发表的演说，从来就不应该只是一些泛泛之谈。一些言辞激昂的演讲，无论是煽动了一群人，还是仅仅只激励了个别人，就其本质而言，是同一回事。此类演讲，可以在某一次集会上，作为新事物，以其新颖、高品让听众激动一回；但是第二次就会令人感到乏味，第三次，就显得有点可笑了。

为了很好地驾驭一个大型集会，必须考虑到大众的情绪。每一次的讲话，必须取得集会中某一个派别的合力，并以此作为演讲的感情基础，这么一来，你所依靠的不再是自己孤立的力量，而是这个派别的全部力量；或者，做得更漂亮一点——这比较困难，取得整个集会的合力，把话说到每个人的心坎里去。那么，你将会拥有掌控整场集会的力量。你可以使每个人都激动起来。有可能，你还能触碰到听众的内心深处。

打动人心，可以做到，但这并非个人意愿所能达成，更多时候出自于偶然。演讲者只能仰仗自身情感的表达和坚定信仰的力量了。到了这个时候，你就不光是个演说家了，而是升级为某个与众不同的、魅力非凡的人物了。

想凭借与集会无关的思想去驾御一次集会，这个想法可不靠谱。要激励与会者，只能运用与集会相关的内容。能认识到这一点的人不在少数，有时，您不妨一试。

*

法国大革命，就是人类时代的一次更替。是非对错，任人评说，但是，它已然成为时代的主题。这是宇宙间阳刚之气的大爆发。

*

法国大革命是一把刀。文明借用这把刀斩断了自己与过去的联系。

*

在大革命中，人人都是牺牲者，而不是罪犯。

*

伏尔泰是炸药，米拉波引爆了炸药。

*

革命，就是一次彻底的历史大清扫；建章立制，树风立德，争取进步，创造奇迹。一次民众及思想的大规模运动，一次令所有人都欢欣鼓舞的大动作；大革命释放了自由的电流，触及了两极；犹如一场地震撼动了两个大陆，一道闪电打了两个响雷，一个在欧洲，一个在美洲。通过推翻法国的君主制，打倒了全世界的独裁统治；它光芒万丈，照亮一切，温暖一切，焚烧一切，摧古拉朽，让人们重见光明；它让黎明的曙光诞生在坟墓般的黑暗里；它把不可思议的两极连接到一起：奄奄一息的垂死者和哇哇啼哭的新生儿，咒骂和歌颂，仇恨和爱戴；它将一切化解为英雄主义，化解为喜庆，化解为仁爱；它将专制主义这个咯咯作响的旧锁扔到了芒特弗农，乔治·华盛顿家乡的那间陋室，在那儿任其销蚀；最后，它把打开巴士底狱的钥匙打造成了华盛顿案桌上的镇纸。

*

如果说，大革命时期是恐怖的时代。那么，路易十五的统治时期，是既可怕又可恶的时代了。

*

碧空如洗，万里无云，阳光明媚，只见眼前一派光明的景象。船上彩旗飘扬，人们欢歌笑语，兴高采烈，顺流而下。河水慷慨大方，取之不竭，水波荡漾，越流越宽。它宽阔如大海，它平静似湖泊；河水冲击着开满鲜花的小岛，倒映着无云的蓝天。这是要去哪儿？他们自己也不知道。但是，一切皆如此美好，如此绝妙，如此醉人。

他们听到一声沉闷的巨响，从很远的前方传来，从不可知的地平线深处传来。

他们去哪儿？没有关系！顺水而行吧。他们知道他们终会在某处靠岸。他们漂流着，陶醉在鸟语花香中，目光所及，处处鲜花盛放，信手采来；他们陶醉在顺畅的水流船行中，陶醉在大好的晴空下，陶醉在无比的欢乐中。

来自地平线那里的响声近了，几个小时以前，风声时而还能盖过那响声,现在,却总能听到那响声了。

有时水流缓慢,他们就划桨,以便加快速度。快速前进多么惬意!像影子一般在影子似的东西面前一掠而过,在他们看来,这就是生活的全部。他们真是开心极了,都快忘了还有黑夜的存在。那响声一阵近比一阵,轰隆作响,如同一辆马车疾驰而来。他们开始相互询问:"这是什么声音?"

河流变得迂回曲折。此刻天际有一处暗淡下来。某种像是烟一样的东西,从地平线的某点冒出来,继而上升化为一大块乌云。这块从地面升起的乌云忽左忽右,是它在改变位置,还是河流在改变水道?他们不得而知,但是他们很享受。这也是目不暇接的景色中的一幕。

现在,那响声像雷鸣了,随着他们所见到的乌云而移动。乌云在哪儿,响声在哪儿。

他们还在漂流着,还在欢歌笑语。他们有个热切的期待,一个共同的希冀。他们中间,有学者,有空想家,有思想家,有家财万贯的富翁,有哲学家,有智者。

天啊!那条河突然拐了个弯,那片乌云骤然出现在眼前,那响声近在耳旁。那乌云大得吓人;这已经不是乌云了,而是由无数个龙卷风聚合而成的风暴漩涡,是巨大火山口喷发的烟雾,这个火山口直径大概得有八公里长吧。响声也很吓人,雷鸣般已经不足以形容这个响声,这么形容就像是用犬吠来比喻狮吼。河水奔腾咆哮,拐弯的河面曲如弓形,意欲向陆地开弓。在他们前面,几步之遥的地方,有个什么东西?竟是深渊!

一个深渊!他们想往后退,想逆流而回,可是为时已晚,这股水流无法回头。此时他们才意识到河流是有生命的,他们错了。被他们当做河流的,乃是民众;河流上泛起的波浪,是那些兴风作浪的人;他们原以为自己在没有生命力的水上漂流,河流只是在他们划桨的时候才起波浪,而事实是,他们航行在人的灵魂之河上,这条河深不可测啊,不可捉摸啊,受到冒犯便激荡起来,汹涌澎湃啊，满腔仇恨和愤怒。太晚了，来不及了！灾难就在眼前，这浪头，这河流，这些人，这灵魂，这民众，连根拔起的树，风蚀了的花岗岩，河岸边的岩石，金光闪闪的船只，彩旗飘飘的舰艇，繁花似景的岛屿，全部瞬间倾斜，碰撞，混乱，统统坍塌。

前无古人，后无来者，见到如此悲惨如此可怕的一幕。整个人类在同一天、在同一时辰，坠落到同一个深渊里！整个社会，连同其法律、风俗、宗教、信仰、偏见、艺术、繁华、往昔、历史，统统遭遇了山崩地裂，像一艘渔船碰上了灭顶之灾。上帝要的就是这些东西。这么多天才，这么多业绩，这么多奇迹，平静安详，远道而来，来到这个深渊的边缘，庄严隆重地坠落，消失在瞬间。这不再是河流，不再是深渊，不再是民众，也不再是灾难，而是一片混沌。这是黑暗，是恐怖，是喧嚣，是泡沫，是一声永恒而凄苦的呻吟。深渊里暴躁的人们都在黑暗中嚎叫。然而，太阳在闪耀，真理没有气馁，一直是万丈光芒，而那团可怕的乌云，裹挟着风暴和雷声，是为了让雨后的彩虹更加亮丽。

有什么东西可以劫后重生？这样一场灾难，如此的倾覆，如此可怕的毁灭，岂不要导致一个民族的灭亡，一个大陆的终结？

并不然。

一切都沉没了，但是什么也没有失去。

一切都被吞没了，但是什么也没有完结。

一切都堕入了深渊，但是什么也没有灭亡。

一切都消失了，但是一切又将重现。

向前走几步，过上几年，看看：这将是一条更加宽阔的河流，是一个更加伟大的民族。

警示和劝诫的可怕声音总是回响在我们耳畔。但是，它已经不是在我们前面，而是在我们身后；一百年前，这声响在未来，现在，这声响留在了过去。

正在前进中的几代人，会时不时回首，想想这个声响是怎么一回事；在未来的若干个世纪里，人们将对这个朝代和君主制的垮台，对人们称之为法国大革命的文明风暴进行沉思。

碎石集 VI

本能是灵魂的神秘双眼。

*

灵魂之有幻想,一如鸟儿之有羽翼。是其生存的凭借。

*

在灵魂不朽这一问题上,我们只知其然,不知其所以然。

*

思想家问新生儿:"子从何来?"又问弥留之际的人:"子欲何往?"新生儿啼哭,弥留之人颤抖。

*

物质世界,静于平衡;精神世界,安于公正。

*

平衡是大千世界神秘而至高的法则。
物质世界是这一法则的可视证明。
精神世界必须是这一法则的隐形证明。
不遵循这一点,囊括万物的这两个世界本身都不可能达到平衡。

*

牲畜的骸骨不比任何一块石头更具有意义,人的骸髅却着实吓人。
吓人的不是"他曾经活过",而是"他曾经思考过"。

*

动物不知道自己的所能所会。人知道自己的无能无知。

*

当一个人对无限感知得太多的时候,这种感知就会把人变成神或魔鬼:耶稣基督或托尔克马达[1]。

---

[1] 托尔克马达:西班牙第一任宗教总裁判官。他残暴无人性,在任职期间带来一场宗教风暴,使两千多人死于火刑。

*

良知,是上帝在人身上的体现。

*

祈祷,是庄严地承认无能无知。

*

我的祈祷:
上帝啊!请您尽可能多地赐予我光明和爱心吧!

*

灵魂的最高特征是什么?
难道不是人具有的天赋吗?
不,是善良。

*

优胜者的理论,总是最有力的。

*

左乳下面一旦什么也没有了,头脑里也不可能有什么完整的东西。天才,一定心地善良。

*

儿子,兄弟,父亲,爱人,朋友,心中对他们的爱各占据一个地方。如同繁星在苍穹闪烁,心也一样,能承载无限。

*

有一件事情,不应该乐于去为之,也不应该乐于施之于人,那就是惩罚。

*

人们说这是个老人,他行将就木。他如果就这么走了,大家也觉得很自然。问问他的孩子们是否也如此认为。这样的高寿,在非亲非故的人们看来,似乎已经死不足惜,可是对深爱着这位老人的亲友们而言,好像就完全不是一回事了。长期的陪伴和相依,让他们产生了拥有某种特权的错觉,一旦失去了这些能给予他们光明的亲人,这真的让他们无法接受,难以相信生活的真实面貌。

*

每当我们内心深处,感到有宽恕的权利的时候,那是因为我们有宽恕的义务。

*

我知道一样比纯洁更美好的东西,那就是宽容。

*

谁说我本人不需要被宽恕呢?听着,几乎所有因爱之名而犯的错误,我都犯过,除了那些可耻的错误。

*

人们愿意成为内心高尚的人。

*

爱相当自私,但它却包含了各种无私。

*

啊!我的天使,只要你应有尽有,余下的,于我足矣。

*

他们说,爱是心的盲目;我说,不去爱,才是心的失明。

*

一个奇怪的现象:在社会经历了十八个世纪的进步之后,人们已经宣告精神之自由,然而心之自由却迟迟没有到来。

可是,爱是人权。通奸非他,只是个异端。如果心有自由的权利,那么爱就有自由的权利。

*

目前,从西方的法律和风俗出发,婚姻并没有被摆正位置。婚姻普遍的基础是利益,而非爱情。

婚姻往往是契约,而不是神秘的憧憬;是卖淫,而不是终成眷属;是奴役,而不是喜悦和欢乐。因此就出现了爱的反叛,被称之为通奸。

如今,不管历次革命以来,社会思想发生了怎样的改变,婚姻、通奸和卖淫这几件相互关联、彼此相通的事情,仍然没有被正确看待。

我们看到婚姻不是婚姻应该具有的样子,通奸也不是通奸,卖淫也不是卖淫。

在很多情况下,我们所谓的婚姻实则是通奸,我们所谓的通奸实则是婚姻。

让婚姻名副其实吧,让婚姻出自本性和真情。那么通奸和卖淫,一个是心灵的反抗,一个是本性的反叛,这两个事情就会自然消亡。

在目前的情况下,两颗心因法律约束而不情愿地被捆绑在一起;可是,这种结合,不是婚姻,又是什么呢?与此相对,法律通过双方合法买卖和利益整合的手段,保护一名女子像货物一般交由一名男子消费,这样的交易,不是通奸和卖淫,又是什么呢?

*

女性是诗歌穿越人类历史而流传的篇章。各个阶段都不乏壮丽诗篇。其中有两首最为美好的诗歌,一个是圣母玛利亚,一个是国母圣女贞德。正是这两位圣洁的女性,一个诞生了耶稣,一个诞生了法兰西。

*

所有的诗人都有一个妻子,在他们不知觉的情况下,妻子帮诗人完成了一大半的作品。莫里哀如果幸福满满,他就不可能写出《愤世嫉俗者》。莫里哀就是瑟里曼娜①，贝雅尔②就是阿尔塞斯特③。

*

裸女似蓝天。云朵和衣裳都是观赏时的障碍。美和无垠，宜于无遮拦的观赏。

究其本质，无限之源于美，一如美之源于无限，此两者，同样让人赞叹不已。

美，非他，即是囿于一个轮廓中的无限。

*

如果没有内在的美赋之以活力，外在的美是不会长久的。灵魂的美，犹如神秘之光，在美丽的人身上散发。

*

男人遇到心爱的女人就像是发现了新大陆：总是对其念念不忘。

*

大自然孕育出石头和雌性生物。石头被工匠打磨成了宝石，女人被爱情所滋养。

*

在我们现今这个社会里，女人应该用一根线把钟情于自己的男人牵牢。不过，线要足够的长，能在女子灵活的手指间无限地游离，让男人毫无察觉。否则，他会将它挣断。有的时候，在无意识的来去中，那个男人会被纠缠于生活的乱麻中。这个时候，女子就该不声不响地来到男人身后，在他不知情的情况下，巧妙地把那条线从一团乱麻中理出来。这是一件不可思议的艰难活计，唯有女人能办到，这就叫做保全幸福。

---

① 瑟里曼娜：《愤世嫉俗者》剧中人物。
② 贝雅尔：莫里哀的妻子。
③ 阿尔塞斯特：《愤世嫉俗者》剧中人物。

*

一个完美的女人,既有王后的威仪,又有侍女的顺从。

*

女人的心因付出而被拴住,而男人的心因得到而疏远。

*

女人天生如此:小姑娘的时候就流露出母性,初为人母时却依然让人觉得是个小姑娘。第一个孩子就是她的洋娃娃。

没有虚荣心,不卖弄风情,不好奇多事,总之,在她身上看不到原罪,这样的女人不称其为女人,女人的缺点中自有女人的韵致。

*

当一个女子跟你说话,请注意她的眼睛在说什么。

*

很多已婚妇女都会告诉你一句众所周知的话:婚姻有陷阱。

*

有很多蠢事,男人因懒惰而为之;有很多傻事,女人因无所事事而为之。

*

女人因意志薄弱而惹的麻烦,常常也是男人因卑鄙无耻而惹的麻烦。

*

不要侮辱那些夜晚在街上与您擦肩而过的失足女子。请记住,大多数人是因为饥寒所迫,沦落风尘,不堕落到阴沟,就只能去投河。

*

应该经常服从自己的妻子,为了必要时能左右得了她。

*

乔治·桑身上有一种罕见而迷人的魅力,那就是女人的天真。

*

女人身上有一种奇特的合力,那就是外柔内刚。

*

啊!女人!给了我们所有的痛苦,给了我们所有的快乐,给了我们最为之心颤的东西!上帝用我们的肋骨造出这些夏娃,就是要让我们疯狂、幸福和绝望。上帝在这些美丽的脸庞上描画出睫毛,往眼眸里注入撩人的火焰,就是要让我们说出滚烫的情话,吟诵心灵的诗歌,让我们魂不守舍。

论生死

对人而言,死亡是什么?

仅仅意味着某一件事物的终结,还是一切的终结?

思想家从未停止过追问的脚步。因为对它们的解答,有赖于其他道德问题的解决。

如果说死亡是一切的终结,那么,就可以从中得出这样的结论:物质世界有光明,而精神世界没有光明。果真如此吗?太阳,每天清晨升起,就像在对我们说:"我是个象征,我是另一个太阳的假象,那个太阳有朝一日将会照耀你们的灵魂,如同我今天照耀你们的脸庞。"——"它在说谎!"古代人接受不了"假太阳",而如今我们必须接受这个可怕的事实。

*

人和野兽截然不同。终其一生,野兽必然是无辜的,而人可以为善也可以作恶。野兽是被动的,人是自由的。

是什么让人自由?灵魂。

所有的这些词:爱情,忠诚,廉耻,献身精神,信仰,义务,良知,正直,荣耀,道德,这些不仅仅是一些词,而是灵魂的特有属性,是灵魂自由的特征。与这些光明特性相对的,是一些阴暗特性:仇恨,恶习,卑鄙,怯懦,自私,残忍,说谎,犯罪。在行善和作恶之间,人可以自主选择,人是自由的。

或者,可以这样说谁是自由的,谁就要对自己的选择负责。

今生就要负责吗?不是。因为,在世的一生匆匆而过,一些恶人应有尽有,而一些好人却遭受不应得的厄运,没有比这更能说明问题了。有多少正义之士一辈子都饱受苦难和痛苦!又有多少罪犯恶人,竟能寿终正寝,安享人间富贵,还受到世人的尊重!

那么,人是在死后再负责吗?是的。既然人必须要负责,而他在生前显然没有负责,他就必须在死后负责。

所以，在他身上续存的某个东西，就要为他负起这个责任。这个东西就是：灵魂。

灵魂因其自由而不朽。

所以死亡不是一切的终结，它只是一个事物的终结和另一个事物的开端。死亡来临之际，人终结了，灵魂开始了。

*

我想找个人来印证一下，无论他是谁，只要他曾怀揣不安的心情，曾抱有希望和绝望的交替情绪，目睹过一位他所挚爱的人的遗容；我就请大家来作证吧，你们都曾经历过这样的悲伤时刻吧，喜悦和哀悼并存的时刻，难道你们不认为有个什么人仍然在那儿吗？并非一切都完结了，可能还有什么事物仍在世间延续吧？

人们感到在逝者的周围，有对刚刚展开的翅膀在颤动；一种不好分辨、难以置信的颤抖，正围绕着那颗已经停止跳动的心。那开启的嘴，看似在呼唤某种刚刚远去的东西，欲言又止，留给无形的世界一个难解的话题。

逝者的这种惊愕的表情，不是由于看见了虚无，而是源于此生过渡到彼生时所产生的那种震颤。

*

我是一个灵魂。我清楚地知道，要去坟墓的那个"我"不是我，我有我前往的地方。

土地，你无法将我埋葬！

*

思考使我更加确信：人只不过是一个囚徒。

这个囚徒在他牢狱的墙上艰难地向上攀爬着，踩着凸起的地方，或是登着凹陷的地方，一直攀登到通风口。他从那里向外看，看到了远处的乡村、树林、麦田、丘陵、房屋、城镇，还有活生生的人。看到了他的过往，明白了他的向往；他呼吸到了自由，他看见了光明。

人也如此。

天文学、化学、地质学、时空能量守恒、天体能量守恒，所有这些发现，所有这些通往外部世界的通道，所有这些永恒的奇观，这种对无限的确信——无限就在那儿，它散发的神奇光芒令智者都为之着迷——所有那些在我们看来似乎不甚明了的事情，如艺术、科学、诗歌、幻想、算数、代数，都是通过监狱的栅栏所看见的远方之事物。

囚徒不怀疑，在监狱大门打开的那一天，他将重新发现那些田野、树林、平原，那片他将诚心诚意地去生活的土地，他将重新找回他的自由。他明白，这一切就在那里等着他。

人又怎么会怀疑自己肉身死后得不到永生呢？！

*

有些思想家排斥诸如此类的问题：在另一个世界里，我们有躯体吗？我们吃饭吗？我们睡觉吗？我对这些问题一点都不反感。我们为什么不可以有一个轻盈飘逸的躯体呢？我们原先的躯体只不过是一副臭皮囊。——吃不吃饭？为什么我们不能活得，比方说，像花儿一样？花儿不用花时间吃饭，但是，吸收和消耗，生命中的这两件大事，却一刻不停地进行着。——睡不睡觉？我们清醒的生命被睡眠所打断，我们只不过是那种高级生命的笨重的影子。那个世界里的生命，幻想就是思考的休憩，出神就是思索的歇息。

谁都情不自禁地去想象天堂的生活！

*

灵魂渴望绝对，但那只能是灵魂的渴望，不应该成为人的渴望。人生活在时空里，也就是说生活在短暂的一生里，那只不过是生命的一个幻影，人类属于相对范畴。提到界限，就意味着关系和比例。既然我们是受限制的，那就让我们"相对"满足吧。请勿在此生苛求绝对，我们将在别处寻得。"绝对"

不属于这个世界。"绝对"之于这个世界而言太过沉重。万一"绝对"落到了这个星球，怕是要让地球偏离了它运行的轨道。

*

有两种法则：星球法则和空间法则。星球法则就是死亡，有限要求毁灭；空间法则就是永生，无限容许扩展。

在这两个世界之间，在这两种法则之间，有一座桥梁：化形。

脱离了万有引力，就是脱离了限制；脱离了限制，就是脱离了死亡。

因而，星球人的抱负应该是变化为宇宙空间人。

*

人是一个边界。人是双重的，是两个世界的分界线。他身外是物质世界，同时他还有个神秘的内心世界。

人的出生，即是入世到一个有形的世界；人的死亡，即是出世到一个无形的世界。

啊！这两个世界，哪一个是影子？哪一个是光明？

很神奇地说，光明世界，是个无形的世界；光明世界，是我们看不见的世界。我们的肉眼只可辨认黑夜。

是的，物质，那是黑夜。

让我们灵魂的眼睛关注那个神秘的内心世界，它在等待着我们。

人行走在深渊的边缘。您为一个在屋顶上梦游的人提心吊胆，却对不自觉地走向死亡的人无动于衷！

那些一辈子只知道盯着物质世界，而从未面对那个神秘世界去思考的人，是多么的可悲！

*

死亡如更衣。

灵魂啊！你原来穿的是阴影，你将要披上光明！

天主教徒，您想带着您的躯壳一起走进另外一个世界吗？这就像穿着一件满是污点的破衣烂衫去参加庆祝大会！

*

正如安第斯山脉，在十几公里的海拔上，分布着从回归线到极地的几种截然不同的气候，像法兰西这样的民族，有着自己的历史积淀，仿佛在自己的宏大维度上展示着人类各个时期的生活，也是一级级的、一层层的，那么细致入微，从以高卢之父特塔泰斯为代表的野蛮时代，直到以伏尔泰为代表的文明时代。

极地之上有什么？山顶之上有什么？苍天。

文明时代上空有什么？和谐。

蓝天。死亡。

一直到坟墓，人类才取得最后的进步。

*

随着年岁的增长，日积月累，人会形成某种固有的观念或是别的什么东西，此非他物，只是一种生活的积习罢了。他有了一套自己的生活传统，凭借记忆，他对过往的所见所闻、所为所感，所经历的一切，对他的孩提时代、青春时代、成年时代，对他的玩耍、对他的爱情、对他的工作，会依依不舍。他怀着无限迷恋之情转向这些构成其生活的无数片段，转向那些幻想，那些情感，那些激情，那些欢乐，尤其是那些痛苦。对他而言，人活着，就要成为一条完整的锁链，他所历经的每一天都是其中的一环。他感觉自己身上有某种不可言喻的东西。活着，就是感受过往的一切，这点就是他的主要心得。叫住他，给他以某种新的生活，以某种新的青春，交换条件是，让他忘记过往，忘记所爱，他是宁死不答应的。放弃未来比放弃过去更容易。

活着，对于智者而言，就是要时不时地回望过往，明白心之所往。

由此，一股自身难以遏制的力量迸发出来。

人只有在保留记忆的前提下,才能明白和接受不死。

*

如果生命不具备不定性、差异性、相关性,被一个接着一个搭扣成一个无尽的链条,生命复加连接成一体,这个链条穿越生死而不中断;如果穿越过程中,那个固我不存在了,生命链上的相关性消失了,那么民主原则的第一要义也就消失殆尽了。

自我生命的短促,割断了与外部的、上级的、前后的所有联系。

物质主义,这在逻辑上必然导致自私自利。

*

死亡,是灵魂的报复。

生,是躯体用重量把灵魂固定在地球上的力量;死,是灵魂用消除的办法把躯体带出地球的力量。生活在地球上,灵魂失去了光芒;生活在地球外,躯体失去了重量。

*

如果没有另外一种生活,就说明上帝不诚实。

*

死亡,心之哀恸,是灵魂的胜利。

有生之年,梦想乌托邦;百年之后,梦想才成真。

死亡不是一种错,死亡是一种延续。

让我们习惯于毫不畏惧地看待人在永恒之中这种神秘的衍生,让我们看待坟墓时尽可能把这种衍生看得更远一些。

让我们俯身到生命的边缘,让我们去凝视那神圣的黑暗,我们将因此而变得更加美好。死亡是神圣的,也是正常的。我们在死亡中看到的一切东西,都是有益的启示。

我把目光尽可能投向这个黑暗的深处,在这个若非壮观就是骇人的深处，我看到了永恒的太阳放射出耀眼的光芒。

*

深渊在哪里？峭壁在哪里？我们为什么满足于坦途和生活的安逸？应该在什么地方有一些吓人的洞，有一些"无限"的裂口，在这些洞或是裂口的尽头，能看见无穷的星星，有不为人知的光芒。

*

凝视为我们展示无限，冥想为我们展示永恒。

无限是我们从外部世界得到的概念，永恒是我们内心世界发出的概念。

无限和永恒正是上帝的两个特征。

想要看第一个特征，就到宇宙中去，那里有万物；想要看第二个特征，就到我们的内心深处，那里有灵魂。

*

上帝是永存的。灵魂是不朽的。

请勿混淆永存和不朽。请自忖片刻什么是不朽。

生物持续上行，从野兽到人类，从人类到上帝。法则就是，越上行，越多的物质被抛弃，越多的精神被充实。每当死亡来临，我们获得更多的新生。

众多的灵魂，从一个星球过渡到另一个星球，变得越来越光明，越来越接近上帝。

什么？通过一系列的不断变化和持续不停的运动，灵魂一直在不停地接近上帝？是这样的。不过，当那一天、那一刻到来之时，灵魂追上了上帝，和上帝合二为一；那时，灵魂就不见了，换言之，它们就死了。

听着：双曲线渐近线相交之时，即是灵魂和上帝见面之日。

交点在无限之中。

无限接近，但不可以相交，这是双曲线的特点，也是灵魂的法则。

这种无休止的升腾，对于上帝这种永恒的追随，就是灵魂的不朽性。

*

人类行走在阳光之下,人人都能得到它的照耀。

在浩瀚的宇宙中,万物都受到上帝圣光的照耀。

通过这些神光,灵魂个体就和灵魂中心进行了直接沟通。

祈祷,就是起到了这个功效。

*

一个人睡着了,他做了个梦,梦见自己变成了猛兽,狮子,野狼,在森林中历险。梦醒之后,他依然故我。他还是他,而不是狮子。

第二天,他又做了另一个梦,梦见自己变成小鸟或是蛇。醒来之后,他发现自己仍然还是人。

生命亦如此。尘世中所有的生命都可能注定如此度过自己的一生。浮生如梦。生命彼此毫无关联,如同昨夜和今夜的梦境之间也没多大关联。

梦醒之后的我,仍然是梦前、梦外的那个我;人死之后的我,也是前生、后世中我的延续。

梦中人醒来之后发现还是自己;生者百年之后还原为灵魂。

*

有个念想在我脑海一闪而过。是灵感吗?

有两个人在谈论来生。一个人认为有,一个人认为无。一个说:"不存在死的问题。我的自我会延续下去。我感到了不朽。我叫灵魂。"另一个说:"死了就什么也没有了。我的身体将会被蛆虫吃掉。我会整个消亡。我感觉不到来日。我叫灰烬。"——这两个人凭什么这么说呢?凭借的是内心。直觉,与生俱来,这个神圣的声音,它神秘地向每个人耳语。在上述的情况下,这个声音自相矛盾:在一个人耳边,它说的是"不朽",在另一个人耳边,它说的是"消亡"。它向两人所揭示的看似是矛盾的。难道有可能都是真的吗?

但丁刚刚写下两行诗,在他支着胳膊思考的空隙,第一行诗对第二行诗说:"兄弟,你知道吗?我们是不朽的。我感到了永恒。我们的诞生是为了荣耀。我有种感觉我们将穿越好几个世纪。"第二行回答道:"做梦去吧!我觉得我连一天也穿越不了,我感到大难临头,我将不复存在。"

这时,但丁从沉思中回过神来,拿起笔,重新读了一遍,把第二行诗划掉了。

那两行诗说得都没错。

是否存在着一些灵魂它们自己就感觉到只是个毛胚?是否存在一些胚胎命中注定要被修改?是否存在一些生命只是用于试验?所有的这些都将会消亡,并且它们自己也早有预感吗?

有没有上帝要抹去的人呢?

*

真的吗,你坚决否认存在一个你尚不能看见的世界?要这么说,人的眼睛就成了可靠之物。除了额头下面眨巴的眼睛,就没有别的什么东西能证明了吗?如此,逻辑就成了眼眸十分谦卑的奴仆!防止仅凭直觉想象,防止接受未经感官确认的东西!否则,一个又聋又哑还失明的残疾人胡乱地嘟哝:"什么都不存在!"您就信以为真了?

您以自己的局限制造了一个真空;您把自己的局限当成了万物的局限;您将自己的短暂推及宇宙万物。

可是,谁跟你说,这个看不见的大千世界,有朝一日您不会看见它呢?

如果给您增加一个器官,难道您就不会多出一种别的感觉么?如果您只要再多一个感官,您不信您将会发现宇宙万物之新面貌吗?您现在的肉眼没法看见的事物,您未来的灵魂将会触及。一些神秘的未知器官或许正在将来等着您,让您触及那些您现在无法触及的东西,让您看到一些不可思议的东西。

有一件事情,您每天都会碰到,您不能说对此不熟悉。您睡了一晚,翌日清晨,睁开双眼,一缕晨曦透过您紧闭的百叶窗投射进您的凹室。在这个

除了四壁，空空如也的凹室里，您突然发现了一个世界。在这骤然出现的光线里，您看到了无数的悬浮物飘来飘去，飞舞着，扬起来，落下去，闯进光明，退入黑暗。您不再怀疑它们的存在，您看到了不计其数的尘粒，原本以为空无一物的空气中，其实布满了尘埃。不可见的东西就这样变得可见了。

有朝一日，您将在另一张床上醒来，您将生活在一个被称之为死亡的伟大生命里。您四处张望，只见一片黑暗。突然，源自无限的太阳从地平线升起，如此壮观，光芒万丈，一束真正的光芒，由此及彼，穿透无尽的深渊；您惊讶万分，在这束光芒中，您将会猛然看到数以百万计的未知生命，乱糟糟的，在一起，飞舞着，盘旋着，飘扬着，滑翔着，有些属于天堂，有些属于地狱。这是些您此前否认存在的"不可见之物"。您将会感到，您身后有对翅膀张开着，而您自己也将成为其中一员。

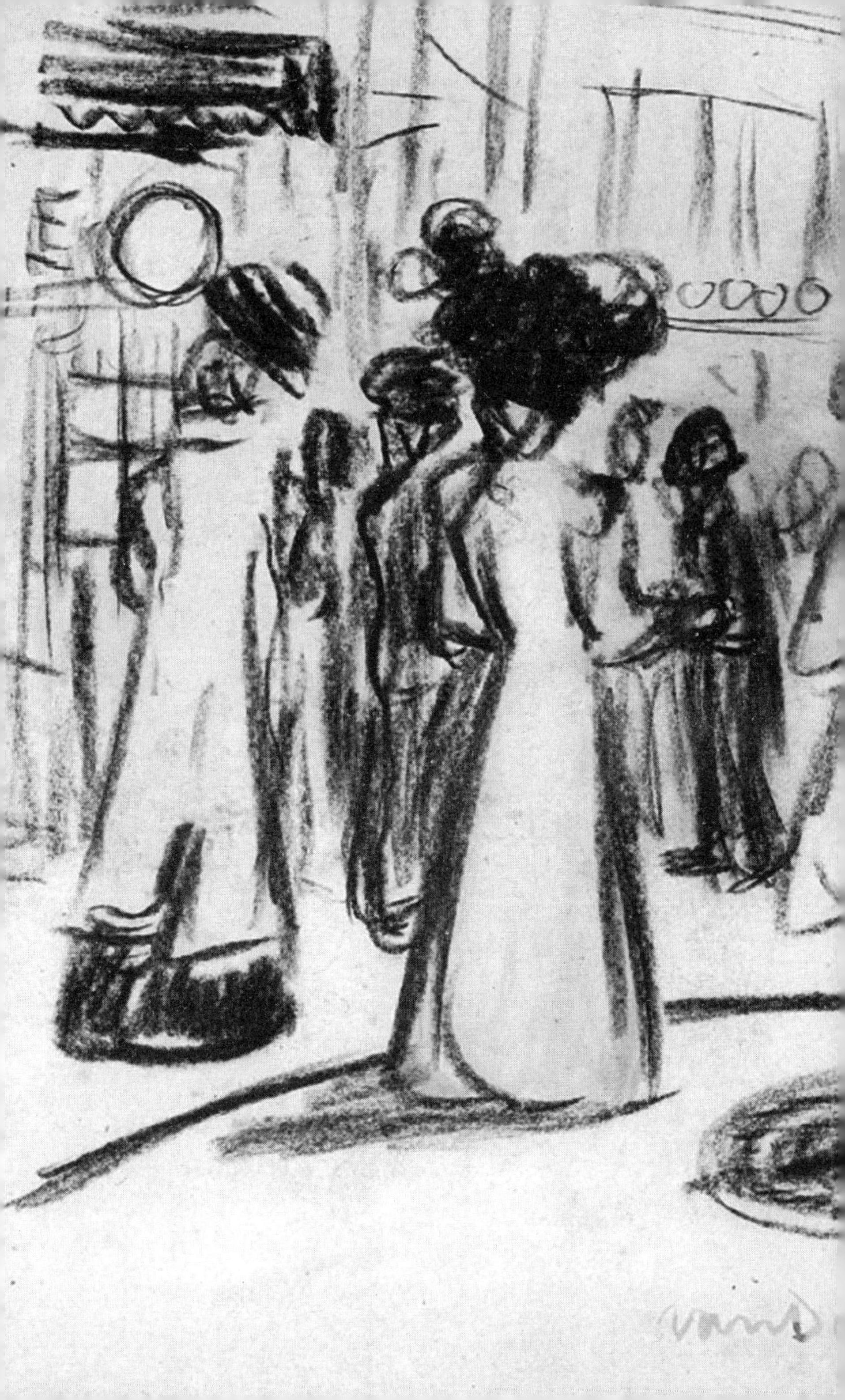

冥想

I

正如埃伊纳①之前供奉的朱庇特②都有三只眼睛，诗人也有三重视野：观察、想象、直觉。观察用于人类，想象用于大自然，直觉用于超自然。

以观察论，诗人是哲学家，还可以成为立法者；以想象论，诗人是占星家，也是创造者；以直觉论，诗人是神甫，也可以成为启示者。

作为事件的启示者，诗人是预言家；作为思想的启示者，诗人是传教士。作为预言家，诗人是以赛亚③；作为传教士，诗人是圣保罗。

这三重强大的能力，原本属于天才，即属于升华了的人类智者，而人类，却由于生理上的视觉缺陷，把这个本领推给了上帝。印度教的三相神④由此而来，先于三段式，先于三位一体。也同样由此，产生了古代万能而备受崇敬的神秘三角，在德尔斐⑤有，在萨罗普塔有，在特格拉帕拉扎尔也有；这些三角，被镌刻在埃及法老巨大的地下陵墓上；被刻凿在四千年之前的令人毛骨悚然的塔楼里，这些塔开凿自印度的深山老林中。有人在印度的拿勒斯见过这些三角，也有人在西班牙的帕兰克斯发现了这种东西。可是，宗教的创立者们搞错了，相似的东西不总是存在必然的联系，天才可以是三位一体，而神却不一定要受这种限制。波舒哀⑥错了，伟大只是对人而言，上帝不能称其为伟大，上帝是无限。大，意味着尺度，上帝是无法被衡量的。三位一体，是什么意思？无限不是三。第一，第二，第三，无限感受不到这些。绝对存在既不受

---

① 埃伊纳：希腊的岛屿。
② 朱庇特：罗马神，即希腊神话中的宙斯。
③ 以赛亚：古代以色列四大预言家之一。曾奉耶和华之命，对当时的犹太国提出种种告诫，并预言犹太国的灭亡和复国救世主弥赛亚的来临。
④ 三相神：印度教里，创造者梵天、维护者毗湿奴、毁灭者湿婆。
⑤ 德尔斐：希腊最重要的阿波罗神庙所在地。古希腊人认为那里是世界的中心，立石为记，称之为欧姆法洛斯。传说宙斯曾放飞两只神鹰，一只自东飞起，一只自西，朝中心地带飞翔，结果它们会于德尔菲。
⑥ 波舒哀：法国主教、神学家，宣扬君权神授与国王的绝对统治权力。

数量的限制，也不受体积的限制。智慧、力量、情感；直觉、想象力、观察力；这些不属于神，而属于人。神不仅有这些，还有更多别的。神有无穷的能力，无穷的本领。想靠手指来数神的本领，那真是个荒唐的想法。

那些从哲学的角度和科学的角度，相信三位一体的人，可以说，是不信仰上帝的。

无论您想把上帝描绘成怎样，也不管您希望人们对于上帝会有什么样的概念，神甫也有他的想法，比如说，那位耶稣会修士索列尔，写下了这样的话："在罗耀拉·圣依纳爵①之上的，只有一些像圣彼得那样的教皇，一些像圣母玛利亚那样的女皇，一些像圣父和圣子那样的帝王！"

看待外部的世界应该通过观照自己的内心，有点难以置信吧。人的内心深处有一面深奥而昏暗的镜子，那是个光明和黑暗并存的地方。经过灵魂反射的景象，比直观的景象更令人眩晕。这已经不再是影像，而是幻影。幻影里面有幽灵。幻影的这种错综复杂的反射，对于现实的东西而言，是一种放大。当我们俯视自己灵魂这口深井的时候，透过这个小小的井圈，在远处深不可测的地方，看到了一个无垠的世界。这样观看这个世界，它是超自然的，同时也是人类的；是真实的，同时也是神明的。这似乎解释了为什么我们的灵魂被放置在这样一个昏暗的角落。

这也就是我们所说的直觉。

人类、自然、超自然现象，这三个范畴的东西，确切地说是同一种现象的三个不同方面。我们构成人类，我们的外围是自然，再外围是超自然，它包围我们直到将我们释放，这是三个同心球体，其共同的灵魂，就是上帝。

这三个球体，是一个庞大的混合物，彼此渗透、交融为一体。奇迹发生在奇迹之中。任何一个球体的半径都是另一个球体半径的延长线。我们把这三个球分得很清楚，因为我们的理解力是循序渐进的，需要区分，我们无法做到

---

① 罗耀拉·圣依纳爵：西班牙人，天主教耶稣会创始人。

同时承受三者。难以估量的宇宙总和是超负荷的，会将我们压垮。

超级天才，百科全书式的人物或是史诗般的智者，无论是亚里斯多德还是荷马，培根还是莎士比亚，为了让人明白他们，都化整体为细节，也借助于对比、反衬和二律背反等手段。其实这是自然界本身的方法，大自然就是用黑夜来让人们更好地理解白天。霍布斯①说过：解剖培养外科医生，分析培养哲学家；对比是综合的重要手段，正是通过对比让问题变得逐渐明朗。

由此我们来区分人类、自然和超自然。然而，事实上，这三个东西是统一的，属于这一个的，也同样属于另一个。人类是什么？人类就是大自然的一部分，是被嵌入到人类机体里的那部分。超自然是什么？超自然也是大自然的一部分，是我们机体暂时没法掌控的那部分。超自然现象，是离自然太远的现象。

对人类的观察和对超自然的直觉，两者之间的区别，正如探测和试探之间的差别吧！

但是，对于自然的解释，不是对于自然的限定；分类和否定，是两回事。不能过分肯定，也不能过分否定。偶像崇拜是向心力，虚无主义是离心力。这两种力之间的平衡，是哲学。

在限制大自然这一点上，偶像崇拜和虚无主义倒是意见统一，真是咄咄怪事。

在距离我们不太久远的人类早期，各种宗教都尚处在初期阶段。信仰是一门学问，也是一种渴求，不要在这个问题上搞错了。一开始人们只是本能地去信，后来有些理性地去接受。由于宗教本身就是文明的组成部分，像其他所有的事物一样，宗教也有其幼稚的一面。这里，是从褒义的层面来理解这句话。而在我们所处的这个时代，有些宗教就显得可笑了。它们创造出一个自己的上帝，却没有赋之以光明，且把上帝禁锢在了屋子里，它们不想要别的上

---

① 霍布斯：英国伟大的政治家、哲学家。著有《利维坦》。力图用运动解释一切现象，认为万物之各不相同是由于不同的运动造成的。

帝。每个此类的宗教都有个像韦尔托①那样的教士。然而晚了，我们也已经有了自己的上帝。

由此，产生了一个奇特的结果。在众多的宗教中，缺失的正是信仰本身，即对无限的敬畏。宗教中缺失了宗教信仰。无限是每个宗教的特征。信仰是对无限的不定界。然而，我们还是要重申这一点，在至今尚存的宗教中，都存在无限的缺失。

这些宗教谈到天，它们把天具化为庙宇、宫殿和城市。庙宇叫奥林匹斯，城市叫耶路撒冷。天有了钟楼、穹宇、庭院、阶梯，天还有了大门和看门人。那串钥匙由梵天传给了巴瓦尼，由阿拉传给了阿布拜克尔，由耶和华传给了圣彼得。德莫戈尔贡从艾克洛赛罗纳火山，取了一勺燃烧着的岩浆，洒向空中，岩浆就变成了星星。天是一座水晶做的山；地球是宇宙的中心，约书亚②将太阳停在了那里，瑟茜③让月亮退回，银河是一滴奶渍；星星是会掉下来的。

至于他们创造的上帝——永恒，永存，完美，万能，内在，永久，绝对——是个白胡子老头，是个自带光环的青年；他是父亲，是儿子，他是人；他又是动物，对一些人而言，他是牛，对另一些人而言，他是羊羔；有些地方，认为他是鸽子，在另一些地方，认为他是大象。他有嘴，有眼，有耳，有人见过他的相貌。至于他的能力，有人认为他是万能的；正如我们前文提到过，通过空间定性的维度（三维），有人只赋予他三种能力，而没有意识到，绝对之物的代名词并非三位一体，而是无限性。这个上帝是感性的，富有情感，有嫉妒心，好报复；他也觉得累，要休息，要有礼拜天；他有一个住所，

---

① 韦尔托：法国牧师和历史学家。
② 约书亚：《圣经》中的人物。摩西之后的希伯莱人领袖，迦南美地的征服者。据说，在同耶路撒冷国王作战时，为了夺取胜利，曾令太阳停住不动。
③ 瑟茜：又译喀耳刻。希腊传说中的一个女巫，她善于运用魔药，并经常以此使她的敌人以及反抗她的人变成怪物。

在这儿,而不是那儿;他是军队的上帝,他是英国人的上帝,不是法国人的上帝;他是法国人的上帝,而不是奥地利人的上帝。他有个圣母。有一些国王,因为担心自己在图尔圣母院敬献的金色棉缎连衣裙让圣母不悦,于是许愿,在昂布伦圣母院献上一顶镀金的圆锥形头冠。上帝有外形,有人把他雕刻了出来,有人把他画了出来。涂饰以金粉,镶嵌以钻石。有人把他吞到肚子里,有人把他喝下去。有人用教义把他包裹起来。每次礼拜,都将他搬到书上,不许他待在别的什么地方。《塔木德》①是他的剑鞘,《阿维斯陀》②是他的护套,《古兰经》是他的箭囊,《圣经》是他的盒子。他带有一个扣钩,挂在神甫的罩衣底下。只有神甫有权力和他如此接触,他们时不时拿出来放在掌心,让人看看。无限就是处在这样的境地。无论新旧,所有的宗教都在努力让上帝窒息。

为什么?

因为窒息了的上帝,就成了一个任人摆弄的上帝。光芒四射不好控制,所以还是将太阳放进圣体显供台中吧!

对于智者而言,上帝不好理解,对于无知的人而言,更是费解。由于无限有了一个"我",就大有文章可作了。这个形而上的概念对于人类的智慧,有点过于沉重。让信仰变得容易接受,这就是宗教的任务;这一点,牺牲理想就能达到。要解决的问题是如何行上帝之圣事。异教徒把上帝分解为几个神道,基督教把上帝分解为多种圣事。教会,就是把上帝一口一口喂给大家。

灵魂世界,让众多愚昧的人们去理解这个抽象的概念吧!他们的无知,倒方便了糊弄他们的人。大理石的朱庇特或是青铜制的耶和华,是看得见的,人们只相信眼见为实。(假象既是偶像崇拜的出发点,也是虚无主义的出发点。)那么就去随便塑个像吧,一旦塑像成了偶像,像座成了圣坛,只要去做

---

① 《塔木德》:注释讲解犹太教法律的著作,在犹太教中的地位仅次于《圣经》。
② 《阿维斯陀》:琐罗亚斯德教的经典,即波斯古经。

个榜样,匍匐到祭坛前;现在只剩下最后一件事要去做,最后一个进阶要去实现,那就是说服这群老实巴交的人去相信,这块大理石或是青铜器就是永恒和无限。此乃小事一桩。要说服群众,只要吓唬一下他们,编一两件圣迹足矣。

于是,没有什么能逃得出《吠陀》,没有什么能逃得出《耶稣传》,没有什么能逃得出《古兰经》,也没有什么能逃得出《创世纪》;一切都在古代学者的可控范围之内,一切都在先知预知范围之内,一切都在福音传教士掌控之内;如果上帝想出头,修理他,让他成不了气候。

贝拉明①是以摩西的名义将伽利略烧死的。伽利略是伟大的探索者哥白尼学说的伟大普及者,真理他老人家,天文学家,被迫跪在那里,跟着宗教裁判所的法官,一句一句地重复这句让人深感羞耻的话:"我承认自己错了,我宣布放弃自己的想法。"谎言给科学戴上了驴耳纸帽。

伽利略在正统观念前屈服了,康帕内拉②没有。宗教裁判所将他监禁二十七年。审问了他七次,每次严刑拷打长达一天。他所犯何罪?只因确认星星的数量是无穷尽的。看看,宗教都到了这样的地步,在它面前,无限竟成了一种犯罪。

虚无主义则认为,无限不算是罪,却是可笑的。就在前不久,在博学的法兰西学院里,我们还听到这种典型的话:"让我们停止争论吧,否则将陷入到无限这样幼稚的概念里去了!"还有一句:"这不严谨,这是宗教范畴的事!"

总之,这就是科学,至少是某种学院式的、官方的科学。和偶像崇拜如出一辙,缺乏远见卓识。官方的科学和此类官方的宗教搭上了话。科学不得不在无限面前退缩了。这种自我贬损丝毫没有让贬损者自己感到有什么不愉

---

① 贝拉明:意大利枢机主教、神学家。伽利略著作的初审之一。
② 康帕内拉:意大利柏拉图派哲学家、诗人、作家。著有《太阳城》。为伽利略辩护过。

快。有元老院的地方，就存在这种科学。把世界变成实体组织或是政治集团，把宇宙万物简化为不掺杂任何精神成分的分子，由此得出"强权即是真理"，进而得出"享受即是本分"的结论，把人降低为牲畜，把人从灵魂的高度拉低下来，变成随便什么东西，这就等同于抹杀了人之尊严、人之自由、人之不可侵犯性及人之精神的存在性等等，这样一来，处理起这类问题变得容易多了。虚假战胜了真理，低级权威赢得了高级权威。没有了无限，不再以理想为出发点；没有了理想，不再以社会进步为出发点；没有了社会进步，不再以运动为出发点。于是一切静止，维持现状，死水一潭，而这就是秩序。

如此的秩序会衍生出腐朽。

人希望成为流动的水流。流水不腐，自由就是健康，事情就是这么奇妙。一股水泉潺潺流动，一个陡坡，一段行程，一个目标，一种愿望，少了这些，就没了生气。没了生气，一切将很快腐朽。您会发出恶臭，将瘟疫传染给别人。专制主义就是受疫气传染引起的。解放自由就是消毒，进步向前就是净化。很少有人会爱好静止直至喜欢一种沼泽般平静的文化。

人类体内的灵魂好动。

人类体外的无限是一种召唤。

无限开放，灵魂进入到无限。进去，是行走；进去，是飞行；进去，是翱翔。这算什么？是混乱。问问笼子对翅膀的想法，笼子会这样回答："翅膀，那是造反！"

去掉灵魂，就是剪掉了翅膀。去掉无限，就是取消了灵魂飞翔的领地。一切又回归宁静。

如果人与牲畜不能相区别，那么请您不要笑，当您宣称人权和公民权利的时候，与宣称牛权、驴权或是牡蛎权，将会是一回事。

这差不多正是独裁者所希望的。

学院式的科学，官方的科学，就这样为独裁者效劳，而且忠诚不二。科学没有欺人，科学在自欺。这是一种低下的眼界，不是心灵的卑鄙。因此，我们试着来作一番剖析。

科学把这种低下的眼界当成精确。科学生性胆小，容易受到惊吓，不乐意进行探索。无限，这得多漫长的旅程啊！"8"字刚一倒置，科学就停止了前进的步伐。科学被认作为代数，但整个科学并不只是代数。全部问题都有待进行探讨，为什么要拒绝研究呢？

一八二七年，"枫丹白露森林人类化石"成为年度热门话题。某一天，在居维叶①家的植物园里，有一段他和我之间的对话。

"居维叶先生，关于人类化石一事，您是如何想的？"

"我认为不存在人类化石。"

"您已经去看过了？"

"没有。"

"那您打算去看？"

"不去。"

"为什么？"

"因为它不存在。"

"可是，万一要有呢？"

"不可能。"

一八二七年所热议的"人类化石"，其实只是一块碰巧被磨成人形的砂岩。居维叶看似有理，其实他错了。人类化石的确存在。在我和居维叶谈话之后的第三十六年，即一八六三年，在阿布维尔附近的穆兰-吉尼翁，发现了人类化石。出土地点在一片能够俯瞰索姆河海拔三十米的高地上。这片高地由泄洪积层黑色粘沙土堆积而成，直接覆盖在白垩层上面，距离地面四点三二米。

---

① 居维叶：法国动物学家。比较解剖学和古生物学的创立者。一八一四年被选为国务委员。

就在紧邻白垩层的地方，发现了一块人类的下颚骨化石，上面还带着一颗牙齿，从前往后斜着长。这也显示了早期人类凸颌的特征。对《创世纪》来说，存在着多个亚当的假设被证实，绝不是一件值得高兴的事。这块人类的化石如今就摆在科学院的桌子上。尽管有关当局明令禁止，这块人类化石早晚还是得以公之于众。诺亚时期的洪水，让国务委员居维叶不高兴了。我无比同情那些对于未知作出断然回答的人。他们常常如此行事。

超自然现象一词，是学院式科学或官方科学创造出来的，为的是尽早把自然界中我们看不到、摸不着，叫人困惑不解的神秘部分整个甩掉。

这个词，我们接受了，为了进行区分，这个词还是管用的，我们已经采用了，将来也会继续使用，不过，确切地说，从语言的严谨性方面来看，我们只想最后再说一次，这个词毫无意义。

压根不存在什么超自然，只有大自然。

只存在一个大自然，且包罗万象。宇宙万物，都包含在大自然中。只是有些我们能感觉得到，而有一些我们感觉不到。希腊神话里的畜牧神潘，有可以被看见的肉体，也有不可见的神力。对于看不见的那部分，您轻蔑地丢出一个词"超自然现象"，难道它就因此而不存在了吗？X还是X，如何用词汇来表达尚且不明之物，这对您也是个考验。否认它并不等于摧毁了它。超自然现象是内在的。我们能感知的自然界的东西是极其有限的。精灵般的生物早就从世人短浅的目光中溜走了。可是，为什么不去追踪一下那个溜走的精灵呢？招魂术、梦游症、全身僵硬症、冉森派教徒、痉挛病症、通灵者、千里眼、会动会说的桌子、敲击东西表示来临但不显形的鬼魂、被埋葬的印度人、吞火者、耍蛇人等等，所有这些，止增笑耳，但有待于从事实角度作进一步的考证。其中相当一部分，也许已经被我们掌握到了一定的程度。

如果您放弃这些现象，要当心，骗子就有机可乘了，愚蠢的想法也会渗透进来。要么选择科学，要么选择愚昧，没有中间道路。被科学放弃的东西，愚昧就会统领它们。您拒绝增加人类的智慧，您就会增加人类的愚蠢。拉普拉斯①退却的地方，卡寥斯特罗②就出现了。

此外，您有什么权利对一种现象说"走开"？您有什么权利驱除一种自然现象呢？您有什么权利对一件意料之外的事情说"我不想研究你"？你有什么权利把一个问题的数据涂改掉？您有什么权利把大自然赶出门外？大自然会回来的。科学有时候可能会犯错。假装视而不见就是不良的行为。望远镜有望远镜的作用，显微镜有显微镜的任务。蒸馏器应该正直公平，坩埚应该平等服务于每个人。数据必定要当个诚实可靠的人。拒绝实验，就是拒绝审判。

您知道会导致什么后果吗？荒谬混进了真理。这都是您造成的。您失去了初心和警戒这两个原则。您凭借的是经验论。本该是天文学的东西，成了星象学；本该是化学的东西，成了炼金术。拉瓦锡③萎缩了，赫尔墨斯④强大起来。

当您听到卡尔丹⑤说："土星旁出现彗星，预示着瘟疫；木星旁出现彗星，预示着教皇之死；火星旁出现彗星，预示着战争；月亮旁出现彗星，预示着洪水；金星旁出现彗星，预示着国王之死。"您会一笑置之，把他当个幻想家。如果没有斯卡利⑥——大卫·帕雷称之为"十分狂妄自大的异端分子"——对其施加迫害，如果没有在波伦亚大学任教时的那场牢狱之灾，卡尔丹，这位的的确确创立了三级方程理论的人，这个发现了立方定律的人，这个至少可以与塔尔塔利亚⑦相提并论的人，这个在其十部巨著中留下的真知灼见远多于异想天开的人，很有可能成为最伟大的天文学家和几何学家。

---

① 拉普拉斯：法国数学家和天文学家，人称"法国牛顿"，提出星云假说。
② 卡寥斯特罗：意大利江湖骗子，法国大革命前，靠给人算命在法国上流社会走红。
③ 拉瓦锡：法国化学家、现代化学之父。提出"元素"的定义，发表第一个现代化学元素列表。
④ 赫尔墨斯：希腊神话人物。他聪明狡猾，被视为欺骗之术的创造者。
⑤ 卡尔丹：意大利医生、数学家、占星师。一五六二年任波伦亚大学教授，一五七〇年被控异端罪突然被捕。
⑥ 斯卡利：意大利语言学家、历史学家、医生和哲学家。
⑦ 塔尔塔利：意大利数学家，发现了三次方程的解法，并创立弹道学。

魔术、点金术、炼金术、可饮用的金水、梅斯梅尔①的木桶，面对所有这些伪科学，最好的结局莫过于揭示它们的真相。如果您不曾想去揭开谜底，您看到的将永远是面具。魔法、妖术、巫术、手相、纸牌占卜，都只是些误入歧途的科学，人因责任心的缺乏而陷入了空想。被人毫无理由地抛弃，不予思索的东西只好躲藏到幻想之中。

　　您因为觉着这事儿荒诞，就下结论说它根本不可能存在，这实在是冒失。只有那些所谓的学术权威人士才敢如此胆大妄为。然而每一门科学都是从不可思议开始的，不断积累前行，创造一个又一个奇迹。科学在不断向上攀登。如今的科学对当初的科学而言是难以想象的。托勒密②会认为牛顿是疯子。我能想象，当代尔夫特③的那位显微学家给斯塔基尔的那位哲学家讲述苍蝇的两万七千只复眼的时候，会是个什么样的情景；想象一下亚里斯多德会给雷文霍克④什么样的脸色看吧！

　　您立即会说："这很幼稚，这不严肃！"真正幼稚的是，面对未知的事物蒙上双眼，凭空想象，就当它不存在。

　　真正不严肃的是，面对"无限"发出冷笑的科学。实证家终于像偶像崇拜那样想看清一切、摸清一切了。前文已经指出，这纯属巧合。人们认为推理和直觉不可靠，然而推理是逻辑的重要手段；直觉是知觉的重要构成部分。只承认看得见的和摸得着的事物，所谓的观察，实则是一种抹杀；因为谁敢保证，被您抹去的不是真理？

　　其实这都白费力气。给潜在的科学涂上一层神秘的色彩，是徒劳的。在

---

① 梅斯梅尔：奥地利医生，当代催眠术的先驱。他设计了一种治疗程序，即让患者围坐在一个盛有稀硫酸的木桶周围，同时举起双手或抓住由溶液中探出的铁棒。此法遭到医学界的反对。
② 托勒密：古希腊科学家，主张地心说。他的学说后为哥白尼推翻。
③ 代尔夫特：荷兰的一个城市，地处海牙和鹿特丹之间。
④ 雷文霍克：荷兰发明家、科学家，被称为"微生物学之父"。

困境中反而催生出一种力量推动着人类认知的前行。其间,也不乏巧合,即造物主的指引。苹果掉落在牛顿面前,铁锅里的水在帕潘①面前沸腾,一张被引燃了的纸片飞到了蒙戈埃费尔②跟前。每隔一段时间,就有一项新的发现,像地雷一样在科学深处爆炸。而那些偏见和幻想则像一堵墙似的轰然坍塌。真理乍现,如同裸露的岩石。

  超自然现象!有人认为这么解释就能解决所有问题了。回过头去看看,很有意思的一件事。电在很长一段时间之内都属于超自然范畴。经克莱罗多次实验,才被人接受并被当作一门真科学记录在政府文案。如今,电已经是街头巷尾的寻常事了,而且它还盈利不菲。直流电疗法当初也同样经历过波折,遭到人们的嘲笑,被认为是"幼稚",此事有其发明者伽伐尼③写给斯帕兰扎尼④的五份申请书为佐证。直流电疗法被接受,也是最近的事。伏打发明电池,也曾大受讥笑,现在不是也被接受了。磁学只能算是踏进了科学殿堂一只脚,另一只还在超自然范畴。汽船在一八一六年是"幼稚可笑"的。电报起初也是不"严肃"的。

  因为在这几页写下的都是实话,我们只为真理服务,我们不想讨好谁。不得不说,在我们这个时代,某些科学家像宗教人士一样狭隘。给错误披上新外套,可错误还是错误。以前它是拜物教,现在它成为偶像崇拜;以前它是无神论,现在它成为虚无主义。进步的道路曲折而漫长啊!谬误和欺诈这两大车轮合谋推翻真理这架马车。

  总之,我们得清楚,科学和宗教是具有相同之处的。学者们没有注意到

---

  ① 帕潘:法国物理学家,高压锅的发明者。首次提出由气缸和活塞组成蒸汽机的设想。
  ② 蒙戈埃费尔:法国人,他发明了热气球。
  ③ 伽伐尼:意大利科学家,研究电能的先驱。
  ④ 斯帕兰扎尼:意大利生理学家,在微生物、感觉、消化、呼吸和繁殖等方面的研究作出贡献。

这点，宗教人士也没有意识到。这两个词表达的是同一事物的两个方面，这个事物即是无限。宗教科学是人类灵魂的美好未来。

到达这个美好未来的途径之一即是直觉。

不再展开叙述，时间不够，匆忙写就。此刻的目标是文学，而非科学。就此搁笔。

II

第一级，第二级，第三极。观察力，想象力，直觉。人类，自然，超自然。此处有三个视野，互相补充、互相完善。三者的协调统一就是整个宇宙。能看清这三者的人，处在巅峰级别，他有多维思索空间，是天才。

观察力产生了塞代纳①，观察力加想象力产生了莫里哀；观察力、想象力加直觉产生了莎士比亚。为了登上赫尔辛格②的舞台，为了在舞台上看到幽灵，剧作家就需要直觉。

将此三种能力结合起来，会变得更强大。莫里哀的观察力就要胜过塞代纳，因为他多了想象力；莎士比亚的观察力比莫里哀更深刻，想象力比莫里哀更飞扬，因为他多了直觉。

将莎士比亚和莫里哀的同类作品相比较，将剧中人物夏洛克和阿巴贡、查理三世和塔丢夫分别作对比，您将会发现莎士比亚所表达的人生哲理更高超更全面！那是因为莎翁通览人生，通达天顶，在高处俯瞰众生，再也没有什么能逃过他的慧眼。既是悲剧，同时也是喜剧。泪花里闪烁着希望的光芒，欢笑中散发着血腥的气息。

请把《唐璜》中的那尊骑士长石雕像和《哈姆莱特》里的鬼魂放在一起，再作个鲜明的对比吧！莫里哀不相信他的石雕像，而莎士比亚则相信他的

---

① 塞代纳：法国戏剧家，成名作为喜剧《不知不觉成了哲学家》。
② 赫尔辛格：丹麦城市名。莎士比亚的名剧《哈姆雷特》中所描述的故事即发生在此地。

鬼魂。莎士比亚具有莫里哀所缺乏的直觉。骑士长石雕像本是西班牙恐怖作品的杰出一幕，比起赫尔辛格舞台上的幽灵来，别具一格，阴森而新颖，而这些在莫里哀这里却荡然无存了。在那座刚吃完晚餐的可怕石像后面，我们看到了波克兰式的微笑；由于莫里哀对他采取了嘲笑的态度，导致这个人物失去了立足的根基，因而魂飞魄散，成了一个呆板的假人，从而毁掉了这一奇迹。这部作品，原本可以成为舞台上杰出的悲剧，结果搞砸了，石桌上的晚宴全然没了恐怖的地狱气氛，让人很乐意端把凳子坐到唐璜和石像之间看热闹。

　　莎士比亚着墨不多，效果却好得出奇。为什么？因为他不是在编瞎话，他被自己的作品所吸引，成了自己的俘虏。他都被自己创作的幽灵吓得要命，然后再拿它去吓唬观众。这个幽灵是真实存在的，不容置疑，这个黑色的面孔就在那里，手里拿着一根指挥棒；它有血有肉，夜幕是血肉，坟墓是白骨。一切景象都惊悚恐怖，使观众如同身临其境。月亮惨白的脸，半掩在地平线下，谁也不敢多瞄它一眼。

　　拿莎士比亚和埃斯库罗斯相比，两人就旗鼓相当。这是狮子和狮子的较量，难分高下。奥雷斯特的忧郁一点也不逊色于哈姆雷特。如果莎士比亚想用作品中的巫婆吓唬埃斯库罗斯，埃斯库罗斯则可以指挥他创作的泼妇来反击莎士比亚。

　　奇妙的是，天才想发挥极致，达到巅峰，他还必须真诚有信仰。维吉尔不相信自己所写的《埃涅阿斯纪》[①]；他描写的维纳斯，依据的是奥古斯都的皇后利维；他描写的奥林匹斯诸神多是源自二手材料；他所描述的地狱也是仿照别人，多少有点别扭；他相信恺撒胜过相信朱庇特，阿波罗的原型就是奥

　　[①]《埃涅阿斯纪》（Enéide）：是诗人维吉尔于公元前二十九至公元一九年创作的史诗，叙述了埃涅阿斯在特洛伊陷落之后辗转来到意大利，最终成为罗马人祖先的故事。

古斯都①、梅塞纳斯②以及马尔塞鲁斯③这些真实的历史人物；他懂得巧妙地戏弄一下神明；他的诗神缪斯就是"万枚银币"。所以说，维吉尔有时像奥维德④，虽才华横溢，也难逃被驱逐出宫廷的命运。

荷马是个真诚之人，他的诗歌，美在信仰。诗歌中充满了坚定，这种信念溢于言表。荷马崇仰英雄，相信怪兽，相信金苹果，相信那些传播瘟疫的箭袋，相信因为特洛伊战争诸神发生了分歧；相信维纳斯女神支持战争；相信帕拉斯女神反对战争；整个神话故事都令他无比着迷、无比信服。他反反复复地把这些故事啰啰唆唆讲了一遍又一遍。这让贺拉斯忍俊不禁。"善良的荷马。"荷马上了《伊利亚特》的当，然而其伟大之处也正在于此。

这种崇高的真诚信仰，来源于直觉。直觉，激发创造。直觉主宰诗人的力量，并不亚于它对几何学家的影响力。直觉是力量，它让人变得坚强。康帕内拉坚信星星数量无限，是出于直觉，而非观察。教会想让康帕内拉放弃他的说法，因为这种说法妨碍了教义，但是没有成功。直觉比酷刑更有力量。

上文提到的三种能力，我们首先指出了它们之间的结合，再提到了与之相应的分类：伦理学家，他们的视野仅仅局限于人；哲学家，他们把能被感知的世界和人结合了起来；天才，他们能够看到一切。

要想知道莫里哀缺什么，就去读读莎士比亚。想要知道塞代纳缺什么，普雷沃神甫缺什么，马里沃缺什么，勒萨日缺什么，拉布吕耶尔缺什么，就去读读莫里哀。

---

① 奥古斯都：盖乌斯·屋大维，被尊称为"奥古斯都"，是罗马帝国的开国君主，统治罗马长达四十三年。

② 梅塞纳斯：罗马皇帝奥古斯都的大臣，尊重艺术。诗人维吉尔和贺拉斯都曾蒙他提携。他的名字在西方被认为是文学艺术赞助者的代名词。

③ 马尔塞鲁斯：意大利籍教皇，天主教第三十任教皇。他曾令罗马皇帝迫使基督教时期叛教的信徒履行悔罪手续，从而引起暴乱，三〇九年被逐出罗马。

④ 奥维德：古罗马伟大的诗人。与贺拉斯、卡图卢斯和维吉尔齐名。他的诗歌对欧洲文学影响很大。诗歌《爱的艺术》，描写引诱和私通之术，对当时奥古斯都所推行的道德改革起了破坏作用，因而被放逐。

艺术和其他事情一样，某种细微的差别——就是一道鸿沟——将优秀和杰出截然分割开来。在阿姆斯特丹的特里旁厚森美术馆，您入门即可见到一幅巨大的优秀画作，其画家姓名已不详，颇为欣赏者所称道。但当您转身，看到伦布朗的《巡夜》时，您不禁失声尖叫。因为这才叫杰作！先前优秀的东西顿时消失不见了。您甚至再也无法观赏其他的画作。艺术上的杰作，只能以某种冒险为代价才能获得。理想的实现，是对大胆尝试的一种奖赏。不入虎穴，焉得虎子？天才就是英雄。

"前进！"这是冒险家哥伦布和雅松的话。"大自然的秘密已经泄露出去了"，这是雷文霍克的话，这位深入观察的思想家受到同时代人的诘难，说"他的发现没有品位"。雷文霍克在可见的领域追根溯源，一如有人在不可见的范畴寻找答案。因为他相信观察所见，也凭借直觉假设，想象着把显微镜延长的景象。由此他有了收获，因而也树敌无数。假设，就是往不可见的那一层攀登。像诱惑那些伟大的诗人那样，诱惑那些伟大的科学工作者。只有猜测这根杠杆才可能撬动这个难以估量的地球。当然前提是要以事实为支点。开普勒[①]说过："假设是我的左膀右臂。"

没有直觉，产生不了伟大的科学，也产生不了伟大的诗歌。于拉妮[②]于是双料缪斯，能同时看到科学的精准和诗歌的理想。她一只手拉着阿基米德，另一只手拉着荷马。

局部的视野只能获得小范围的精确性。显微镜了不起，是因为它寻找的是根源；望远镜了不起，是因为它寻找的是中心。凡是不出自于此二者的，都是些术语罢了，是些无用的好奇心，微弱的艺术，平庸的科学，是些不值一提的尘土。让我们力求达到综合吧！

---

① 开普勒：文艺复兴时期的德国天文学家和占星师。行星运动三大定律的发现者，近代光学的奠基人。

② 拉妮：天文女神。

为了更好地看清人类，必须观察大自然；为了看清人类和大自然，必须对无限进行深思冥想。没有东西是零碎的，一切都是整体，不对整体进行思考提问的人，什么也发现不了。

Ⅲ

还要讲得更明确一些。在此，对一些概念进一步解释。

大自然的概念已经涵盖了一切。整个哲学都是基于这个概念，在不同程度上做出的引申。

要紧紧把握这个概念，使之直接明了；在保全细节的情况下，尽可能将它缩小，换言之，就是让它具体化，您看到的就是人；将这个概念无限扩大，您感知的就是上帝。由于人类是宇宙的缩影，我们也就能够理解诸如费希特[①]那样的错误，他们的探索仅仅局限于人类，在人的范畴里理解世界。把人当成微型版的上帝。

但是，将人当成上帝，一如将地球当成宇宙，都是错误的。您把那颗灰尘放得离眼珠太近，以致遮挡了视野，看不见无限了。

天地万物就似毛孔，事物就像出汗一样将上帝从中渗透出来。无论事物内在多么深奥，都要让上帝浮现于表面。沉思者可发现，万物都是造物主的精心之作，上面凝结着造物主的汗珠。宗教是无限的神秘汗珠。大自然无处不彰显着上帝的存在。沉思是一种启示，承受痛苦是另一种启示。上帝的汗珠从天上一滴一滴地掉下来，人类的眼泪也一滴一滴地流下来。

万物之存在不是作为一个终结，那又是什么呢？

终结，就是目的。

大家把终结当成了死亡。错误。终结意味着生命。

在尘世走一遭，无非是人的生命渐渐成长，直至灵魂开花，即是人死亡时刻的到来。在坟墓里，我们的生命之花绽放。

[①] 费希特：德国哲学家，先验唯心主义运动第一位主要代表人物。

命运显然是自然界中多种因素综合的结果。现在，我们要看看是如何发生作用的呢？这几种因素又是如何综合的呢？通过怎样的往返运动？通过怎样的力量重组？通过怎样的气息混合？通过怎样繁复的一系列变化？事件是怎么通过一些因素起变化的？宇宙的和谐又受到了怎样的反馈影响？这个影响是什么？是命运吗？天命是可见的，表现为平衡。哲学家冠之以"公道"。宿命也是可见的，表现为必然。公平和必然，是未知事物的两张神秘的面孔。

那我们所谓的偶然性又是什么呢？偶然性不是天命，因为它破坏了平衡；也不是宿命，因为它并非必然的。那么，它究竟是什么呢？它既是天命又是宿命？抑或两者都不是？没人说得清楚。

可以肯定的是，只有一个法则：大自然和命运是一体的。不存在里外不同的两个法则。宇宙现象从一个环境折射到另一个环境，因此产生出丰富多样的表象，呈现为不同的现象。所有这一切，在相对中是和谐的，在绝对中是统一的。本质的一致，形成实体的一致，实体的一致，形成法则的一致。这才是"存在"的真相：万物一体。

宇宙的内部是一个具有双重性网络的迷宫：抽象的和具象的。这双重性的网络时不时交错。抽象的具体化，具体的抽象化；摸得着的变得看不见了，看不见的变得摸得着了；只能想象的东西从我们可触可见的东西里产生了；单调呆板的生活因偶发事件变得复杂生动了，偶发事件和日常生活纠缠在了一起。树身上有了命运，迸发出激情，渗透出汁液；光也可能有思想。世界成了伏打发明的电池，同时也是一个精灵；尼罗河和恩斯河越界交汇在了一起；从非物质到物质，繁衍成为可能；这是无限的两性，跨越了边界；一切都彼此相爱，彼此交融；奇迹中不断产生奇迹；神秘，巨大，生命。

啊，命运！啊，造化！

母亲喜极而泣，新生儿啼哭。野兽在呻吟或咆哮。呻吟，就是树在颤抖，草在摇摆，雷声轰鸣，山在震动，森林细语，风在哀嚎，泉水低泣，大海哽咽，鸟儿歌唱。我们出生，是为了受苦；我们活着，是为了受苦；我们相爱，是为了受苦；我们工作，是为了受苦；我们美，是为了受苦；我们公正，是为了受苦；我们伟大，是为了受苦。愿景拓展，结果成为乌托邦；科学质疑，结果出现假设；我们攀登无法跨越的高峰，我们着手无法完成的工作；我们相信无法证实的事情；我们建造住不上的宫殿；我们种树，让别人去乘凉。对幻想者而言，社会进步就是可望而不可即的迦南乐土；而那些不承认乐土存在的人却踏上了乐土。没有享乐，谁也没有。对暴君而言，暴虐是沉重的；对好人而言，善意也是苦涩的。忘恩负义，何等的痛苦！没有东西是正合适的，我们永远不会对所处的位置感到完全的舒适，我们总是在生活的坑坑洼洼中度过，而且还各不相同。要么不及，要么多余。身在祖国像是在流放，流放时又觉得身处祖国。他处总比这处强，这山望着那山高。最大的满盈就是虚空。

唯一可能的宁静，是良心上的安宁。除此，一切都有阴云。庄严的黑暗！

为何还要大惊小怪？为何还要太过牢骚？人终有一死，您还要求什么呢？

您到底需要什么？

可以肯定的是——这样的肯定是多么美好的事情啊！——可以肯定的是，自由，这种伟大的精神在地球人类的身上展现出来了。为了使用严谨的哲学语言，为了保守起见，我们说自由这种现象仅仅体现在人的身上。在地球上，只有人看来是自由的。其他所有非人的物种，无论是物品还是牲畜，其命运都是被主宰的。这一点至少是不容置疑的。

让我们把下面这段话放在括号里：

（只有我们的直觉能感受到这样一种法则。这一法则处在极其深邃的地方，它是用来注定物品和牲畜之命的法则。这项法则——至少我个人是相信的——极少被人发现，以致至今在科学上尚无轮廓。由于这项法则完全处于幻想之中，连假说都称不上，因为，假说一词，即是科学上接受这一说法的开端。这项法则是否存在，还真是个问题。最大胆的说法也只能是：这里面是有些名堂的。)

括号到此结束。我们不想让我们的推理有站不住脚的地方。而且我们申明，我们尊重大家都能理解的事实。我们要根据大家可见可触的事实进行推理；我们依据的是已经被普遍接受的哲学实验数据。

这样假设之后，地球上的人类究竟比其他生物多了些什么呢？

行善或作恶的能力。

人先拥有了这个能力，因而也就诞生出这对概念：善和恶。

善和恶，给未知打开了通道！

道德法则就出现了。

什么能够行善，什么能够作恶？自由！还有呢？责任。此处自由，即是他处责任。啊，多么伟大的发现！

自由，就是灵魂。

自由，意味着复活。因为再生，也是一种责任。遵循法则，也就是说，为了使自由转变为责任，人之生命这一现象，必须在死之后续存。因而体内的灵魂不灭，也就成了必然了。

这也就是宗教上耶稣死难纪念三日大日课的缘由。

道德法则是一条能走出迷宫的线路。

我感觉到了热，我向前，这是善；我感到了冷，我后缩，这是恶。在我靠近上帝的时候，上帝和我灵魂之间的亲和，就表现为某种隐隐约约的不可言喻的爱抚。我思考，我感觉上帝在我身边；我创造，我就感觉上帝离我更近了；我爱，我感觉它离我又近一步；我奉献，这种感觉就更强烈了。

这是观察不到的，因为我既看不见也摸不着什么；这也是想象不到的，因为如果那样的话，美德岂不是成了想象的了。这来源于直觉。

所有的道德法则都根植于我所说的超自然现象中。否认超自然现象，这不仅仅是对无限视而不见，更是从根本上斩断了人的美德。英雄主义得到宗教的颂扬。奉献的人证明了永恒的存在。任何有限的东西都无法解释什么是牺牲。

此处写下的内容，笔者已在别的文章中提及，追求世间的理想，也追求世外的无限，这是个双重性的目标同时也是唯一的目标，因为前者引领社会的进步，后者引导灵魂追随上帝。

当然，我们也可以玩世不恭，无所信仰，嘲讽一切，自命不凡地离开这个世界。浪荡公子佩特罗尼乌斯①，竭尽所能地追求自己的快乐死法。他躺在水温合适的浴缸里，又读了一边尼禄的命令，吟诵了几句情诗，然后拿起刀将自己的四条静脉割断。他看着自己的血汩汩地往外冒，还用手去撕开伤口，接着撕开另一个伤口；他一会儿按住，一会儿放开，一会儿左臂，一会儿右臂，还笑着对他的朋友说："诗神喜欢听交错的歌声"。诚然，面对死亡，这副神态也是难能可贵；不过，与其说这样是修成正果，还不如说是一种不羁的洒脱。

修成正果的死法，是要像列奥尼达②那样，为祖国献身，像苏格拉底那样，为真理献身，像耶稣那样，为博爱献身。苏格拉底献身于智慧，耶稣献身于爱心，没有什么比这个更伟大、更美好的了。死得光荣的人是幸福的！短暂驻留在人体内的灵魂，意识到自己与宇宙共命运；死得伟大光荣对牺牲者来说是一种满足；灵魂应该满足这些牺牲者，灵魂自己也能得到满意的归宿。

谁都不能否认，上述的思考深奥难懂。可是，思想高尚的人，都在力图作此类的思考。我们体内的深奥之物受到体外深奥之物的召唤。我们的灵魂受到自然界无限的召唤。智者乐于去深思。由于思考者才智高低不同，悟道的程

---

① 佩特罗尼乌斯：罗马帝国朝臣、抒情诗人与小说家，终身追求享乐，是荒淫无度的罗马皇帝尼禄的密友。讽刺小说《爱情神话》（其意为"好色男人"）被认为是他的作品。

② 列奥尼达：古代斯巴达国王。阵亡于第二次波希战争中的温泉关之役。他率领的三百名斯巴达士兵的英勇表现使他成为了古希腊英雄人物。

度也各有不同。力图去想明白,这就是一切哲学的起点。天地万物就像是隐迹纸本,通过它我们可以解读上帝。最晦涩的东西回避着我们,但它愿意我们去追随它破解它。谜底,就像是一个美妙的仙女,躲藏在宇宙间生命之树的枝繁叶茂底下,她偷偷看你,希望你也看见她。

穿透不可穿透之物的想法,是一种伟大的愿望。会让您想到祈祷。

渐渐地,地平线出现了,冥思变成了凝视;接着,地平线又变得模糊了,凝视变成了幻象。搞不清这团漩涡似的幻象究竟是什么,是假象还是真实。未知的存在正在使得已然的存在变得复杂,我们的想象和猜测正在给我们以错觉,我们现有的概念也深奥难懂;我们既已成形的猜想、梦想和憧憬,这一切可能是虚幻的,也可能是真实的,灵魂在瞬间一闪而过,裹尸布也在眨眼中一掠而过,我们曾经爱过的温情面容,开始显现在不可名状的透明之中,那不可捉摸的微笑,又消失在黑夜之中;那个了不起的、内在的、隐约可见的幻象,是多么令人头晕目眩啊!启示就是这样产生的。

你可以把这些东西从哲学家身上剔除掉,但是您无法将它们从诗人那里驱走。从若布到伏尔泰,每个诗人都有自己的幻象。某些不朽之作,和这种狂热是密不可分的。在这种令人敬畏的狂乱之中,存在着启示。做个能见到异象的人吧,但要成为一个有智慧的贤人;一个人是否是超人呢,就看他有没有这种超凡的能力。

有些人非要从剧本人物中,找到作家本人的影子,认为这个人物是在替作家说话,我们当然不是这样的人。如此将会把剧作家这个复杂而无限的自我变成一个仅是抒情而单调的自我。虽然不能把作家和他所创作的人物直接等同起来,不能因其写了法尔斯塔夫[1]而说他是酒鬼,因其写了塔丢夫而说他是伪君子,因其写了费加罗而说他是阴谋家,因其写了该隐[2]而说他是残害手足

---

[1] 法尔斯塔夫:英国文学中最著名的喜剧人物,在莎剧中多次出现。
[2] 该隐:亚当和夏娃的长子,杀害弟弟亚伯的凶手。

的人，因其写了波利厄克特尔就把高乃依奉为圣人，因其写了波萨而把席勒理想化，因其写了泰西特而把荷马漫画化。把作家当成其作品中人物的真实版，这种想法有点幼稚，不够严谨。在摈弃这一念头的同时，我们认为，在作家所偏爱的某些人物的身上，确实不乏作家本人灵魂之光的闪耀。有的时候，我们说：这是普劳图斯①式的火花；那是埃斯库罗斯的火花。在某个人物身上确实比其他人物更多地体现出作家的身影。比如，很显然，哈姆雷特是莎士比亚所偏爱的人物，正如阿尔西斯特是莫里哀所偏爱的人物一样；所以我们可以断言，哈姆雷特讲的这句话，是莎士比亚在说话："奥哈修，天地之间，万事万物之多，远非您能想象。"

"可能会成为什么"，这一巨大的忧虑，长期困扰着诗人。在自然界里会成为什么？在命运中会成为什么？不可思议的黑夜。

傍晚，暮色时分，立于峭壁之上，潮水上涌，冰冷刺骨，海风吹拂，眼花缭乱。脚下是海浪，头顶是云雾，海浪碎沫触及脸颊；当惊涛拍岸，海鸥振翅而飞的时候，当狂浪汹涌，海上遇难人员的呼救奔腾而至的时候，看看大海吧，想想此时您可能做到的是什么？

我时常心怀喜悦地想：再过一轮，最多十五年，我就能知晓坟墓这个黑影是什么了。出于某种信念，我确信我对光明之期望不会落空。

啊，我所深爱的亲人们，当我为我的期待发出最后一声呼喊之时，请不要为我难过；请不要因我的急不可待而悲伤，因为我相信我们必将在无限中大团圆。我在无限中与你们重逢的时候，你们将会更高尚，也会觉得我比过去更好。在那里，我们依然相亲相爱，如同曾经在世间，也会以某种神奇而更为博大的爱，在天堂相爱。生，只是一时的相遇。死，才是永恒的聚首。躯体只能相互拥抱，灵魂才能彼此交融。啊，我亲爱的人，请想象一下，当我化为一束

---

① 普劳图斯：古罗马著名喜剧作家。其作品可以说是现存最早的拉丁文学作品。代表作有《吹牛军人》《撒谎者》《俘虏》等。

光，成为天国里的圣洁之光，会是什么样子？光与光的相爱，交辉成人间的白昼，光与光的相撞，迸发出崭新的光芒。我们如此向往天堂，天堂的责任和美德，不正是来源于这种难以形容的光芒？这些光芒会不会是因为自己感到无比幸福，才好意帮助人类让我们也感到幸福？他们会不会是因为自己沉浸在爱河中，就以有益于人类为其最高行动法则？谁知道呢。

让我们努力吧，以便有朝一日成为他们中的一员。在此尘世，你我在大限来临之前，还都如此不完善，特别是我。为了达到至善，我还要加倍努力！让我们加油干吧，不能停止前进的步伐；关爱自己，也关心他人；为了诚实，不遗余力；为了正义，全力以赴；为了真理，在所不惜；不计成本，因为我们失去的，将会赢回来！毫不懈怠，我们要尽力而为，我们要全力以赴！哪里有义务？哪里有斗争？哪里有流亡？哪里有痛苦？去，到那里去！爱，就是给予；让我们去爱吧！让我们成为内心善良的人。死亡是无尽的善，它在等待着我们。让我们对死亡好好思考一番吧！

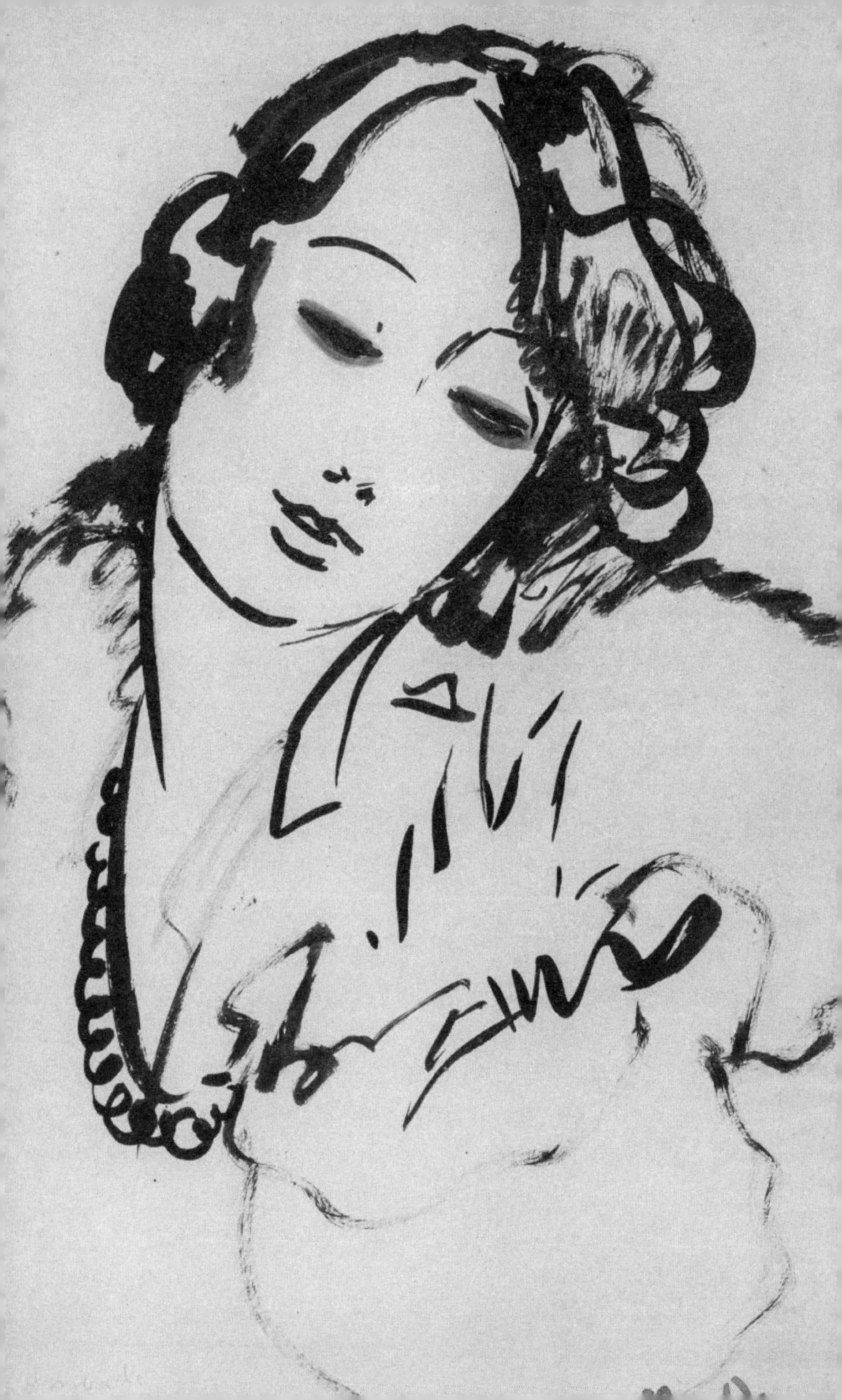

诗歌在原始、古代和近代三大人类发展阶段的特点

远古时期，当人类在刚刚诞生的世界中苏醒过来，诗歌也随之起步。面对奇观，人类由衷地赞美和陶醉，颂歌就是他们的感叹发噶。那时，人类如此接近上帝，他们的所思所感，那么痴醉，那么梦幻。他们直抒胸臆，吟诵如同呼吸。诗歌主旋律不外乎三根弦：上帝、灵魂和万物。但是，就这神奇的三重奏足以奏响一切，涵盖一切。那时，大地还很贫瘠，人类虽然已经有了家族的概念，但还没有诞生民族；有了父老，但还没有君主。每个家族都无拘无束，没有财产，没有律法，没有冲突，没有战争；一切共享，属于个人，也属于集体。社会是一个生活共同体。人类无忧无虑，过着田园牧歌般的游牧生活。这种生活是一切文明的起点，多么有利于人类独自的冥想和肆意的幻想。人类自由发展，随意来去，他们的思想如同他们的生活，聚散如云，变幻莫测，自行其是，随风吹拂，任由天性。这就是人类之初，也是诗歌最原始的面貌。

人类尚在青涩阶段，充满诗情画意；祈祷即是他们的宗教，颂歌是他们仅有的诗篇。

《创世纪》[1]正是这样一曲原始时期的颂歌。接着，世界逐渐告别其青少年时代，天地变得开阔起来。家庭形成部落，部落组成民族，每个民族都有各自活动的中心区域，由此诞生众多王国。社会性继游牧性后出现。营地被城池取代，帐篷被宫殿取代，牌坊被神庙取代。国家首领仍是牧人，但是同时也是本民族的带路人，他们的手杖已经有了权杖的雏形。一切固定下来，一切保持下来。宗教也初具规模，宗教仪式上规定了人们的祷告，对礼拜仪式也做出相应的规范。如此一来，神甫和国王分享了对部落的监护权，由此，族群的家长制让位于神权的统治。

然而随着民族的扩大，囿于地理区域，人类开始觉得局促，开始越界侵犯他人或遭到别人的侵犯，于是帝国间产生了摩擦和冲突，最后爆发战争。[2]

---

[1]《圣经·旧约全书》第一卷。
[2] 这里指荷马的史诗《伊利亚特》。

人类不断相互越界，民族开始迁徙，由此产生游历。①诗歌对这些重大事件都有所反映。于是诗歌由最初单纯的抒情又添加了叙事的功能。它吟诵世纪的更迭，吟诵民族，吟诵帝国，形成史诗，成就荷马。

荷马实际上影响了整个古代社会。在古代社会，一切都很简单，一切都具有史诗般的磅礴大气。诗歌即是宗教，宗教即是律法。继童真般的第一个时代之后，贞洁的第二个时代到来。无论是家族礼仪还是社会风俗，到处都被刻画得庄严和隆重。人们已经由家形成了国的概念，这儿有他们对家的依恋，对祖先根的追随，一切都把他们吸引在这里。人类不再到处游牧，但是仍旧保持着对异乡异客和游子的尊重。

我们重复一下，史诗是古代文明共同一致的表达，它有多种表现形式，但是都保留了史诗的特征。古希腊诗人品达②，不仅是位游牧诗人，更是位神职诗人；诗人既擅长于抒情，更长于史诗般的叙事。如果年鉴编者，这些处于第二个时代的当代编年史家们，想按世纪纪年来搜集和整理着手做编纂工作，那么他们多半将是徒劳，因为例年表抹去了诗歌，诗歌不见了，历史就无从谈起，历史就是史诗。希罗多德③就是史学界的荷马。尤其是在古代的悲剧戏剧中，到处都散发出史诗般惊心动魄的气势。在希腊的戏剧舞台上也不失众多令人难忘的宏大场面。剧中人物仍然是英雄，半神或神；题材有梦境、神谕，也有宿命；情景仍是人物的排列出场、葬礼以及战争场面；过去有古希腊行吟诗人唱的，现在改由演员在舞台上表演，如此而已。

当然也有所改进。当史诗表演一整幕结束，会有幕间插播上场，或评说悲剧，颂扬英雄；或添加描述，交代时日的变化；与之共喜，与之同悲；有时添置舞台布景，解释主题道德含义，总之是讨观众欢喜。不然，幕间插播，这

---

① 这里指出荷马的史诗《奥德赛》。
② 品达：古希腊抒情诗人。
③ 希罗多德：古希腊历史学家。

个奇怪的角色介乎观众和表演之间,不是在为诗人完善他的史诗,又是在干什么呢?

古代的剧场,如同他们的悲剧那般壮观、浩大,能容下三万个观众。往往是大白天露天演出,持续一整天。演员扮演巨人,他们要贴近角色,就要提高嗓门,头戴面具,增加身高。舞台甚为广阔,可以同时布置一座神庙、一个宫殿、一个营地、一座城池的内景和外景。上面演出的都是些大场面的戏剧,让我们在此例举一些记忆深刻的剧目:有普罗米修斯被囚禁在山上的情景[1];有安提戈尔从塔顶上寻找兄长波吕尼克斯的场面(《腓尼基少女》);有厄瓦德涅从山顶跳进焚烧卡帕纽斯尸体的熊熊烈火的情节(欧里庇德斯[2]《请愿的妇女》);有战舰靠岸,舞台上同时放下五十位公主及其随从的壮观场面(埃斯库罗斯[3]《乞援人》)。在这里,场景布置和诗歌一样恢弘壮丽。古代的崇拜、古代的历史全部交融在古代的戏剧中,没有比这更加庄严隆重的东西了。最早的演员就是祭司,舞台演出的内容多是宗教礼仪、国家庆典。

在结束这段有关古代史诗特征的内容之前,我还想指出一点:悲剧只是在重现史诗,无论从它所采用的形式来看,还是从它所选择的主题来看,所有悲剧都是对荷马的继承和发扬。同样的故事、同样的灾难、同样的主人公,创作的源泉都来自荷马。总是离不开《伊利亚特》和《奥德赛》。就像阿克琉斯拖着赫克托耳[4],希腊悲剧总是难逃特洛伊城。

---

[1] 见埃斯库罗斯的悲剧《被缚的普罗米修斯》,普罗米修斯因偷盗火种给人类而被天神宙斯绑在荒山之巅。

[2] 欧里庇得斯:古希腊三大悲剧诗人之一。代表作有《独目巨人》《阿尔刻提斯》等。

[3] 埃斯库罗斯:古希腊三大悲剧诗人之一。代表作有《被缚的普罗米修斯》《阿伽门农》《善好者》。

[4] 阿喀琉斯与赫克托耳都是史诗《伊利亚特》中的人物,前者是希腊联军中骁勇善战的将领,后者是特洛伊王子,阿喀琉斯战死赫克托耳的故事见《伊利亚特》第二十二章。

然而，史诗的世纪要划上句号了，它所反映的时代也终将过去。史诗围绕着自身，翻来覆去，最终也磨损了自己。罗马模仿希腊，维吉尔①临摹荷马。史诗在最后一次分娩中耗尽了体力，有了个体面的收场。

世界和诗歌的新时代即将开启。

不同于物质的、外在的多神教，一种唯灵论的宗教潜入古代社会核心，杀死它之后，在这古老的尸体中埋下了现代文明的种子。这是个完备的宗教，因为它是真正的宗教。它的教理和信仰都带有深深的道德烙印。首先，最初的一些真理，也就是用来教导人们，人有两种生命形式：一种转眼即逝，一种永恒不灭；一种在人间，一种在宇宙。它向人指出：正如命运有双重性，人既有兽性也有灵性，既有肉体也有灵魂。一言以蔽之，人就是两种生命的结合体，是物质生命和精神生命两个系列的交汇点，就像连接两条锁链的一环。前者是

---

① 维吉尔：古罗马诗人，他著名的作品《伊尼特》是受了《伊利亚特》和《奥德赛》的启发和影响而写成的。

由顽石演化成人类，后者由人类开始而止于上帝。

其部分真理可能已经被某些先辈们所参透，但是对它们进行广泛、充分、全面且透彻的阐述，恐怕还是在有了福音书以后。

各个异教流派在黑暗中摸索前进。它们的道路崎岖，危机四伏，有可能遇到真理，也有可能被谎言所欺骗。

他们之中也不乏哲人，投射出微弱的真理之光，可是只照亮了事物的一个侧面，却拉大了事物背后的阴影。一些幽灵鬼怪就这样从这些古代的哲学家手里滋生出来。

只有神的智慧之光，才能博大而平等地普照万物，取代人类智者所有这些飘忽不定的灵光。毕达哥拉斯①、伊壁鸠鲁②、苏格拉底③和柏拉图④，他们都是黑暗中的火把；而基督，则是白昼。

其他的，没有什么比古代的神谱更加世俗了。远不要说它像基督教义那样区分精神和肉体，它将容貌和形体全部赋予了万物，甚至给众生以精神和灵性。神谱中的众神是可见可知的，是有血有肉，竟然还需要用云朵来掩身。

他们吃了喝，喝了睡，醒了又吃。

他们会受伤，也会流血；他们致残之后，也会终生瘸拐着走路。这个神谱里有神，也有半神。

这里的雷神，在铁砧上锤炼产生雷电，还要加上另外的配料，三根弯曲的雨丝。

---

① 毕达哥拉斯：公元前六世纪古希腊哲学家、数学家。第一个注重"数"的人，提出毕达哥拉斯定理（勾股定理）。

② 伊壁鸠鲁：古希腊唯物主义哲学家。被认为是西方第一个无神论哲学家。代表作《论自然》《准则学》《论生活》《论目的》等。

③ 苏格拉底：古希腊哲学家、教育家。古希腊"三贤之一"（柏拉图、亚里士多德）。主张知识即美德，强调人类的理性。西方哲学的奠基者。

④ 柏拉图：古希腊唯心主义哲学家，苏格拉底的学生。另有其创造或发展的概念包括：柏拉图思想、柏拉图主义、柏拉图式爱情等。

这里的朱庇特把世界悬挂在一条金项链上；太阳神乘坐着四轮马车出行；地狱是深渊，有入口标记；天国则是一座山脉。

　　多神教也是如此，用同一块粘土揉捏出了万物，不免减弱了神性，夸大了人类的力量。荷马的英雄们差不多和他们的神同样高大。埃阿斯①轻视朱庇特，阿克琉斯和战神马尔斯②旗鼓相当。而基督教与之恰好相反，正如我们前面所提到的那样，它把精神和物质分开，把灵魂和肉体分开，在上帝和人类之间划下一条鸿沟。

　　为了让我们刚才兴致勃勃、看似信口开河的讲述不至于有任何纰漏，我们要指出：在这个时代，由于有了基督教，也正因为有了基督教，各民族的精神之中，才产生了一种为古人所不知而在近代人身上特别明显的、崭新的情感体验，它甚于惆怅而又轻于抑郁，所谓的一种愁绪罢。而事实确实如此，长久以来人心已经被等级制度和神权礼教所麻痹，一旦有某个人道的宗教灵气吹来，怎能不为之苏醒，不感到自身体内还有某种意想不到的力量在萌发？这种宗教是神圣的因而也是人道的，它替穷人祈祷拥有富人的财富。它以平等、自由、仁爱为怀。既然福音书已经深入人心，向人们启示感官背后有灵魂，生命背后有永恒，人们还能不以新的眼光来审视万物？

---

① 埃阿斯：希腊传说中的英雄，性格暴躁，敢于触犯天神。
② 马尔斯：罗马神话中的战神。

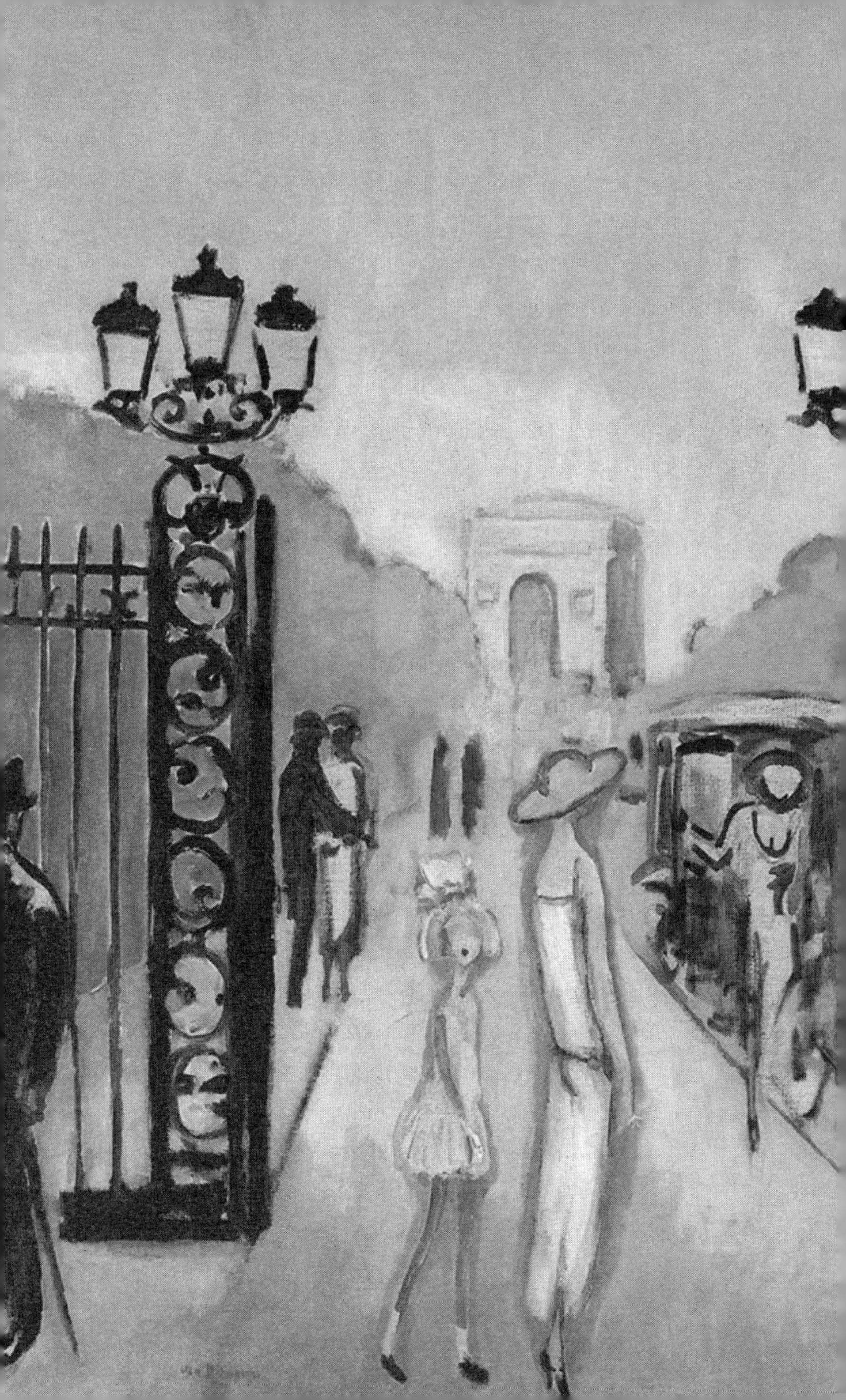

实用之美

一

啊！才能之士，请做个有用之人吧！给世人贡献你的聪明才智吧！要想成为一个有益于人民的人，就请别不耐烦。为艺术而艺术固然美，但为进步而艺术则更美。坚持梦想当然好，追求理想①则更好。您喜欢幻想吗？那就请幻想一下人类更美好的明天吧。你追逐梦想吗？那就请为理想而奋斗吧！先哲寻找孤独，但并不遗世独立。他心系人类之发展，在灵魂深处梳理千丝万缕的乱麻团，而不扯断它们。他来到荒野冥思，为的是什么？为了民众疾苦。他与之对话的不是原林，而是城市。他看到在风中折腰的不是劲草，而是人类。他对之怒哄的不是雄狮，而是暴君。诅咒你，阿卡布②！诅咒你，奥瑟③！诅咒你们，暴君们！诅咒你们，法老们！这便是伟大的孤独者的呐喊。接着，他泪流满面。

为什么而流泪？为永恒的"巴比伦之困"。以色列、波兰、罗马尼亚、匈牙利和今天的威尼斯，都曾受过或正遭受这样的困扰。这位善良而忧郁的思想家在监查；他侦察、窥测、探听、注视，于无声处竖起耳朵，于黑夜中睁大眼睛，半张开利爪随时准备对付敌人。您去和他，这位理想主义的修士谈谈为艺术而艺术吧。他有自己的目的，并且直奔主题，这目的，便是至善。他为此献身。

他不为自己活着，而是为身为信徒的使命而活。他肩负着促进人类进步这一伟大的重任。天才不是为天才而生，而是为人类而生。天才就是上帝在人间的化形。每一部杰作的呈现，都是来自上帝的安排。杰作本身就是一种奇迹。由此，所有的宗教和所有的民族，都信仰圣者。如果有人以为我们会否认基督的圣像，那他就错了。

---

① 原文为"乌托邦"，本意为"没有的地方"或者"好地方"。延伸为还有理想，不可能完成的好事情。
② 阿卡布：古以色列国王。
③ 奥瑟：古以色列国王。

社会问题演变至今,一切力量都应该往一处使才有利于问题的解决。孤立的力量容易被抵消,理想与现实息息相关。艺术应该为科学助力。历史的车轮滚滚向前,艺术和科学应该并驾齐驱。

新一代的能人志士,诗人与作家的圣洁群体,青年人的队伍啊,你们赋予我们祖国未来以活力,你们的长辈爱护你们,并向你们致敬。勇敢些!让我们贡献自己的力量,为善献身、为真献身、为正义献身!这样做才是正道啊。

有一些热爱纯粹艺术的人,他们只注重艺术高贵而尊严的一面,他们摒弃"为进步而艺术"这一理念,也就是远离"实用之美",因为他们担心,实用会破坏美感。他们战战兢兢地看到诗神的臂膀接上了女仆的双手。照他们看来,理想一旦与现实接触过多就会变味。他们为崇高的艺术下降到烟火人间而忧心忡忡。唉!他们真是搞错了。

实用不但不会限制崇高,反而还会升华它。艺术之崇高与人类之实物结合起来便会产生出一些意想不到的杰作。究其本身,实用也是崇高的组成因素之一;实用分好几大类,有温和的实用,也有愤怒的实用。如果它是温和的,便能抚慰不幸之人,并创造出社会的史诗;如果它是愤怒的,便能鞭挞万恶之徒,创造出神圣的讽刺诗。摩西把神杖递交给耶稣,就是这同一支威严的神杖,既能让岩石喷涌出泉水,又能把商人从圣殿里驱逐出去。①

是吗,艺术扩大了自己的用途,反而会影响它的魅力吗?不!愈是多一种用处,艺术就愈增添一种美。

但是,有人不同意这个观点。为社会治病,修订法典,监督法律;监狱、狱吏、苦役犯、妓女都是些丑恶的字眼;监查警察的记录本,和药房订立合同,调查人们的失业状况;品尝穷人的黑面包,为女工寻找出路,把戴长柄眼镜的闲暇之士与衣衫褴褛的流浪汉来做比较;对耻辱、丑行、过错、罪恶、

---

① 摩西用神杖点出泉水的故事,见于《旧约》;耶稣把商人赶走的故事,见于《新约》。

丧尽天良之事加以鞭挞；扫除文盲，开办学校，普及教育，宣告人人平等；滋养心灵，给人以精神食粮，为社会问题去呼吁，为赤脚的穷人要求鞋子等等，所有这些都不属于蔚蓝的天空，而艺术是那蔚蓝的天空。

是的，艺术是远离尘嚣的蓝天，但是从这高高的蓝天上撒播下来的光芒，使小麦灌浆，使玉蜀黍发黄，使苹果饱满，使葡萄甘甜，使橘子镀上金黄的颜色。我再重复一遍，愈是多一种用处，就愈增添一种美。无论如何，于艺术又有何损伤？使甜萝卜成熟，为马铃薯浇水，使苜蓿和干草长得更加茂盛；总之，和农夫、葡萄种植者、蔬菜种植者互相合作，这都不会使天空失去一颗星星啊！广泛性并不排斥有用性，况且，它又不会因此而失去什么？还有，磁力或电力这种巨大的能量流，难道就因为它能使磁针指北，能指引航船的方向就影响它在密云层中放射出强烈而夺目的光芒了吗？朝阳为干渴的苍蝇预备了晨露，为采蜜的蜜蜂准备了花蜜，难道就会因此而逊色，就不那么绚烂了吗，就不那么壮丽了吗？

我们坚持创作社会的诗、人类的诗、为人民的诗，歌颂真善、揭露丑恶，宣泄大众的愤怒，咒骂暴君，让坏人得惩戒，让人民得解放，升华灵魂，击退黑暗；它知道天下存在窃贼和暴君，它打破牢笼，清除社会垃圾！诗歌女神，卷起你的衣袖，来干些粗活吧！

为什么不呢？

荷马是他那个时代的地理学家和史学家，摩西是他那个时代的立法者，朱文纳尔是他那个时代的法官，但丁是他那个时代的神学家，莎士比亚是他那个时代的道德家，伏尔泰是他那个时代的哲学家。理论上和事实上，任何领域都没有理由拒绝这些有才智的人。既然眼前有片广阔的天地，身上又有一对翅膀，那么就请展翅飞翔吧。

对于那些高尚的人来说，飞翔就是服务。在干枯无水的沙漠里，干渴得可怕，朝圣者的队伍艰难地向前行进，突然在沙丘起伏的地平线上出现了一只飞翔的兀鹫,于是,这一整队人就叫了起来:"那里有水泉!"

埃斯库罗斯对"为艺术而艺术"有何感想?可以说,如果曾经有过一位真正意义上的诗人,那便是埃斯库罗斯。请听听他的回答吧。那是在阿里斯多芬的剧本《蛙》里,第一千零三十九行。埃斯库罗斯说:"自古以来,有名的诗人都为人群服务。俄耳浦斯向人指出谋杀之可怕,缪斯把神谕和医药授予人,赫西俄德传授了农业,神圣的荷马则给人以英雄主义情结。追随着荷马的脚步,为了激励公民拥有一颗伟人般的雄心,我歌唱英雄巴托克勒和戴西,歌唱他们像狮子一样英勇。"正如大海中每一滴水都含盐一样,整部《圣经》都是诗。这部诗谈论当时的政治。请打开《撒母耳记》第八章。犹太人要一个国王。"……耶和华对撒母耳说,他们要一个国王,他们要抛弃的是我,好让我管不了他们。由他们去吧,不过,你要告诉他们国王将来会用什么办法来对付他们。于是,撒母耳以神的名义对这群要求国王的百姓说:将来,国王会把你们的儿子捉去,把他们套在自己的车上,把你们的女儿抢去,将她们变成奴婢;他会掠夺你们的田地、葡萄和好的橄榄树,而把它们赐给自己的家臣;你们收获农作物,收获葡萄,他都要收什一税,然后把这些税分给他的官人;他还要把你们的仆役和驴子占去,用来替他干活;有这样骑在你们头上的国王,你们将来会呼天抢地的,但是,因为这是你们自己要求的,耶和华不会可怜你们。你们将会沦为奴隶。"①大家可以看出,撒母耳扭曲了神谕。《申命记》把祭坛毁了,应当说这是假祭坛;但是旁边另外那个祭坛不也是假的吗?"你们要把假神的祭坛破坏掉,而在上帝居住的地方寻找上帝。"②这简直就是泛神论了。《圣经》参与人间世事,时而主张民主,时而破坏偶像,难道因此就不够光辉、不够高超了吗?如果说,连《圣经》里都没有诗,那么,诗能在哪里呢?

---

① 雨果的引文与《圣经·撒母耳记》上卷第八章的原文有出入。
② 见《圣经·申命记》第十二章,雨果的引文与原文有一些出入。

你们说，诗神是为了歌唱，为了爱、为了信仰和祈求而生的。这话也对，也不对。让我们来讲讲这个道理。歌唱什么？歌唱虚无吗？爱什么？爱自己吗？信仰什么？信仰教条吗？祈求什么？祈求偶像吗？这都不对。事实是这样的：歌唱理想，热爱人类，信仰进步，祈求永恒。

请注意，你们给诗人圈出一个圈子，置他们于人群之外。确实，一方面我们要让诗人远离人群，并且拥有翅膀能够自由飞翔，不时消失在浩渺之中，这是好事，本该如此；但是，有一个条件，就是必须得飞回来。让他去吧，但要记得回来。让他具有飞到无限中去的翅膀，又让他具备在地上行走的双足。让人们看到他飞翔在高空，又看到他行走在大地；让他飞离人群，又回归人群。让人们视他为天使，又把他当成兄弟。让星星流泪，却是人类的泪水，星星就是诗人的双眸。因此，诗人既是人，也是超人。但是，如果完全置身于人群之外，就失去了存在的根基。天才，把你的脚伸过来，让我们瞧瞧，看你是不是也和我一样，脚踵上粘着大地的泥土。

如果你没有大地的泥土，如果你从来没有走过我的道路，你便不会懂我，我也无法理解你。请走开，你自以为是一个天使，其实不过是只小鸟。

强者帮助弱者，伟人扶助凡人，自由的人解放被奴役的人，思想家教育无知者，孤独者抚慰芸芸大众，就是这样的法则，从以赛亚一直沿用到伏尔泰。不遵守这法则的人也可以成为一个天才，但这样的人像奢侈品一般存在着。这种人完全不参与世事，自以为纯净化了，其实是一种不负责任的自弃：这种天才纤细、精美，但却称不上伟大。任何一个有用的粗人，只要他有用，在看到这种没有用处的天才的时候，都有权这样发问：这个游手好闲的家伙是什么？双耳壶不愿到水泉去盛水，便该遭到瓮子的蔑视。

献身的人是伟大的！纵然身处困境，也能坦然处之，况且，他的不幸也是一种幸福。对于诗人而言，有所担当并不是件坏事。职责与理想之间存在某种神圣的相似性。为了使命去冒险也是值得的。不，不要力图避免与加图①的摩擦。不，不，不，真理、正直、大众教育、人类的自由、英勇、良心，所有的这些都是不可加以轻蔑的。愤怒与柔情，是人类在痛苦的受缚状态下的两种情感表达方式，并且，能够恨的人就能够去爱。不管是对君主还是对奴隶，一视同仁，这是件多么了不起的事！但是在现在的社会，一些人只热衷于专制君主，另一些人则全心记挂奴隶。对此即将有一次可怕的清算，将来它一定会完成。所有思想家都该对此负起责任来。他们在完成这个职责的同时也在成长。在进步的事业中做上帝的仆人、在人民群众中充当上帝的使徒，这也是天才成长的法则。

二

有两种诗人，一种是感性的诗人，一种是理性的诗人；此外，还有结合以上两个特点的第三种诗人，这种诗人身上具备双重气质：既感性又理性，两者互相克制，互相补充，融合上升为一体。这第三种诗人居上。他具有主观的偏情，他听从神灵的默启，他也有逻辑，他坚守着自己的职责。第一种诗人写出了《雅歌》，第二种诗人出品了《利未记》，第三种诗人则奉献了《颂歌》与《预言》。②在罗马作家中，贺拉斯是第一种诗人，卢肯是第二种诗人，朱文纳尔是第三种诗人。而在希腊作家中，品达是第一种，爱西埃德是第二种，荷马是第三种。

任何美都不会因"善"而受损。温顺的狮子就不及老虎威风了吗？它放弃捕食小孩，让孩子重回母亲的怀抱，因此就不威武了吗？它轻舐了昂托克勒斯③，因此它发出的吼声就不具威慑力了吗？天才如果袖手旁观，即使他卓越

---

① 加图：罗马历史上第一个重要的拉丁语散文作家，也是罗马政界影响力巨大的人物。担任监察官期间，加图严厉整饬社会风气，反对奢侈腐化，主张维持罗马原有的简朴生活。其曾孙小加图（前95—前46），也是罗马护民官。
② 《雅歌》《利未记》《颂歌》皆为《圣经》中的一卷，《预言》是对于《圣经》中诸先知所写的书的总称。
③ 昂托克勒斯：传说中的罗马奴隶。当时罗马奴隶主往往令奴隶与野兽相斗以取乐，昂托克勒斯能够与狮相处而不为其所伤。

超群,也仍然是个畸形的天才。没有爱的天才是种怪物。爱吧!让我们爱吧。

爱,从来也不会妨碍你取悦他人。你在哪儿见过不同形式之间的善是相互抵触的?恰恰相反,它们都是彼此相通的。我们很容易理解,当一个人具备某种优点,并不一定具有另外一种优点,但是,优点之上再增加一种优点就会有所减损的想法,着实让人惊讶。有用的,就只管有用的,美的,就只管美的;可是,有用并且美的,这就是崇高了啊。比如一世纪的圣保罗,二世纪的塔西佗和朱文纳尔,十三世纪的但丁,十六世纪的莎士比亚,十七世纪的弥尔顿和莫里哀。

我们刚才谈到一句很著名的口号:为艺术而艺术。让我对此作一番一劳永逸的解释。说句老实话,如果笔者同意这一被大众无数次地重复的流行说法,那么早该写下"为艺术而艺术"这句话。但是,他却从来没有写过。大家可以从我所发表过的作品的第一行读到最后一行,你根本找不出这样一句话。在我所有的作品中,甚至在我未来的人生中,意欲表达的,恰恰是与这句话完全相反的一种思想。但是这句原话难道真的从来没有在我的作品里出现过吗?与我同时代的一些人,和大家一样,也许不曾忘记下面这件事。三十五年前的一天,在批评家与诗人争论伏尔泰的悲剧的时候,笔者曾经这样说过:"这种悲剧根本不是悲剧。这不是人在生活,而是在咬文嚼字。纯粹的'为艺术而艺术'!"这句话当时由于舌战而脱口而出,却被别人歪曲了原意到处引用!最后竟然成了一句格言,就连说出它的人也不曾料到。这句话针对《阿勒意尔》和《中国孤儿》①这两个剧本来说,是完全恰如其分的,但是,有人居然把它宣告为原则和格言,写在艺术的大旗上。

澄清了这一点,我们再继续谈下去。

在品达和阿奚洛克②两人的诗行间,前者颂扬一位马车夫,抑或歌颂二轮

---

① 这两个都是伏尔泰的悲剧作品,后者是以中国的《赵氏孤儿》的故事为题材的。
② 阿奚洛克:公元前七世纪的希腊诗人,他的讽刺诗尖锐有力。

马车车轮上的一颗青铜钉，后者写得比较犀利，读来震撼人心，甚至连杰弗莱[1]都有可能因此停止酷刑，想要到绞刑架前自缢身亡。那绞刑架原本是他为良民准备的。这两人的诗歌具有同样的美感，但我却偏爱阿奚洛克的。

在史前时期，诗歌是寓言式的、传奇式的，它具有一种普罗米修斯式的伟大。这种伟大从何而来呢？来自它的实用性。俄耳浦斯[2]驯服野兽；昂菲永[3]建造城池。诗人既是驯化者也是建筑师。李留斯[4]帮助赫拉克拉勒斯，缪斯救助代达罗斯[5]，诗具有感化人的力量，这便是它美的缘由。传统不违常理，有识之士行事也不失其理性。这种理性意识总能编创出一些故事，道出人间真理。故事源远流长，一切便都显得伟大了。其实，你所赞美的诗人俄耳浦斯，其"驯人"的本领同样也体现在诗人朱文纳尔身上。

接下来让我们来谈谈朱文纳尔，很少有诗人像他那样受过那么多的侮辱、争议和责难。对朱文纳尔的污蔑真是无穷无尽，时至今日仍余音不断。这种污蔑从一个御用文人的笔下到另一个御用文人的笔下，没有止境。那些崇拜权力的人，那些爱慕虚荣的人，总是憎恨那些嫉恶如仇的天才。那群诡辩的家伙、脖子上套着颈圈的作家、粗暴的史官、受人雇佣和豢养的学者、宫廷里的显贵和学派中的权威，总是在处处使绊，妨碍那些正义之士去建功立业。围绕

---

[1] 杰弗莱：英国大贵族，绰号"绞刑法官"，其刑法残酷。
[2] 俄耳浦斯：又译奥路菲，奥菲士等。希腊神话中太阳神兼音乐之神阿波罗之子。传说俄耳浦斯的琴声能使神、人闻而陶醉，就连凶神恶煞、洪水猛兽也会在瞬间变得温和柔顺、俯首贴耳。
[3] 昂菲永：希腊神话中朱庇特之子，诗人、音乐家，他的音乐感动了顽石，使它们自动堆建成一座城池。
[4] 李留斯：希腊神话中的人物，曾教授宙斯之子赫拉克拉斯学琴。有一次，赫拉克拉斯学得不好，李留斯加以惩罚，"大力士"赫拉克拉斯便把琴扔在他头上打死了他。
[5] 代达罗斯：希腊神话中为克里特国王建造迷宫的建筑师，后来失宠，被国王连同他的儿子投入监狱，他在狱中用蜡为自己和儿子粘上翅膀飞越出狱。雨果说他受缪斯的救助，纯系引申。

在杰出人物周围的非议从未停休。正义的人往往得不到公正合理的对待。他们既使主人不悦，也使仆人气愤。这就是世上卑鄙者的所作所为。

而且，这些小人互相勾结，"小恺撒"不得不依靠暴君。那些好为人师的学究为了暴君把教鞭都打断了。想干这份差事，要么是那些自命不凡的弄臣，要么就得通过官方的途径。文学中可怜的恶习，都是那些开明的、了不起的而又罪大恶极的王侯们花高价买来的，如卢凡①殿下、克洛德②陛下，还有可敬的梅莎丽娜③皇后，她经年累月地奢华骄淫，挥霍钱财，宴会不断，而诗人们也对她众星捧月，这些王亲还包括狄奥多拉④，佛瑞德恭德⑤、阿叶斯⑥、勃艮第的玛格丽特⑦、巴伐利亚的伊萨波⑧、凯瑟琳·德·梅第奇⑨、俄罗斯的卡特琳娜、那不勒斯的卡罗丽娜⑩，这些罪行累累的王公大人、丑闻成堆的皇亲贵妇，我们能否让他们去赞赏朱文纳尔呢？为难他们了吧。以权杖的名义反对鞭责！以皇亲贵妇的名义向暴政宣战！这主意真不错。侍臣、顾客、御用文人，来吧！明目张胆的犯罪者与伪善者，来吧！无论如何，共和国同样感激朱文纳尔，圣殿同样供奉纪念耶稣。

以赛亚、朱文纳尔、但丁，这些都是圣人。看看他们低垂的眼睛，在严厉的眉毛下炯炯有神。在他们以正义对抗非正义的愤怒眼神里，凝聚着一种神圣的情怀。诅咒也可以像赞美诗一样圣洁，而愤怒，正当的愤怒也具有美德的

---

① 卢凡：公元四世纪罗马帝国的大臣。
② 克洛德：罗马皇帝。
③ 梅莎丽娜：古罗马的克洛德皇帝的妻子。
④ 狄奥多拉：东罗马帝国皇后。辅佐皇帝，中兴拜占庭。
⑤ 佛瑞德恭德：东法兰克王国国王西尔贝里克一世的妻子，以其子的名义听政。
⑥ 阿叶斯：路易七世的女儿，后来嫁给拜占庭皇帝安特洛利克一世。
⑦ 玛格丽特：法国王后，国王路易十世的妻子。
⑧ 伊萨波：法国王后，国王查理六世的妻子，曾在国王体弱病重之时，多次代理执政。
⑨ 凯瑟琳·德·梅第奇：法国王后，国王亨利二世的妻子。
⑩ 卡罗丽娜：拿破仑的妹妹，和缪拉结婚以后被封为那不勒斯王后。

纯洁。至于洁白的程度，泡沫并不逊于白雪。

三

整个历史都见证了艺术与进步事业的相伴相生。诗韵是一种力量。据说老虎也因它而变得温驯了。中世纪人们对这种力量的认识和体验并不亚于古代。第二个时期，即封建势力盛行的野蛮时期，也害怕诗韵这种力量。那个时代的侯爵们什么都不怕，惟独在诗人面前有所收敛；这个人他要干什么？封建主害怕他"唱出雄壮的诗歌"。并且这不知名的诗人总是和文明的精神同在。杀气腾腾的古城楼睁开它野性的眼睛，预感到莫名的恐惧；它们焦虑不安了。封建主也胆战心惊，老巢乱作一团。龙和多头兽也不敢为所欲为了。这一切是什么原因所致呢？这是因为有一个看不见的神存在。

很有兴趣来见证一下诗歌在最为野蛮的国家产生过什么样的神奇力量，特别是在英国这个封建势力最为强大的国家，在这些与世隔绝的不列颠人中间所起到过的作用。如果我们相信"传说"这一历史表现形式，如同相信其他任何一种历史表现形式的话，那么就会明白，哥尔格兰被布列塔尼人围困在约克后，得到他的兄弟撒克逊人巴尔多夫的援救，便是由于诗歌的作用；此外，阿洛夫深入阿戴勒斯坦的营帐；诺森布里亚①王子魏尔布格被威尔士人解救出来；英国国王阿夫锐特战胜了丹麦国王日特洛；狮心王查理从罗生斯当监狱里逃脱出来；西斯特的公爵哈诺尔夫在他的何德兰城堡里遭到攻击但被行吟诗人所解救；直到伊丽莎白②治下达尔东的贵族还赋予行吟诗人以特权等等，所有这一切都能证明诗歌的力量。

诗人有谴责人和威吓人的权力。在一三一六年圣灵降临节，爱德华二世③与英国公卿们坐在威斯敏斯特大厅的席桌旁，一个女行吟诗人策马而入，在大

---

① 诺森布里亚：是盎格鲁人建立的盎格鲁撒克逊王国。
② 伊丽莎白：英国历史上著名的女王。
③ 爱德华二世：英国国王。

厅里绕行一周，向爱德华致敬后就高声对佞臣斯宾塞预言：他将被刽子手吊在绞架上阉割；向国王预言：他将被一块烧红的铁烙所刺。说完，在国王桌前留下一封信便扬长而去了，而当时没任何人对她加以呵斥。

节日的时候，行吟诗人走在神父的前面，并且得到更光荣的礼遇。在阿宾东①的圣十字架节日上，每个神父可以得到四个便士，而每个行吟诗人则能得到两个先令。在玛克斯多克的修道院里，有着这样惯例，人们把行吟诗人请到彩漆的房间里用餐，还给他们点上八支大蜡烛。

愈往北，雾就愈浓，而诗人似乎也显得愈加伟大。在苏格兰人们眼里，诗人更是伟大到无以复加的程度。如果说有某种东西超越了古希腊行吟诗人的传说，那便是古斯干的那维亚诗人的传奇。当英王爱德华逼近的时候，诗人们保卫了斯第尔灵，像三百勇士保卫斯巴达一样，并且，他们也有他们自己的温泉关之战，完全不逊于列奥尼达所指挥的温泉关之战。奥西安②这位诗人的确是真实存在过的，而且还有人抄袭了他的作品；抄点也就算了，但这位抄袭者做得比小偷还过分，他剽窃得太彻底。麦克菲逊③就因《范卡尔》④出名，就像特莱桑⑤通过《阿玛第斯》⑥扬名一样。据说，根据很多考古学者的判断，斯塔法岛⑦上的诗人之石早在司各特拜访爱布利德⑧之前就已经名为"诗人之石"。这个诗人之石是一块巨大的空心岩石，坐落于一个山洞的入口处，该是为巨人准备的一把大椅子吧。水波和云雾萦绕着这个山洞。在诗人之石的后面，廊柱林立，这些廊柱由火山化石堆积而成，水浪拍击，形成神秘的骇人景

---

① 阿宾东：英国一地名。
② 奥西安：传说中的一位古苏格兰诗人。
③ 麦克菲逊：苏格兰文学家，于一七六〇年发表《奥西安诗集》，以此出名，但根据一八〇七年所发表的奥西安诗的原文来看，麦克菲逊只是奥西安的一个模仿者。
④ 《范卡尔》：麦克菲逊的一部散文诗，据说是模仿奥西安的作品。
⑤ 特莱桑：法国文学家，发现了很多中世纪的小说。
⑥ 《阿玛第斯》：中世纪时期西班牙的一部骑士小说。
⑦ 斯塔法岛：苏格兰一个岛屿，爱布利德群岛中的一个。
⑧ 爱布利德：苏格兰东部的群岛。

象。范卡尔①的洞穴长廊就伸延在诗人之石的旁侧；海浪撞击，浪花飞溅在这可怕的洞穴入口。在夜间，玛基龙族的渔人好像看见在这座位上有一个曲肘而倚的影子；他们说，这是幽灵；而且，甚至在白天，也没有人敢爬上这个可怕的座位；因为石头的概念总让人联想到坟墓，而在这花岗石的座位之上，也只可能坐着幽灵。

四

思想就是力量。

力量就是责任，能者就要负责。在目前这个时代，这种力量可以安歇了吗？这种责任可以休憩了吗？艺术可以懈怠了吗？现在尤其不是时候。实际的情形是这样：通过一七八九年大革命，人类已经提升到了一个更高的境界，随着前景更为广阔，艺术拥有了更多的空间；视野的开阔，必然与理智的开拓相关。

我们的目标尚未实现。和平共处，文明共荣，我们离目标还很远呢。在十八世纪，这种幸福与和谐的梦想曾是那么渺茫，以至于对它的执念被认为是一种妄想；圣彼埃尔修道院院长就是因此受到迫害，被驱逐出法兰西学士院。在这样一个田园诗盛行的时代，受到驱逐，显得多么苛刻。圣彼埃尔修道院院长身后留下一句话和一个愿景；这句话是他自身的写照：慈悲为怀；这个愿景是对大家的期待：相亲相爱。这点激怒了波里雅克大主教，伏尔泰却为之欣然微笑；这一思想让人们不再茫然，不再像之前那样仿佛置身于飘渺的浓雾里傻傻分不清方向；人们已经比较接近它了，只是还无法触及。人民大众，这些寻找母亲的孤儿，现在还没有抓到和平的衣襟。

在我们身边，仍存在相当多的问题：奴役、谎言、战争和死亡，因此文明的精神没有任何松懈的理由。君权神授的思想还没有彻底消失。斐迪南七

---

① 范卡尔：斯塔法岛上有名的洞穴。

世①在西班牙，斐迪南二世②在那不勒斯，乔治四世③在英国，尼古拉④尼在俄罗斯，所有这些都足以证明。残余的幽灵仍然在游荡。神的启示从那不祥的云层里降落到头戴桂冠、低头冥思苦想的诗人身上。

文明还没有同那些宪法的制定者、民族的侵占者、合法世袭的疯子们算完账呢。他们这些人自以为受上帝的恩赐而尊享富贵，自以为拥有任意处置人类的特权。重要的是要给这些人制造一点麻烦，揭露豪强称霸的过往，对这些人，对他们的教义，对他们所固执的妄想加以遏制。智慧、思想、科学、严肃的艺术和哲学，都应该特别谨慎以防被用心不良的人曲解，冒名的权力同样能驱使真刀真枪的军队开赴战场。由此，世界上有好些国家被扼杀了，就像波兰那样。不久前刚去世的一位当代诗人常这样说："我全部的忧虑，就是我的雪茄所吐出来的袅袅青烟。"我的忧虑也是一股烟，但是，是燃烧着的城市所冒出来的那股烟。所以，如果可能的话，我们去搞点动作让那些掌权者们坐立不安吧。

让我们竭力回顾一下正义与非正义的教训、正当权利与非法抢夺的教训、神圣誓言与背信弃义的教训、善与恶、"合法"与"非法"的教训；让我们把这些久远以来的对立都摆出来。让我们把过去和如今作个对比：本该那样，如今却变成这般。让所有这些都大白于天下。思想进步的人们，请给我们带来光明吧！让我们以信条反对教条，以原则反对戒律，以坚毅反对固执，以真实反对虚伪，以理想反对梦想，以对将来的希冀反对过去曾抱有的幻想，以自由反对专制。直到有一天，国王与普通人之间实现真正的平等，彼时，我们方可舒展一下身子，抽一口雪茄，享受那奇妙的诗歌，头顶一片宁静的蓝天，笑谈薄伽丘的《十日谈》。但是，在此之前，是来不得一时半会儿打盹的，我

---

① 斐迪南七世：西班牙国王。
② 斐迪南二世：那不勒斯国王。
③ 乔治四世：英国国王。
④ 古拉：俄国沙皇。

已经意识到了这一点。

请你们时时处处牢记：专制者不会赐你们以自由。一切被奴役的国家，都得靠自己才能获得解救！亲手去创造未来吧，不要存在妄想，缚人的枷锁不会自己解锁。奋斗吧，祖国母亲的孩子们！哦，把头抬起来吧，在大草原上埋头苦干的人们，拿起你们的武器，这才是对正教沙皇的信仰最忠诚的体现！假仁假义与虚伪的颂扬都是陷阱，比危险更危险！

我们生活在这样一个时代，演说家们奉扬白熊的宽宏大量、虎豹的慈悲怜悯。开口闭口大赦、仁慈、灵魂的高尚，说幸福的时代来临了，说他们爱民如子，看看我们如今拥有的一切，怎能不信我们在与时俱进；尊贵庄严的怀抱已经敞开了，让我们团结在帝国的周围，莫斯科是仁慈的。看看农奴是多么幸福，牛奶流成了河，到处都是一派自由与繁荣的景象；你们的王侯也像你们一样在为过去悲叹，他们都是英雄豪杰；来吧，来吧，你们什么都不用担心！不过，至于我们，我们却很坚定，对鳄鱼的眼泪从不存任何幻想。

人们被假象所蒙蔽，大众意识普遍被扭曲，思想家、哲学家或诗人的任务因而愈加艰巨。抗腐首要任务就是清廉。现在尤其迫切需要向人们指出理想这面镜子，这面反映上帝面貌的镜子。

五

在文学界和哲学界，都有一些悲喜人物，一些装扮成德谟克利特[①]的赫拉克利特[②]，这些人往往都很伟大，像伏尔泰一样。这本身就是一种莫大的讽刺，还不失其严肃性，且略带悲剧色彩。

这些人迫于他们所处时代的强权和成见，说话不得不含沙射影。其中最厉害的一个就是贝尔[③]，生于鹿特丹，是个很有力量的思想家。贝尔（请不要

[①] 德谟克利特：古希腊哲学家，一般认为他是当时民主政体的思想家。
[②] 赫拉克利特：古希腊哲学家，是奴隶主阶级利益的代表。
[③] 贝尔：法国作家、哲学家、历史评论家，法国十七世纪下半叶最有影响的怀疑论者。著有《历史辞典》，批评先前的学术见解。被认为是伏尔泰和百科全书派的先驱。

误写为拜尔）冷静地写下了"宁可不露思想的锋芒，也不要去得罪暴君"这句格言，我读到它时，会心一笑，因为我很清楚他的为人，我知道他曾遭到迫害，差点惨遭谋杀，我懂得他在说反话，目的恰恰是为了刺激我们认识到这句话的反意。因为，当一位诗人发言的时候，当一个完全自由、宽宏、幸运、坚强而不可触犯的诗人发言的时候，人们总是期待能得到清晰、坦率而有益的指教；人们决不会相信诗人会违背自己的良心说话；所以，当我们读到下面这段文字时，不禁要为之羞愧到脸红："在世界上，和平时各人自扫门前雪，战争时败者必须向敌人投降……天真的热心肠人，在三十岁就都该上十字架，因为他们一旦认清了这个世界，便会从被骗者变成骗子……言论自由能给你带来什么好处？你不是已经看到了它的后果：对公众舆论的极端轻蔑……有些人专好非难一切伟大的事物，攻击神圣同盟的正是这种人；然而，世上没有什么比神圣同盟更威严、对人类更有益……"这些话是歌德写的，无疑，它们减损了这位诗人的魅力。歌德写这些话的时候已经是花甲之年。在他的头脑中，善与恶已经模糊了界限，当一个人失去了清醒的认识，就会落到这个地步。这是一个可悲的教训，也是一种黯然的现象。就这点而言，才智之士也成了庸人一个。

也许，引用本身就意味着责备。在大庭广众之下举出这些不光彩的例句，这是我们的职责。这些话的确是歌德写下来的，但愿大家引以为戒，但愿诗人之中，不再有人重蹈覆辙。

对于真、善和正义满怀热情；对于受苦的大众感同身受；对于刽子手施暴在人类肉体上的疼痛，用心灵去感悟；受耶稣一样的苦难，遭黑奴一样的鞭抽；像巨人泰坦一样登上对手的山顶，像彼得[①]和恺撒一样在那里握手言欢，让我们交换宝剑；让我们把理想建筑在事实之上，以事实的贝里翁山[②]为台

[①] 彼得是耶稣的第一个门徒，掌管天国的钥匙，恺撒是罗马历史上有名的皇帝，雨果以彼得象征天国的权威，以恺撒象征尘世的权威。

[②] 贝里翁：希腊神话中有名的大山。

阶，问鼎阿萨山①理想之巅；广撒希望的种子，同时利用书籍的广泛传播，处处给人以心灵的慰藉；把各色人群，男人、妇女、小孩、白人、黑人、各族人民、刽子手、暴君、殉难者、骗子、无知的人、无产者、农奴、奴隶和主人，全都推向未来，这对于某些人来说是深渊，而对另一些人来说则是解放；冲啊，唤醒人们，敦促人们前进、奔跑、思考，给人以希望，所有这一切都再好不过了。作为诗人，理所当然如此担当。请注意，请你们保持冷静。是的，我已经怒不可遏了。暴风雨，请你来考验我的翅膀吧！

几年前，曾有一段时间，人们把诗人神圣化，认为诗人应当超然物外，不问世事，就像奥林匹斯山上的神仙。可是哪有这样的奥林匹斯神？奥林匹斯完全不是这样。去读读荷马的作品吧。奥林匹斯的神都激情满怀，极富人性，这便是他们的神性。他们打打闹闹，从未停休。这个开弓，那个拿矛，这个持剑，那个握棍，另外一个还自带雷电。他们其中一个把虎豹降伏了，驱使它们拉车，另外一位有智慧的神趁着夜色，割下长满蛇发的女妖头，最后它被钉在雅典娜的盾牌上。这便是奥林匹斯神的淡定。他们的愤怒如雷鸣，使《伊利亚特》和《奥德赛》自始至终都响彻长空。

这些愤怒，如果出自于正义，便称之为义愤。有这种愤怒的诗人，就是真正的奥林匹斯神。朱文纳尔、但丁、阿格里帕·欧比涅②和弥尔顿都有这种愤怒。莫里哀也是如此。阿尔赛斯特③的心灵到处发出"强烈的仇恨"的光辉。耶稣说："我来到这里把战争带给你们，"说的就是让人们嫉恶如仇。

我喜爱愤怒的斯第西须尔④，他阻止希腊人向法拉利人臣服，用诗歌之竖琴与铁蹄去抗争。

---

① 阿萨山：希腊神话中有名的大山。
② 阿格里帕·欧比涅：法国作家、诗人，法王亨利四世的好友、新教徒，曾参加过宗教战。
③ 莫里哀《愤世嫉俗》中的主人公。
④ 斯第西须尔：公元前六世纪的希腊抒情诗人。

路易十四，身为国王，曾在病卧中把诗人拉辛当作他的第二御医，这对于文学真是莫大的恩宠；但是，国王对这些才华横溢的诗人要求不多，在他看来，作诗的空间仅仅在他病卧的方寸之间足矣。有一天，拉辛受到曼德农夫人①的怂恿，斗胆走出了国王的卧室而去拜访老百姓的破屋瓦房。从此，便发出了黎民百姓疾苦的呻吟。路易十四恶狠狠地看了诗人一眼。作为宫廷诗人做了国王的情妇们要求办的事总要倒霉。拉辛正是按曼德农夫人的建议，冒险奏了一本，这一本令他被驱逐出宫，随之丧命。伏尔泰根据庞巴杜尔夫人的暗示写了一首情诗，这显然不合适，他便被赶出法兰西，幸好，他并没有因此死去。路易十五在读到这首情诗（《守住你的美人和江山》）的时候，叫了起来："这伏尔泰真是个蠢货！"

几年以前，"一个很有权威的作家"——学士院和官方的称呼——曾写下："我们要求诗人为大家所能做的最有用的事，便是'无所事事地待着'，除此之外，别无他求。"请你注意"诗人"这个词所包括的范围，它包括李留斯、缪斯、俄耳浦斯、荷马、约伯、赫西俄德、摩西、但以理、阿摩司、爱日雪尔、以赛亚、尼希米、伊索、达维德、所罗门、埃斯库罗斯、索福克勒斯、欧里庇得斯、品达、阿奚洛克、提尔泰奥斯、斯第西须尔、米兰德、柏拉图、阿斯克雷比亚德、毕达哥拉斯、阿纳克翁、戴阿克利特、卢克莱斯、普劳图斯、泰伦斯、维吉尔、贺拉斯、加菊尔、朱文纳尔、阿普留斯、卢肯、贝尔斯、提布卢斯、瑟莱克、佩脱拉克、奥西安、萨蒂、菲尔都西、但丁、塞万提斯、卡尔德龙、洛普·德·维加、乔叟、莎士比亚、卡姆安、奠洛、龙沙、尔顿、高乃依、莫里哀、拉辛、布瓦洛、拉·封丹、封德莱尔、勒·萨日、斯威夫特、伏尔泰、狄德罗、博马舍、赛戴尔、卢梭、安德烈·谢尼叶、克洛卜斯多克、莱辛、魏兰、席勒、歌德、霍夫曼、阿尔菲利、夏多布里昂、拜伦、雪莱、华兹华斯、彭斯、司各特、巴尔扎克、缪塞、贝朗瑞、贝里奥、维尼、大

---

① 曼德农夫人：法国国王路易十四的宠妇。

仲马、乔治·桑、拉马丁等等，所有这些诗人竟被"神谶"宣告为"一无是处"，诗人无用便是德。此言似乎"很成功"，因其无数次被人重复。轮到我们在此也引用它。当一个白痴的假想有了这么大的影响时，也就值得特此一书了。有人向我们保证说，写这句格言的作家，是当代最为崇高的人物之一。我们对此不加任何反对，尊贵的地位丝毫不妨碍他长着一双驴耳朵。

渥大维-奥古斯都①在阿克第昂战役的那天早晨，遇见一个驴夫把自己的驴子叫做"胜利"，这头驴子叫起来声音洪亮，这在渥大维看来是一个吉兆；他取得了战争的胜利，后来，他回想到这头"胜利"，便下令给它塑个铜像，立在卡比多②。这便是卡比多的驴子，但终归是一头驴子。

大家都能理解国王们为什么要对诗人说："你应该超然无为。"但如果人民也对诗人这样说，大家就难以理解了。诗人本来就是为了人民而存在的。阿格利巴·多比叶就这样写过。"我为人人"，圣保罗也这样呼喊过。一个有才智的人是什么？就是哺育众生的人。诗人生来既是为了威吓也是为了希望。他使压迫者焦虑不安，让受压迫者得到慰藉，使刽子手们在他们血红的床上坐卧不宁，这便是诗人的光荣。暴君经常因为诗人惊醒过来："我又作了一场噩梦。"所有的奴隶、被压迫者、受苦者、被骗者、不幸者、不得温饱者，都有权向诗人提出要求；诗人有一个债主，那便是人民。

成为一个伟大的仆人，这肯定无损于诗人的任何利益，因为他的职责就在于发出人民的心声。在必要的时候，诗人内心满怀人类的呜咽之声，而这又不妨碍一切神秘奥妙的声音回荡在他的心灵。他讲话铿锵有力，但这并不妨碍他也有喃喃低语的时候，不妨碍他走进人们的内心，甚至成为倾诉者的知己，也不妨碍他悄悄地把头伸到两个相亲相爱的灵魂之间，以第三者的身份和那些

---

① 渥大维-奥古斯都：罗马皇帝，被授予"奥古斯都"荣誉称号。阿克第昂是希腊的一个海岬，奥古斯都在这里击败了安东尼奥。
② 罗马有名的山丘，上面有天神庙。

爱着的、思考着的、叹息着的人们同在。安德烈·谢尼叶的爱情诗和他愤怒的讽刺诗《哭吧,美德啊,如果我真的死去了》两者并立不悖。诗人既富有雷鸣也富有细语,诗人就是唯一一种这样的人,就像大自然既有电闪雷鸣,也有树叶悉索。诗人具有双重的职责,个人的职责和公众的职责,正因为如此,他需要双重的灵魂。

昂尼尤斯[①]说过:"我有三个灵魂。一个是古意大利的,另一个是古希腊的,还有一个是拉丁的。"当然,他只不过借此道出他出生于何处,在哪里受的教育,是什么地方的人,况且,昂尼尤斯还只是早期诗人的代表,虽已颇具气派,却尚未定型。

诗人作诗是灵魂的活动,无一例外。而这种内在的运作是理性的结果。想要和旧的道德观作对比,想要解释新的道德观,想要使这两者对立统一起来,不作一番努力,是不可能办成的。而这努力便要由诗人来完成。诗人每时每刻都在行驶哲学家的职责。他要根据受攻击者的情况,时而捍卫人类的精神自由,时而捍卫人类的心灵自由。爱情,也和思想同样神圣。所有这一切都不是为艺术而艺术。

诗人来到熙攘往来的人世之中,是为了像古代的俄耳浦斯一样驯服人身上与生俱来的本能和兽性,是为了像传说中的昂菲永一样破坏一切顽石、成见和迷信,并且,运来新的石头,重新打下地基,建造起城市,也就是说,创建新社会。

诗歌与社会文明相结合,诗人履行了进步事业的职责,而此居然会贬损诗歌之美和诗人之尊贵,这一想法让人忍俊不禁。就艺术对现实之功用而言,诗歌不仅保留了本身所有的风采、所有的魅力、所有的威力,而且还有所增益。事实上,埃斯库罗斯并没有因为替普罗米修斯这个被暴君缚在高加索山上,活活地被仇恨啮咬的进步形象辩护而降低了自己的身份。卢克莱修的魅力

[①] 昂尼尤斯:拉丁诗人。

也并没有因为他给人类偶像崇拜松绑，使人类的思想从宗教桎梏中解放出来而受到丝毫的减损；用预言的红铁来给暴君烫下烙印也并没有损害以赛亚，而保卫祖国也丝毫没有败坏提尔泰奥斯①。美并没有因为服务于人民大众的自由和进步的事业而降低了自己。如果诗歌引发了一个民族的解放，这决不是它糟糕的终曲。不，利于祖国或革命不会给诗歌带来任何损失。吕特利②的悬崖峭壁曾掩护过起义的农民，三位起义领袖在这里立下誓言，而自由的瑞士正是诞生于这震撼人心的誓言，这件事并不妨碍吕特利在夜幕时分成为宁静祥和的所在，羊群遍地，在黄昏时清朗的天空下，传来无数看不见的小铃铛发出轻柔悦耳的叮当声。

---

① 提尔泰奥斯：公元前七世纪的希腊诗人。以写哀歌著称。他在诗歌中赞美斯巴达的勇武传统，呼吁同胞同仇敌忾，不惜牺牲，站到前列去和敌人战斗。
② 吕特利：瑞士一地名，十四世纪瑞士什维兹、乌里、林间三州人民反对奥地利公爵的统治，而起义的三位领袖梅尔西达尔、史塔姆发赫、弗尔斯特最初便是在这里宣誓起义的。

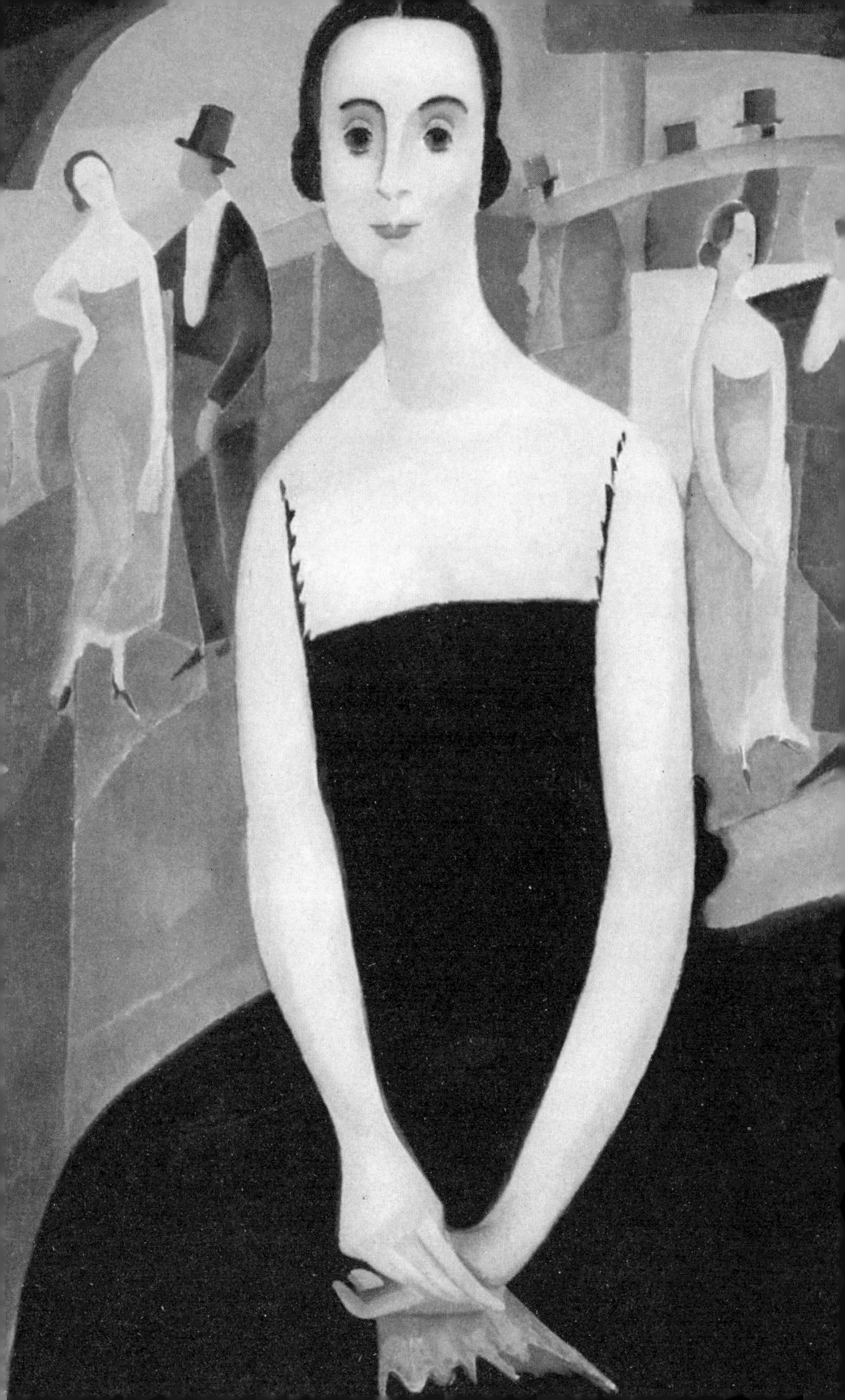

莎士比亚的才赋

一

福伯斯[1]说:"莎士比亚既无悲剧天赋又无喜剧才华。他的悲剧是做作的,他的喜剧只是本能而已。"约翰逊[2]肯定了这个判断:"他的悲剧是技巧的产物,他的喜剧则是本能的产物。"在福伯斯和约翰逊否定了莎士比亚的戏剧以后,格林[3]又否定了他的独创性:莎士比亚是一个"抄袭者";莎士比亚是"一个模仿者";莎士比亚"什么也没有创造";他是一只"拿别人的羽毛打扮自己的乌鸦";他剽窃了埃斯库罗斯、薄伽丘、邦戴罗、霍林斯赫德、贝莱福莱斯特、别诺瓦斯特·德·圣慕尔;他剽窃拉雅蒙、罗贝特·德·格罗赛斯特、罗贝特·威斯、彼埃尔·德·兰多夫特、罗贝特·曼宁、约翰·德·曼德威尔、萨克威尔、斯宾塞;他剽窃了锡德尼的《阿迦狄》;他剽窃了佚名作者的《李尔王本纪》[4],他从劳莱的《约翰王朝动乱记》[5]中剽窃了私生子福公勃里及这个人物。莎士比亚剽窃托马斯·格林;莎士比亚剽窃戴克和契特尔。《哈姆雷特》不是他创作的,《奥赛罗》也不属于他,《雅典的泰蒙》同样不是出自于他,没有什么是他自己的东西。对于格林来说,莎士比亚只不过是"一个空洞诗句的串联者","secoue-scènes"("Shake-Scene")[6],一个"打杂的人",莎士比亚是一只不驯的野兽。叫他乌鸦已经不够了,就把他升级叫作老虎好了。请看这句话:Tiger's heart wrapt in a player's hyde[7]。意为演

---

[1] 福伯斯:苏格兰律师和政治活动家。

[2] 约翰逊:英国批评家。

[3] 格林:英国戏剧作家。

[4] 原文英文:True Chronicle of King Lier。

[5] 原文英文:The troublesome reign of King John。

[6] Shake-Scene是从莎士比亚的名字(Shakespeare)引申出来的双关语,"莎士比亚"原来由两个单字组成,有"摇晃"和"长矛"的意思,据说,这是要说明他祖先的职业的特点:善战。格林嘲笑莎士比亚时取其名的第一个单词"摇晃"(Shake),后面加上"Scene"("场景")一字,表明莎士比亚是一个在舞台上胡乱地凑出场景的人。

[7] 出自英国文艺复兴时期作家罗伯特·格林所写的一本自传性的散文《一文钱的聪明》。

员的皮囊下藏着一颗老虎的心。

托马斯·利墨评价《奥赛罗》说:"这个故事真是富有道德教育意义。它教导贤良的妇女要保管好自己的手绢。"然后,他又立马收敛起笑容,一本正经地评价起莎士比亚来:"……观众能从这种诗歌里得到什么启迪呢?这种诗只会让人良知丧失、思想混乱、心智受扰,诲淫诲盗、想入非非、败坏品位,并且使得我们头脑里尽是虚荣、尴尬、喧嚣和暧昧的感觉,除此之外,还有什么用呢?"这些话是在莎士比亚死后将近八十年,于一六九三年付印的。所有的批评家和所有的业内行家无不表示同意。

以下是对莎士比亚众口一词的指责:胡思乱想,文字游戏,无聊的双关语;虚假,荒唐,不合逻辑;猥亵,幼稚,铺张,浮夸,过分;装假,矫情,故作深奥,矫揉造作;滥用对照和比喻,繁复啰唆;不道德,写给群氓看的,甘愿讨好流氓;以恐怖为乐,不讲究文雅,毫无动人之处;过犹不及,文山辞藻,缺乏内涵,故弄玄虚,狐假虎威。

莎夫奇布莱伯爵说:"莎士比亚粗俗野蛮。"德莱顿则说:"莎士比亚令人不知所云。"莱诺斯夫人也打了莎士比亚一巴掌:"这位诗人歪曲了历史的真相。"一六八〇年,一位德国批评家邦丹也深表无奈,他发表评论说:"莎士比亚的脑袋里填的尽是些粗俗的笑料。"本·琼森①这个人,莎士比亚还曾提携过他,他却这样说:"我记得演员们常称赞莎士比亚,说他的台词一行也不用修改;我的反应是,但愿他已经涂改过成百上千次了!"岂料,愿望实现了,在一六二三年,两个实诚的出版商勃朗特和加格德,他们仅在《哈姆雷特》就删减了两百行;在《李尔王》中,也砍掉了二百二十行。加李克②在德锐里的兰尔剧院只演出拿休姆·达特③的《李尔王》,我们再听听利墨的所

---

① 本·琼森:英国戏剧作家,据说他得到莎士比亚提携而成名。
② 加李克:英国戏剧演员。
③ 拿休姆·达特:英国戏剧作家,曾改写莎士比亚的作品。

言："《奥赛罗》是一出血腥而乏味的闹剧。"约翰逊补充说："《恺撒大帝》是一出冰冷的悲剧，毫不感人。"瓦尔布登在他致圣阿沙弗长老的信中说："我认为斯威夫特①的才智在莎士比亚之上，莎士比亚的喜剧风格是低下的，远远不及沙德威尔②的喜剧。"至于《麦克白》中的三妖妇，福伯斯这位十七世纪的批评家这样评论道："再也没有比这出戏更可笑的东西了。"这一说法直到十九世纪还被一位批评家所引用。《年青的伪君子》的作者莎缪尔·富特这样宣称过："莎士比亚的喜剧过于粗俗，无法引人发笑。全都是些插科打诨，毫无文采可言。"最后，蒲伯③在一七二五年发现了莎士比亚写作剧本的原因，他惊呼："原来是为了糊口！"

听完蒲伯的这些话，人们就不难理解伏尔泰的话了。他被莎士比亚吓得目瞪口呆，他这样写道："被英国人当作索福克勒斯的莎士比亚，大概就是在洛贝士·德·维迦（对不起，伏尔泰，应当是洛普·德·维迦④）的时代声名鹊起的。"伏尔泰又补充说："你不会不知道，在《哈姆雷特》中，有几个掘墓人一边挖墓穴，一边喝酒、唱小曲儿。在死人头上开玩笑这种事儿只有干过这一行的人才做得出来。"末了，他竟这样评价整场戏："什么玩意儿！"他还用这样一句话来概括莎士比亚的剧本："徒有悲剧之名，只不过是些骇人的滑稽闹剧罢了。"还附加说莎士比亚"断送了英国戏剧的前程"，以此来完善他的评论。

马尔蒙戴勒去菲尔奈⑤拜访伏尔泰。伏尔泰正躺在床上看书，见他来了就突然坐起身来，放下瘦长的双腿，把书一扔，对他叫道："你的莎士比亚是个野蛮人！""根本不是我的莎士比亚！"马尔蒙戴勒回答道。

---

① 斯威夫特：英国作家，著有《格列佛游记》。
② 沙德威尔：英国戏剧作家。
③ 蒲伯：英国诗人。
④ 洛普·德·维迦：西班牙戏剧作家。
⑤ 菲尔奈：在法国和瑞士边境上，伏尔泰曾在此定居。

伏尔泰眼中的莎士比亚，只是一个表现其枪法的好靶子。伏尔泰瞄准莎士比亚就像农民瞄准了鹅一样，少有失手的时候。在法国，向着这个野蛮人开第一枪的正是伏尔泰。伏尔泰送了他一个外号："悲剧的圣克利斯多夫"[1]。他曾对格拉菲尼夫人[2]说过："莎士比亚仅供取乐。"他又对贝尔尼斯主教[3]说："请写些好诗吧，大人，让我们摆脱那些害人精、外国话、普鲁士国王的学士院、立法委员、害痉挛病的人以及莎士比亚这种蠢货吧！主啊，解救我们吧！"在后世人看来，弗内洪对伏尔泰的蛮横态度是完全可以得到原谅的，因为伏尔泰曾以同样的态度对待莎士比亚，何况，在整个十八世纪，一切都唯伏尔泰马首是瞻。自从伏尔泰嘲笑了莎士比亚以后，一些有才华的英国人也随之嘲笑他，比如马歇尔先生。约翰逊公开宣称莎士比亚无知、粗俗。腓德烈二世[4]也参与进来，他在写给伏尔泰的信中谈到《恺撒大帝》时，说："您根据戏剧的规律重新写了那个英国人的剧本，您写得多好啊！"这便是莎士比亚在上个世纪的处境。伏尔泰侮辱他，拉·阿尔卜[5]则这样捍卫他："无论莎士比亚本人怎样粗俗，也不至于无知无识。"（拉·阿尔卜《文学导论》）

诸如此类的批评样本，刚才大家也见识了，可事到如今，批评的势头仍不减当年。科瑞莱奇谈到《量罪记》时，他讽刺道："暗淡的喜剧。"奈特先生则说："令人反感。"亨特先生也说："叫人作呕。"

在一八〇四年，有位作者写了一本《名人传记》之类的书，在这类不出名的书里，作者可以做到叙述卡拉[6]事件而不提到伏尔泰的名字，历届政府深深懂

---

[1] 即盗窃者。
[2] 格拉菲尼夫人：法国女作家。
[3] 贝尔尼斯主教：法国诗人，也是当时宗教、政治上的显要人物，曾任路易十五的外交大臣。
[4] 腓德烈二世：普鲁士国王，伏尔泰曾被聘请到他的宫廷作为上宾。
[5] 拉·阿尔卜：法国诗人兼批评家。
[6] 卡拉：法国普鲁斯地一新教徒，被教会诬告而遭处死，伏尔泰愤怒地揭发了这一罪行，使政府不得不事后宣告卡拉无罪。

得，总要保护这类书的出版，于是心甘情愿给予资助。这本书的作者名叫德朗丁，他觉得应该不偏不倚、客观公正地评价莎士比亚，于是首先说，这位本该念成"雪克斯比尔"的莎士比亚，年轻时曾经"涉猎广泛"，然后又补充说："大自然把人们所能想象到的最丰硕的东西都塞到这位诗人的头脑里，同时也夹杂着最粗俗最低劣的东西。"最近，我们还读到一位如今仍然健在的大学究不久前所写的这种话："二流作家与低劣的诗人，如莎士比亚。"诸如此类。

二

说到"诗人"，必然也在谈及历史学家与哲学家。正如荷马包含了希罗多德[1]和达莱斯[2]，莎士比亚也正是这种三位一体的诗人。除此，他还是一位画家，而且是位很厉害的画家呢！可谓诗界的画家泰斗。所以说，诗人不仅仅是在表达，更是在展现。每个诗人身上都有一面反光镜，用以观察，还自带一个电容器，充满激情；由此，一些伟大的光辉形象，从他们的脑海里喷涌而出，而这些形象将永恒地照彻黑暗的人类长城。这些灵魂不灭，生动感人。亚历山大[3]就曾奢望，能够像阿喀琉斯那样赫然一生。莎士比亚集悲剧、喜剧、仙境、颂歌、闹剧，神的开怀大笑、恐怖和惊骇于一身，说来，那便是"戏剧"。他横跨两极。他既属于奥林匹斯神界，又属于人间的剧院。他一肩挑双职。

当他攫住了你，你就成了他的俘虏。你不要期待他有什么怜悯之心。他总要用残酷的方式来击倒你。他展现给你一位母亲，亚瑟的母亲康斯丹斯[4]，而当他把你引导到与这位母亲共情的时候，他就将她的儿子给杀了；其恐怖惨

---

[1] 希罗多德：古希腊历史学家。
[2] 达莱斯：古希腊哲学家。
[3] 亚历山大：马其顿帝国国王。征服希腊、埃及、灭亡波斯帝国，建立亚历山大帝国。欧洲历史上最伟大的四大军事统帅之一（亚历山大大帝、汉尼拔、恺撒大帝、拿破仑）。曾自比阿喀琉斯，说只可惜没有一个像荷马那样的诗人来歌唱他自己。
[4] 康斯丹斯：莎士比亚戏剧《约翰王》中的人物，她的儿子亚瑟是合法的王位继承者，但被其叔约翰王杀死。

烈的程度，远远超越历史，要做到这点真不容易；他不仅杀死鲁特、让约克[①]绝望，他还用浸染儿子鲜血的手帕给父亲拭泪。他用戏剧窒息了悲剧，用奥赛罗窒息了苔丝特蒙娜。他使人痛苦到无法喘息。天才是执拗的，他有自己的规律并遵循这条规律。天才也有他的偏好，由此决定他的方向。莎士比亚滑向"可怕"。莎士比亚、埃斯库罗斯、但丁都是人类激情之洪流，这些巨流在它们的发源地便打翻了装满泪水的容器。

诗人的眼睛只盯着他的理想彼岸，满脑子思考着有待去实现的理想；思想是他眼中至高无上、不可或缺的东西；因为，艺术是对无限的阐释，无限是绝对的，所以，在艺术的世界里就只能讲绝对，只要目的是好的，可以忽略表现手法。顺便提一句，艺术高于生活，艺术可以不遵循世间的平庸法则，艺术的这一特性值得高高在上的批评界去沉思和探究，这也是艺术神秘的一面。在艺术中，某种神圣的作用是最显而易见的。诗人在诗人的作品里活动就像上帝在上帝的作品里活动一样；他使人感动，使人惊奇，对人加以鞭挞，或者把你扶起来，或者把你打倒，经常出乎你的意料，一下子把你整个灵魂都掏出来。现在，请你思考一下：艺术如同未知，在一切不可理喻的背后都存在一个怎样的原因。请你去问问大海这位伟大的抒情诗人，为什么它要掀起惊涛骇浪。有些东西令人讨厌或看似古怪，但它们都隐藏某种存在的合理性。请你去问问约伯为什么要用一块破瓦刮他的脓疮；去问问但丁为什么用一根铁丝去缝合炼狱中那些亡灵的眼皮[②]，以此引发怎样的泪如泉涌！约伯在他的粪床上继续用瓦片刮他的疮口，而但丁仍然在地狱里继续前行。莎士比亚也是如此。

他以惊悚恐怖统领一切、主宰一切。他认为这样很美妙，把一种魅力揉进恐怖之中。这是强者庄严的魅力，这种魅力胜过荏弱的柔情、纤细的诱惑，

[①] 约克：见莎士比亚早期历史剧《亨利六世》，约克的儿子鲁特在与国王派的战斗中被杀，约克亦被俘，敌人把浸渍了他儿子的血的手帕给他擦眼泪。

[②] 参见但丁：《神曲·地狱篇》。

在奥维德或提布卢斯轮①之上，如同米洛②的维纳斯优胜于墨第西③的维纳斯。某种未知的东西、深不可识的形而上之问题、灵魂与大自然（它也是一个灵魂）之谜、对于命运中难测事物冥冥之中的安排、所思所感与所发生事件之融合，所有这一切都可以被曲尽其妙地演绎，成就神秘而精湛的诗歌典型，唯其略带痛苦的色彩，唯其若隐若现而又千真万确，既胶着于字里行间，又力图使读者感到过瘾，所以它们勘称别具一格。深刻的魅力由此而生。

精致而伟大完全可以做到。荷马的作品：阿斯第纳斯④的故事就是这样一个代表。但是，此时我们所要谈及的这种深刻的魅力，却是一种超越史诗风格的东西。它因某种困惑和潜在的未知而愈显复杂。这是一种明暗交织的光辉。唯独近代天才具备这种深度的笑容，既让人如沐春风，又让人如临深渊。

莎士比亚具有这种风格，虽然这种文风似乎有点病态，但是两者是有本质区别的，纵然它们同样源自于坟墓。

戏剧中最大的哀伤，莫过于体现在艺术中的人类境遇。莎士比亚的戏剧渗透出这种哀伤的风格，摄人心魄。

哈姆雷特，代表疑虑，居于整个作品的中心位置，左右有罗密欧与奥赛罗，象征着爱情，一个是黎明的爱，一个是黄昏的爱。在朱丽叶的殓衣褶纹中散发出光明，但在被轻侮的我菲丽亚和被猜忌的苔丝特蒙娜的裹尸布里，则只有仇恨，爱情欺骗了这两个无辜者，她们的内心无法得到平复。苔丝特蒙娜唱着杨柳之歌，正是在那株柳树下，河水卷走了我菲丽亚。她俩是相见不相识的姊妹，虽然各有各的悲剧命运，但在灵魂上却是息息相通的。同一株柳树在她

---

① 提布卢斯：古罗马诗人。诗作语言细腻，对田园风景的描写尤为出色，奥维德曾称赞他的诗歌为罗马哀歌体诗歌的光荣。
② 米洛：希腊地名，米洛的维纳斯雕像发现于一八二〇年，是古希腊雕刻的杰作。
③ 墨第西：这里是指佛罗伦萨著名的墨第西陵墓，该墓葬藏有维纳斯。
④ 阿斯第纳斯：特洛伊英雄海克托的儿子，城陷时被希腊人从城上扔下，但这个人的故事并不见于荷马的史诗。

们头上轻拂。一个即将蒙冤屈死的女子，在她神秘的歌声中，已经浮映出披头散发、若隐若现的溺死者的形象。

在哲学方面，莎士比亚有时走在荷马的前面。超出普立安，他创造出李尔王；为忘恩负义[①]而哭比为死亡[②]而哭更让人揪心。荷马遇见野心家，便用权杖击打他，莎士比亚则把权杖交给野心家，在戴尔西德[③]的基础上，他创造了理查三世[④]；野心穿上红袍便暴露得赤裸裸；于是它本来面目就更昭然若揭；野心勃勃的王冠，还有什么比这更震撼人心！

专制者的变态还不足以让这位哲学家满意；他应该还有一个变态的随从，于是又创造了福尔斯塔夫。仆人这一系列，始于班努赫鸠[⑤]，桑科·潘萨[⑥]为继任者，而到福尔斯塔夫这里，因为他的恶而后无来者。所以，德行的暗礁，就是卑鄙。桑科·潘萨同他的驴子一样愚昧无知；福尔斯塔夫则贪吃、怯懦、凶恶、淫邪，长着人的面孔和肚子，下身却是个禽兽，用四只不干不净的爪子爬行；福尔斯塔夫简直就是半人半兽的猪猡。

莎士比亚首先极尽想象之能事，这一点我们已经指明，正如思想家们所达成的共识：想象就是深度。没有一种精神力量比想象更具渗透力，更能深入到对象的内部；想象是伟大的潜水者。科学到了最后尚不可测知的阶段，就需要发挥想象。在圆锥截面中，在对数中，在微分与积分计算中，在概率计算中，在微积分的计算中，在声波的计算中，在代数几何学中，想象就是计算的系数，于是，数学便成了诗。对于思想呆板的科学家的科学，我是不大相信的。

诗人是哲学家，因为他在想象。这就是莎士比亚能以现实为基础而随心

[①] 指李尔王受到女儿虐待的遭遇。
[②] 指普立安国王在战争中丧儿失女的遭遇。
[③] 戴尔西德：希腊史诗中的人物，跛足，性格卑劣。
[④] 理查三世：一四八三年至一四八五年在位的英国国王，莎士比亚同名历史剧的主人公，跛足，性格阴险，残酷。
[⑤] 班努赫鸠：拉伯雷《巨人传》中的一个主要人物，聪明、诙谐，善于恶作剧。
[⑥] 桑科·潘萨：小说中人物，堂吉诃德的仆人。

所欲地进行创作的原因。这种任性本身就是"真"的一种变相体现。一种需要酝酿的变相。命运如果不像心血来潮的幻想还像什么呢？再没有什么比它看起来更支离破碎，更断裂散乱，更不合逻辑。为什么给约翰①这个怪物戴上王冠？为什么杀掉亚瑟这个孩子②？为什么贞德被烧死？为什么孟克③能成功？为什么路易十五④快活而路易十六⑤倒霉？不要追究上帝的逻辑了，诗人的幻想正是从这逻辑中汲取的。喜剧在眼花中泛光，抽泣从笑声中传来；所创作的形象混杂在一起，互相冲突；大批的形象，几乎如同家畜那样整群扑面而来，浩浩荡荡；也许是一些倩女幽魂，也许是一阵烟雾而已，隐隐若若；一些灵魂，或为暮色中的蜻蜓或为黄昏里的苍蝇，在黑色芦苇上瑟瑟颤抖，这些芦苇就是我们所说的激情和事件。一个极端是麦克白夫人⑥，而另一个极端则是狄达尼亚⑦。创造她们的是同一个庞大的思想体系，同一种浩大的激情偏好。

《暴风雨》《特洛埃勒斯与克蕾西达》《威尼斯商人》《温莎的风流娘儿们》《仲夏夜之梦》《冬天的故事》等是些什么？是虚构，是图案。图案之于艺术如同植物之于大自然。图案根植于幻想发芽，生长，纠缠，枯萎，繁殖，新生，开花。图案无穷无尽；它有一种不可思议的生机；它爬满地平线，并且还蔓延到另一条地平线；它以难以计数的枝丫交错遮挡了它内部的光芒，而如果你把这些枝丫看成是人间的气象万千，这整个就令人眼花缭乱；这便是摄人心魄的力量。人们透过重重遮拦，在图案背后能辨识出一切哲学思想。植

---

① 约翰：英国国王，又名失土约翰，莎士比亚以此为题材的历史剧《约翰王》的主人公。
② 见《约翰王》。
③ 孟克：英国将军。
④ 路易十五：法国国王。
⑤ 路易十六：法国国王，大革命时被处决。
⑥ 麦克白夫人：莎士比亚悲剧《麦克白》中的人物，因羡慕权威富贵，怂恿其夫进行谋杀。
⑦ 狄达尼亚：莎士比亚喜剧《仲夏夜之梦》中的仙后。

物生长，人类繁衍，都是把自己的有限与无限相结合。这类作品，包含两种看似矛盾的成分：既是"不可能的"又是"千真万确的"，这是一种高尚的、不可名状的激情，面对它，人类的灵魂止不住颤抖。

尽管如此，还是不应该听凭植物侵占墙面，任由图案肆虐戏剧。

天才的特征之一，就是把相距最远的一些才能结合到一起去。先像阿里奥斯托[①]一样描绘出一个半圆环饰，然后像帕斯卡尔[②]一样挖掘人们的心灵，这就是诗人。人的内心深处都住着一个莎士比亚。他每时每刻都给你带来意外，他让你在措手不及中意识到理性的存在。在灵魂探索这方面，很少有人能出其右。他揭示了人类灵魂中很多奇特的方面。他让人透过戏剧的复杂性看到形而上学之简单性。人们自己所不愿承认的东西，往往就是他们最初害怕而最后渴求的东西，这便是朱丽叶的灵魂与麦克白的灵魂、处女的心与凶手的心两者之间的意外碰撞点和交汇点；纯洁无邪的少女既害怕爱情但又渴望爱情，就像恶棍担心犯事但又渴望实现野心一样。暗中给予灵魂的危险之吻，在朱丽叶这里是光彩照人的，而在麦克白那里则是冷酷残忍的。

通过丰富的分析、综合、栩栩如生的创作、幻想、奇癖、科学、形而上学，再加上历史，或加上历史学家的历史，或加上编造杜撰的历史，你就可以得到各类样本：有各式各样的叛徒，从弑主凶手麦克白到叛国元凶科利奥兰纳[③]；有各式各样的暴君，从专制首脑人物恺撒到下一位专制人物亨利八世[④]；有各式各样的肉食者，从狮子到高利贷者。人们可以对夏洛克说："犹太人，咬得好！"而在那奇异的剧本里，在那荒凉的灌木林旁边，在夜幕下，为了允诺给弑君者以王冠，暝色中出现了三个黑影，赫西俄德[⑤]也许穿越几个

[①] 阿里奥斯托：意大利文艺复兴时诗人，代表作《疯狂的罗兰》。
[②] 帕斯卡尔：法国数学家、物理学家、哲学家、散文家。
[③] 科利奥兰纳：公元前五世纪有名的罗马将军，莎士比亚同名戏剧的主人公。
[④] 亨利八世：英国国王，莎士比亚同名历史剧的主人公。
[⑤] 赫西俄德：约公元前八世纪古希腊诗人。

世纪认出黑影是复仇女神。感人的力度、迷人的美妙、史诗般的粗犷、怜悯心、创造力、戏谑、狭隘的头脑所不能理解的玩笑、讽刺、对恶人的无情鞭挞、苍穹般的伟大、显微镜下的精致、无法定义的诗歌、整体宏大、细节深刻,以上所有这些,这位作家都不缺少。当人们接触到他的作品时,就感到有一阵巨大的风从新世界的大门吹进来。在方方面面都闪耀着天才的光辉,这便是莎士比亚。约纳丹·福布斯说过:一切事物都存在对立面。[1]

三

区分天才与凡人的一点,就是天才具有双重反光的能力,正如杰洛墨·卡尔当[2]所说的,红宝石与某些水晶、玻璃之所以不同,就在于它具有双折射的特性。

天才如同红宝石,都具有双重的反光或双重的折射这一特性,犹如在精神和物质两个方面同时产生影响的现象。

真的存在红宝石这种钻石中的钻石吗?这是一个问题。炼金术肯定它是存在的,于是,人们从化学上寻求它的存在。至于天才,它的确存在。只需一读到埃斯库罗斯和朱文纳尔的诗,你就可以立马发现人脑创造的这种红宝石了。

天才身上的这种双重反光的现象,把修辞学家所谓的对比反衬法发扬到极致,即对事物正反两方面的强大观察力。

我不喜欢奥维德这个被放逐的懦夫,双手沾满鲜血的奉承者,这条被驱赶的走狗,这个为暴君所抛弃的谄媚者,并且,我讨厌他作品中充斥着的那种取悦人的灵泛;当然,我不会把他的这种机智和莎士比亚那种有力的反衬手法相提并论。

---

[1] 原文拉丁文:Totus in antithesi。
[2] 杰洛墨·卡尔当:意大利哲学家、数学家。

天赋者全能，莎士比亚的才华覆盖龚哥拉①，正如贝尔南②具有的艺术修养，米开朗琪罗无所不包。在这方面，已经有些臆断："米开朗琪罗矫揉造作，莎士比亚喜用反衬。"这些都是学校课本上的论调，是对艺术中对比手法这一大问题的狭隘之见。

Totus in antithesi。③莎士比亚倾尽全力在艺术中运用对比。诚然，仅凭这一特点就来衡量他的整体，尤其是像他这样的一个人，确实有失公平。看来，Totus in antithesi，这仅是个保守的意见，原想作为一句评语，现在只可能成为其中一点看法了。事实上，莎士比亚就像其他所有真正伟大的诗人一样，的确应该赢得"神似创造"这样的赞词。什么是创造呢？这是善与恶、欢乐与哀伤、男人与妇女、怒吼与歌唱、雄鹰与秃鹫、闪电与光辉、蜜蜂与黄蜂、高山与深谷、爱情与仇恨、勋章的正反面、光明与丑陋、星辰与俗物、高尚与卑下。大自然，就是永恒的双面像。从这种反衬法，诞生出反语，常见于人类的一切活动中；它存在于寓言中，存在于历史中，也存在于哲学中，存在于言语中。如果你是复仇女神，人们便会称你为欧墨尼德④；如果你弑杀了自己的父亲，人们便称你为费罗巴多⑤；如果你杀死自己的兄弟，人们便称你为费拉德耳弗⑥；如果你当上一个伟大的将军，人们便称你为小小的班长。莎士比亚的反衬，是一种普遍的反衬，无时不有，无处不在；这是一种普遍存在的对照，生与死、冷与热、公正与偏倚、天使与魔鬼、天与地、鲜花与雷电、音乐与和声、灵与肉、伟大与渺小、宽阔的海洋与狭隘的私欲、浪花与唾沫、风暴与口哨、自我与非我、客观与主观、怪事与奇迹、典型与怪物、灵魂与阴

---

① 龚哥拉：西班牙诗人。
② 贝尔南：意大利画家、雕刻家、建筑家。
③ 拉丁文：由对立面构成的整体。
④ 欧墨尼德：希腊人对复仇女神的善称。
⑤ 费罗巴多：意即"爱父亲""孝子"，古代许多国王都有过此号。
⑥ 费拉德耳弗：公元前二百八十五至公元前二百四十六年埃及国王普多内墨二世的外号，该字的原意是"爱兄弟"，但普多内墨二世为了争夺权位，曾杀死了他的两个兄弟。

169

影。正是以这种自然界常见的不明显的冲突，这种永无止境的反复，这种是和非的永久共存，这种无法抵消的对立，这种永恒而普遍的矛盾，伦勃朗以此构成明暗、比拉奈斯[①]以此构成曲线。

要把这种对称从艺术中剔除，就请你先把它从大自然中剔除吧。

四

"他是小心谨慎的，你可以放心和他在一起。他没有任何越轨的行为。除此之外，他还有一个很难得的优点，那就是懂得分寸。"

这是干什么，是在推荐一个仆人吗？不是的。这是在赞美一个作家。某一个所谓"严肃"的流派，在今天为我们树立了"节制"这一诗的总纲。似乎整个问题都在于为了预防文学的消化不良。从前，人们常说："丰盛、超量"；今天人们则说："清淡、适量"。你现在身处诗神缪斯的百花园里，在这里，枝头上花团锦簇，绽放着希腊人称之为"比喻"的形象之花，到处都是思想之花，硕果累累；人物万千，花果飘香，缤纷绚烂，光彩照人，音乐曼妙，尽善尽美，但你什么都不要去碰，你一定要克制自己。任何东西都不要采摘，凭这一点你才能当上诗人。去参加禁酒会吧。一部好的批评作品就是要论述饮酒的危害。你想要创作《伊利亚特》吗？那么请你节食吧。啊，拉伯雷[②]老兄，让你干瞪眼去吧！

抒情让人难以自禁，美艳让人迷醉，宏大让人头晕，理想也会让人目眩，曾拥有过这一切的过来人，不懂得什么叫自我约束。如果你曾行走在高高的星辰之上，你便会拒绝一个县长的职位，你的眼界不同于一般人，即使

[①] 比拉奈斯：意大利建筑家、雕刻家。
[②] 拉伯雷：文艺复兴时期法国人文主义作家之一，在欧洲文学史上是与但丁、莎士比亚、塞万提斯并肩的文化巨人，在其主要著作长篇小说《巨人传》中，作者用夸张的手法塑造了一个名叫高康大的巨人。他小时候每天要吃一万七千多头奶牛的乳汁。雨果此处引出拉伯雷，是想让高康大与文章中的"节食"形成反衬。

献给你一个图密善①的参议院的席位,你也会不屑一顾,你不再把恺撒的东西还给恺撒,你甚至糊涂到了不再向安西达菊斯②致敬,它可是一位执政官啊!因为你在最高的天界这个坏地方豪饮惯了,已然养成这副德性了:目中无人,野心勃勃,超然淡漠。由此看来,还是节饮为妙,不要去天界这种高调的地方放肆了。

自由就是纵欲。自我约束固然好,把自己阉割了就更好。

一辈子禁欲。

清心寡欲,循规蹈矩,尊重权威,仪表端庄。只有写得四平八稳的才是诗。不知道打理的野草,不懂得修剪利爪的狮子,不曾过筛的激流,显山露水的自大,云彩掀起霓裳露出金牛星座,这些都成何体统。在英文中,就是Shocking。波浪在礁石上吐沫,瀑布在深渊中飞喷,朱文纳尔朝暴君唾吐,呸!

人们宁愿不足也不喜过度。千万不要过分。从今往后,要求玫瑰树必须数数它的花朵,叮嘱草地要少长些雏菊;命令春天要自知撙节,鸟巢坠落是由于过分负荷;小树林,谢谢你,不要这么多莺莺雀雀;银河,你也给星星编编号排排序吧,它们实在太多了。

要以植物园中高大的仙人掌作为修身的榜样,像它那样隔上五十年才开一次花。这真是一种懂得节育、值得推崇的花啊。

花园里的园丁,当得上名副其实的节制派的批评家。若有人问他:"是否曾有布谷鸟停栖在你枝头?"他总是回答说:"唉,别提啦,整个五月,这些讨厌的家伙一直聒噪不休!"

休阿德③先生给了玛利约瑟夫·谢尼叶④先生这样的褒奖:"他行文风格的一大优点就在于没用比喻。"如今我们又看到这种奇特的赞词复活了,这令

---

① 图密善:罗马皇帝。
② 安西达菊斯:罗马皇帝加里居达的马的名字,此马曾被封为执政。
③ 休阿德:法国批评家。
④ 谢尼叶:法国戏剧作家。

171

人想到复辟时期有过一位很厉害的教授,他对《旧约》中比比皆是的比喻和形象感到恼怒因而贬低以赛亚[①]、但以理[②]和耶利米,抛出这样一句名言:整部《圣经》都是"犹如"。更有甚者,说:"我把朱文纳尔扔到浪漫主义的臭粪上去。"这也是一句流传在师范院校里经久不衰的名言。朱文纳尔何罪之有?和以赛亚的罪过一样,那便是情愿用形象来表现思想。照此说来,在文史领域里,我们是否要逐渐倒退到化学术语上去?倒退到布拉东[③]关于比喻问题的意见上去?

卫道派如此反对和詈骂,似乎诗人们创作时运用形象和比喻的全部开销,都是由它来买单的,它感到自己受到连累,快被品达、阿里斯多芬、以西结[④]、普劳图斯和塞万提斯这帮挥霍无度的家伙弄得濒临破产了。于是它把激情、感受、人类的心灵、现实、理想和生活统统锁进保险柜里。它藏匿起所有的东西,惊惶失措地盯着这些天才,口里还嘟哝着:"你们这群贪吃鬼!"为此,它便为作家编出了这样一个最高级的赞词:适度。

在这个方面,护教派的批评与卫道派的批评沆瀣一气。假正经与假虔诚总是互帮互助的。

现在有一种奇怪的假装害羞的流派在逐渐占上风。人们为投弹兵自我牺牲的粗暴方式感到羞愧和自责,这派人士就利用修辞学中的比喻来当遮羞布,美化我们的英雄;他们还认为近卫军的言语简直不堪入耳,在军营里也理当像在修道院里那样说话;一个退伍的老兵回忆起滑铁卢战役时就难为情地垂下自己的眼睑,人们为此就把十字奖章赏给那下垂的眼睑;某些在历史上出现过的话,其中有一部分没有被载入史册,例如那个在市政厅朝罗伯斯庇尔开了一枪

[①] 以赛亚:公元前八世纪希伯来的一位先知,《旧约》中《以赛亚书》的作者。
[②] 但以理:公元前七世纪希伯来的一位先知,《旧约》中《但以理书》的作者。
[③] 布拉东:法国剧作家,悲剧诗人,同时期法国剧作家拉辛之对手。
[④] 以西结:公元前六世纪的先知,他工作活动的年代约为公元前五九二至前五七〇年。

的女杰，就自称为"死不投降的卫士"。①

在这两大批评力量的共同努力之下，公共秩序得以维护，已经产生了良好的效果，即收获了几枚训练得体、颇具修养的典范诗人。他们都很听话，文风收放恰到好处。他们从不和思想这个疯疯癫癫的女人在一起狂欢，也不去树林的角落深处，男女私会，同梦想这个荡妇纠缠不休；他们也不会与想象这名游手好闲的危险女子发生关系，完全绝缘于酗酒的灵感、美妙的奇想；他们毕生不曾和诗神缪斯这一赤足的女子接过吻；而且，他们从不在外留宿，他们的守门者尼古拉斯·布瓦洛对此甚为满意。如果见到波吕许谟尼亚②走来，头发有点凌乱，这成何体统！快，赶快叫个理发师，于是，德·拉阿尔卜③先生跑来了。卫道派批评与护教派批评——这批评两姊妹联手对其教诲。她们养育幼稚的作家，刚一断奶就收留过来，真可谓青年名士的教养所。

由此便产生一套守则，便有了一派文学，一派艺术。向右看齐！目的在于拯救社会于文学，正如拯救社会于政治。每个人都知道，诗是一种无聊且毫无价值的东西，儿戏般地忙于追求韵脚，徒劳无益；因此，再没有什么东西比它更可怕了。赶紧把思想家好好捆绑起来，把他们统统关到木笼里去！多么危险啊！一个诗人是什么呢？找不到言词来褒奖他，却有一大堆由头等着迫害他。

以写作为生，这类诗人真是自讨苦吃。对他们加以世俗的制约，颇为见效。当然，方式可以灵活多样。不时来这么一两次流放不失为一个好计策。作家被流放始于埃斯库罗斯而远非止于伏尔泰。在这条铁链中，每个世纪都有自己的一环。但是，流放也罢，驱逐也罢，判流徒刑也罢，总得找些借口才行。

---

① 这是拿破仑的近卫军在滑铁卢战役中的口号，雨果在这里讥笑有人张冠李戴，把这话移在刺客的嘴里。
② 波吕许谟尼亚：希腊神话中司颂歌和哑剧的缪斯。波吕许谟尼亚负责掌管严肃的颂歌。
③ 德·拉阿尔卜：法国批评家和作家，著有《高中文学课》。

173

可见，这个办法也不是万能的，操纵起来有点麻烦。最重要的还是要找到一种较为轻巧的武器，方便对付日常性的小打小闹。于是，一种官方批评机构应运而生，既合法又有授权，名正言顺。组织作家来迫害作家，让笔杆追捕笔杆，这主意听起来真不赖。文学中为什么不可以有自己的宪兵队呢？

所谓"高雅趣味"无非是现存秩序的一种预防性自卫措施。有节制的作家就相当于老实听话的选民。灵感被怀疑有自由思想，诗歌被说成是不守法规。于是，就有了一种官方的艺术，它是官方批评的产儿。

在上述前提之下，诞生了一整套特殊的修辞学。在这种艺术里，大自然只有一个狭窄的出入口。它只能由侧门进入文艺的殿堂。这里的人们污蔑大自然蛊惑人心。因为自然的力量太喧嚣，已经被视为不安份子的同伙而遭到歼灭。微风细雨被指责犯了穿堂入室、私闯民宅之罪；狂风暴雨被呵斥干扰了夜间的宁静。有一天，在一所艺术院校里，有个学生在习作，画出衣服被一阵风掀起一角，现场的教授对此表示极为反感，说："在艺术里是没有风的。"

不过，这种波折并不使人气馁。我们仍然在前进，终于也取得了部分成果。看在一些良心选票的份上，学士院好不容易接纳了几个人。茹勒·雅南①、戴阿菲勒·戈蒂叶②、保罗·德·圣-维克多③、李特雷④、勒南⑤，请你们牢记你们的信条吧。

但这远远不够。病根很深。古代的天主教社会和古代的合法文学受到了威胁。黑暗势力感到岌岌可危。向新一代宣战！向新精神宣战！他们扑向了民主，这一哲学的后代。

天才的作品，犹如一声怒吼，让人感到害怕。人们又重新开出了治理的

---

① 茹勒·雅南：法国文学批评家。
② 戴阿菲勒·戈蒂叶：法国诗人、批评家。
③ 保罗·德·圣-维克多：法国文学批评家。
④ 李特雷：法国语言学家、哲学家。
⑤ 勒南：法国作家、历史学家。

良方。官方途径显然有失监管,似乎还有很多局外的流浪诗人。警察总监麻痹大意,听任这批浪荡才子逍遥法外。当局在考虑什么呢?加强防卫!谨防被咬!人们的头脑是有可能被咬一口的,多么危险的一件事啊!确实如此,事实证明,已经有人看见了没戴嘴套的莎士比亚。

这个没戴嘴套的莎士比亚,便是现在的这个译本。①

五

倘若评选"节制诗人",那么,威廉·莎士比亚肯定于此无缘。在"严肃"美学统治下,莎士比亚是少见的刁民之一。

莎士比亚富饶多产,充沛有力,热情奔放,是丰满的乳房,是洋溢的酒杯,是满当当的酒桶、流淌的浆液、汹涌的岩浆、成簇的芽苞、倾盆的大雨,他的一切都以千百万计,毫不迟疑,毫不拘束,毫不吝啬,像造物主那样坦然自若而又挥霍无度。对于那些常翻口袋底的人而言,这种取之不尽的感觉无异于精神错乱。他用尽了吗?永远不会!莎士比亚是播种"眩晕"的人。在他的作品中,字字都是形象;字字都是对照;字字都像白昼和黑夜那样对立分明。

我们已经说过,诗人就是自然。他如同自然一样微妙、精巧、纯粹、细致,而又广袤。他无所隐晦,无所保留,从不悭吝,纯如霞光般壮美,令人兴叹。下面让我们来解释一下"纯朴"这个单词。

在诗歌的王国中,节制就是平庸;而纯朴则是高尚。赋予每件事物以它应有的空间,不多不少,增不得一分,也减不得一分,这便体现出纯朴初心。纯朴,就是不偏不倚,就是整个审美之所在。每件事物都各得其所,各得其乐。只要维持某一种内在的平衡,保持某一种微妙的比例,那么,无论是在风格上还是在整体上,最不可思议的纷繁杂乱都有可能达到恰到好处。这就是一切伟大艺术之奥秘所在。只有那种高明的批评家,他们同样心怀创作的激情,

---

① 原文注解此处指雨果的儿子弗朗索瓦-维克多·雨果于一八六〇年至一八六四年所译出的《莎士比亚全集》。

才能参透并理解这一点。丰富、充裕、光芒四射都有可能源自纯朴。太阳就是自然朴素的万道光芒。

显而易见,我说的这个纯朴天然与勒·巴戴①、多比雅克院长和布乌尔斯长老②所说的那种简单可不是同一回事。

不论怎样丰富,怎样错综复杂,甚至纷繁杂乱、难以理清,只要是真实的,便也是纯朴的。本质上就是朴实的。

这种深层次的自然本真是艺术唯一认可的东西。

纯朴因其真而实。真实就是原本的面貌。莎士比亚的纯朴,是一种伟大的纯朴,甚至还因此略显粗枝大叶。他根本就不知道还有什么渺小的纯朴。

渺小的纯朴,是简单而无力,是简单而羸弱,是简单而气短,是一种病态的美。这种简单性与诗歌毫不相干。对它来说,给它一张医院的诊疗通知单比让它骑上骏鹰③去飞驰更为合适。

我承认忒耳西忒斯④的头脑是简单的,但是赫拉克勒斯⑤的情怀也是朴素的。而我喜爱后者的纯朴胜于前者。

诗歌特有的纯朴性可以像橡树一样枝繁叶茂。橡树有没有偶尔让你产生过这样的联想?它高大的树冠仿佛圆穹顶的拜占庭建筑风格,它是那么精美绝伦!它有无数的对称、巨大的躯干、细小的叶子、坚硬的树皮和柔软的青苔,它接受阳光的普照而又投下自己的浓荫,它为英雄装饰冠盖,也为猪猡提供果实。它难道是矫饰、败坏、繁琐、低级趣味的象征吗?橡树可能会才情过多

---

① 勒·巴戴:法国文学家。
② 布乌尔斯长老:法国语法学家、批评家。
③ 骏鹰:希腊神话中半马半鹰的有翅怪兽。
④ 忒耳西忒斯:希腊史诗中的一个其貌不扬、性格卑劣的人物。后人以其名指代丑恶的诽谤者。
⑤ 赫拉克勒斯:古希腊罗马神话中的大力士。

吗？它会参加朗布依埃侯爵夫人的沙龙①吗？它会是一个可笑的学究吗？它矫揉造作吗？它会凋零败落吗？它天然的样子、圣洁的纯朴，会化为一文不值的东西吗？

过分讲究、才情过度、矫揉造作，这些都是人们对莎士比亚的指责。人们宣称这些都是小人物的缺陷，然而他们却又迫不及待地以此指摘巨人。

不仅如此，这位莎士比亚还目空一切，他勇往直前，追随他的人都喘不过气来，他跨越一切教理教规，他推翻亚里士多德；他给耶稣会、基督教卫理公会、语言纯洁主义者和清教徒制造麻烦；他令洛约拉②发疯，叫韦斯莱③抓狂；他骁勇善战、豪气冲天、冒险敢闯、坦率直爽，他的笔墨像火山一样喷涌而出；他总是笔耕不辍、尽职尽责、斗志昂扬、奋勇向前。他手里握着笔，额上放着光，身上附了魔一般。这匹种马太嚣张了，过路的驴子难免看他不顺眼。多产便是挑衅。像以赛亚、朱文纳尔或者莎士比亚这样的诗人，确实太过分了！一个人怎能把好处全都占尽，总该顾及一下别人的感受吧！他拥有永不衰竭的精力、俯拾即是的灵感；像草地一样丰茂的比喻，像橡树一样繁盛的对称，像宇宙一样处处皆为对照、充满奥秘；不停地繁殖、开花、嫁接、结果；整体庞然巨大，细节秀逸坚实，极具生动强烈的感染力；他怒放授粉、恣意生长、产量过人。真是太过分了，这让无蕊花们情何以堪？

三个世纪以来，节制派的批评家看待莎士比亚这位风骚的诗人的眼光，如同宫廷专场演出中那些挑剔不满的眼光。

莎士比亚丝毫不懂保留，毫无节制，永无止境，不留空白。他所缺乏的，正是"空缺"。他从不节约，只管吃肉豪饮。他热情洋溢，就像植物的生长、种子的萌芽、光芒的发散、火花的四射。但这并不妨碍他来关心他的观众

---

① 朗布依埃侯爵夫人的沙龙，在一六二〇年至一六六五年之间聚集了一批文人学士，对当时的文学界很有影响。
② 洛约拉：西班牙宗教改革家。
③ 韦斯莱：英国宗教改革家。

和读者,来向你们揭示道德,给你们提出建议,就像第一好人拉·封丹那样成为你们的朋友,为大家效劳。你们尽可以在他的火堆上烤手取暖。

奥赛罗、罗密欧、埃古、麦克白、夏洛克、理查三世、裘力斯·恺撒、奥白龙、波克、莪菲丽亚、苔丝特蒙娜、朱丽叶、蒂妲妮霞、男人、女人、妖妇、仙女、精灵,莎士比亚就是这样大开方便之门,请你们自取所需吧,取吧,拿吧,你们要什么呢? 这里有阿利尔、巴洛尔、麦克达弗、蒲罗斯贝罗、微奥拉、米兰达、加里本,你们还想要什么呢? 这里还有哲西加、科第丽亚、克雷西达、波霞、布拉邦第奥、波乐纽斯、霍拉修、莫库邱、伊姆珍、特洛伊的邦达鲁斯、波东、迪修斯。这就是上帝,这就是诗人。他把自己贡献出来:谁愿意要我? 他就愿意献出自己,他扩张,他挥霍,但他不会枯竭。为什么? 因为不可能。他永远在自我充实、自我消耗,然后再次充实,再次消耗。这是一个挥霍无度的天才。

在语言的放肆和大胆上,莎士比亚堪比拉伯雷,而拉伯雷在不久之前还曾被一位天鹅般的批评家骂为猪猡。

就像一切神通广大、才智超群的人一样,莎士比亚把整个自然都斟在自己的酒杯里,他不仅自己畅饮,而且还邀您共享。伏尔泰就曾责备过他好酒贪杯,这的确一针见血。你们不妨再问一问,莎士比亚为什么会有如此性情呢? 他从不停歇,从不厌倦,他对那些只想进学士院的可怜"小胃口"从不感冒。他可不犯这种名曰"纯正品味"的胃疾。他是健康强壮的。他唱响了一首歌,这首歌肆意地响彻了数个世纪,这是一首什么歌呢? 这是一支战歌、饮酒歌、情歌,它从李尔王唱到麦布女王[1],从哈姆雷特唱到福尔斯塔夫,有时泣不成声,有时又嘹亮得如同《伊利亚特》!奥杰[2]先生竟会这样说:"读完莎士比亚,我浑身酸痛啊!"

---

[1] 麦布女王是英国民间故事中的仙女,在《罗密欧和朱丽叶》第一幕第四场提到过。

[2] 奥杰:法国批评家,颇具权威,长期掌管法兰西学院。

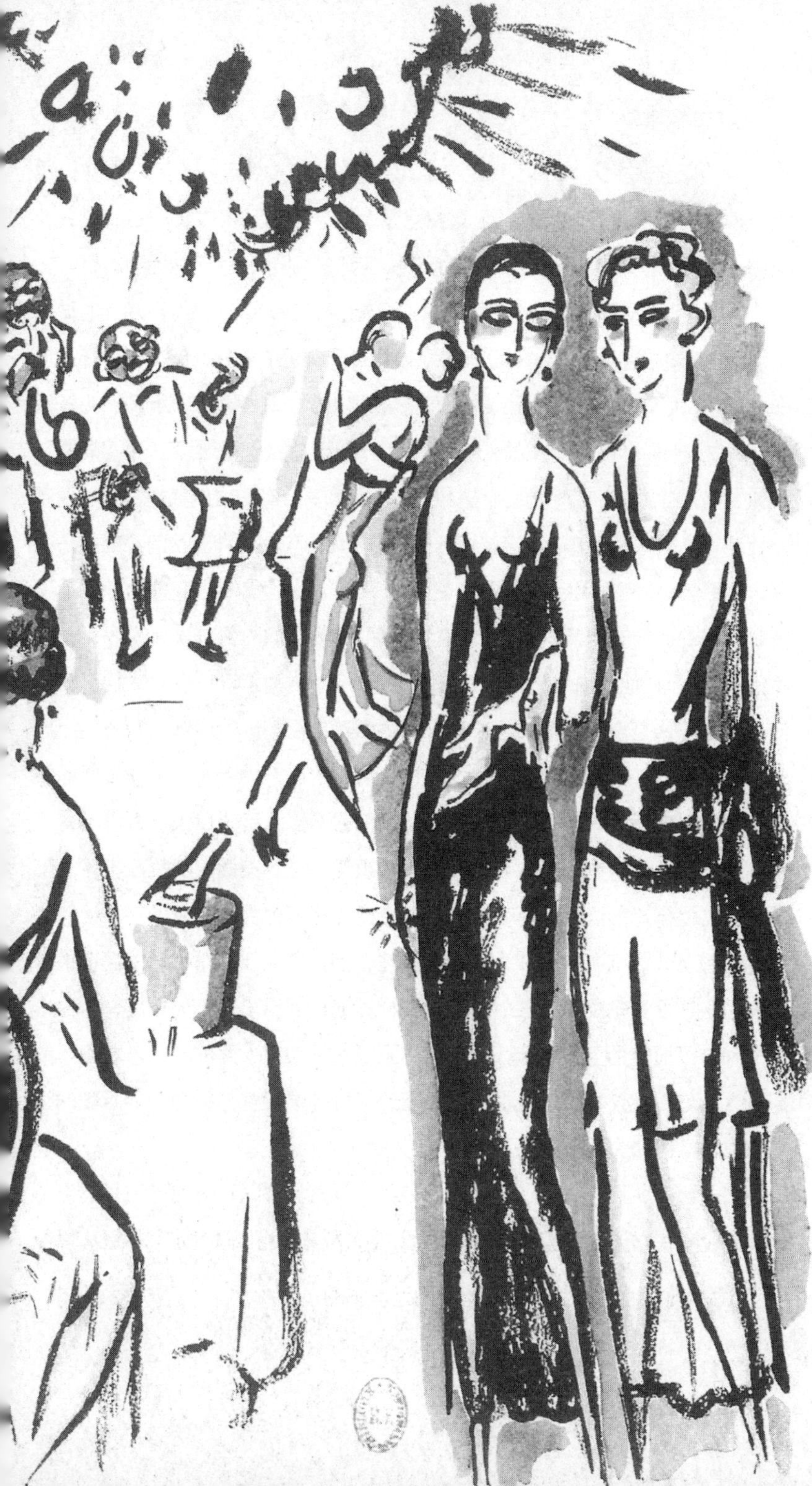

他的诗歌散发出一种浓烈的芳香，好似野蜂浪迹天涯后得到的冬酿。这里是散文，那里是诗；所有的形式都只是容器，不过是用来装思想的花瓶，他都可以信手拈来。他的诗有悲苦有喜甜。英文，成了一种无能为力的语言，对他而言，时而如虎添翼，时而碍手碍脚。但是，无论如何，他那深沉的灵魂都清晰地流露在字里行间。莎士比亚的戏剧以一种近乎癫狂的旋律行进着；它如此庞大，以致有些蹒跚不稳，然而它乐在其中，也让观众眼花缭乱、头晕目眩；但是这种巨大的感动又给人一种无比坚定的力量。莎士比亚，令人战栗，在他身上，有风情，有才情，有媚药，有心旌荡漾，有均匀的气喘，有暗香浮动，还有未知的大量流液。这一切形成他的骚动，但在这种骚动的深处却是平静。这种骚动正是歌德所缺乏的，有人却谬赞他的不解风情，其实这种无动于衷是低级的。所有一流的作家都该有风骚的时候。如约伯、埃斯库罗斯、阿里杰埃里①，在他们的作品中都不难发现这一点。这种骚动，就是人性。在人间，神明应该是合乎人性的，应该让人类面对自己提出的谜题，并为此困惑伤神。灵感是妙不可言的东西，像是神灵赐予的惊喜。天才，精神领域的领袖，好像很多时候内心是孤独的，其复杂性常常使人目瞪口呆、百思不得其解。莎士比亚像所有伟大的诗人和伟大的事物一样，充满着梦境般不可思议的东西。他自己的成长甚至令他自己深感也惊愕，他自己的风暴甚至使他自己也颇感恐惧。据说有时莎士比亚恫骇住了莎士比亚。他对自己的深度也有点害怕。这恰恰是顶尖智慧的象征。同样，他也震撼于自己的广度，给他带来一种难以形容的巨大的起伏感。世界上没有不大起大落的天才。醉醺醺的野蛮人，好，就这样称呼吧。他是野蛮的，好像原始森林；他是醉醺醺的，好像波浪汹涌的大海。

莎士比亚，鹰击长空，他高踞、俯冲、沉落、疾飞，时而向下界飞泻，时而隐没于苍穹。他就是这样一个天才，上帝故意没有紧紧地加以羁勒，以便

---

① 阿里杰埃里：但丁的家族的名称，以此代称但丁。

他勇往直前,并在无限之中自由地展翅翱翔。

每隔一段时间,世界上就要产生一个这样的天才。我们已经说过,这种天才的降临使艺术、科学、哲学乃至整个社会焕然一新。

他们充实了一个世纪,然后又消失退隐了。但他们的光辉并不只照耀这一个世纪,还照耀着人类的后世,从这个世纪的尽头到那个世纪的尽头。并且,人们发现,每一个天才的智慧凝聚了全人类的精华,他在某个特定的时代降临到这个世界上来以促进人类的进步。

这些崇高的天才,一旦生命结束,作品完成,便在死后归于神秘,且在瞬间化为永恒。

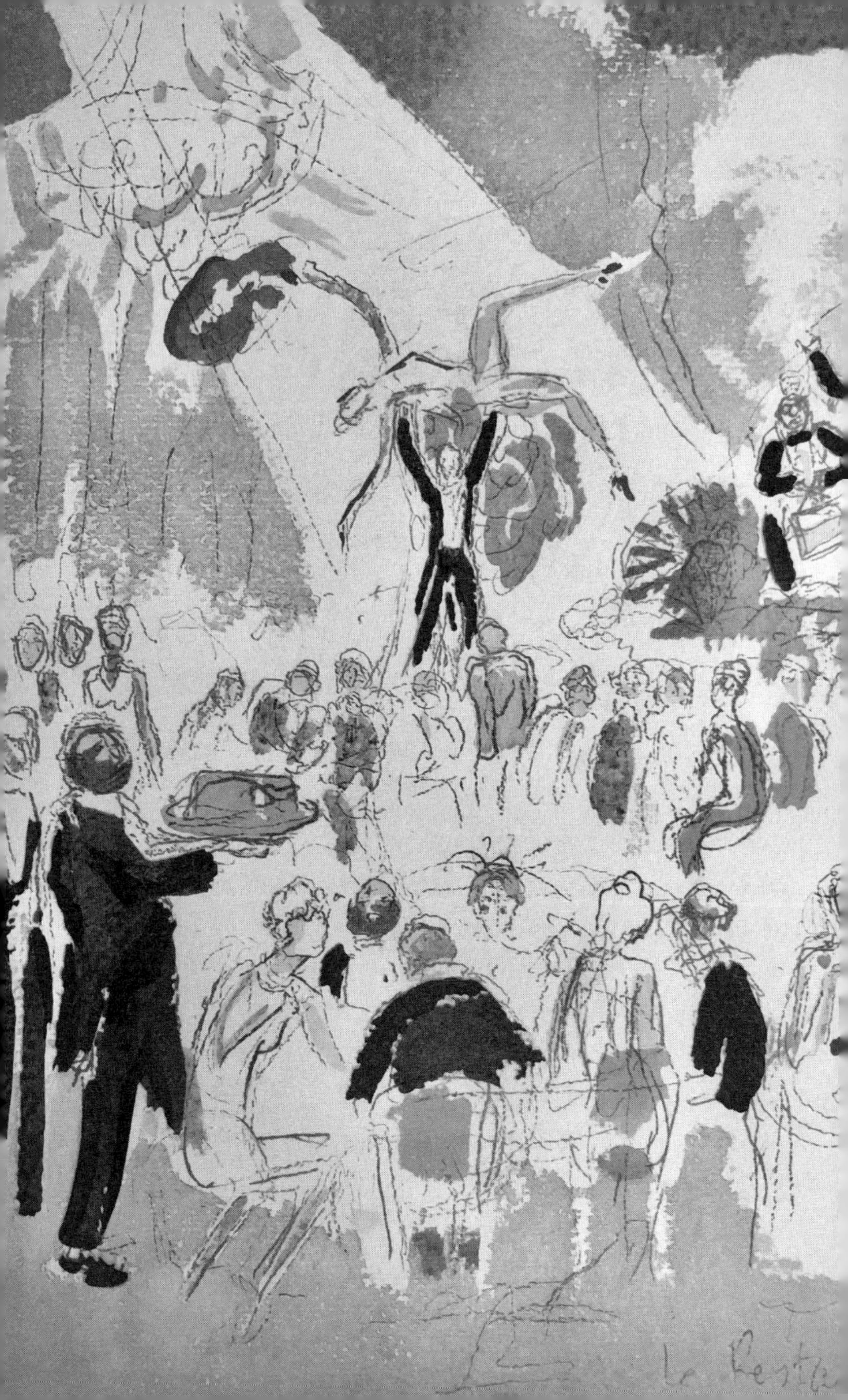

纪念伏尔泰逝世一百周年讲话

一百年前的今天，一颗巨星陨落。但他永垂不朽。他走的时候已是耄耋之年，留给世人等身的著作，终于可以卸下肩上最荣耀也最艰巨的重担：培育良知，开化民智；他走的时候既受到诅咒又获得祝福：来自旧时代的诅咒和新时代的祝福。先生们，这两者都是无上的光荣。在他弥留之际，一方面，同时代人和后世子孙给他以赞美和喝彩，另一方面，愤怒难遏的旧时代发出胜利者的讥笑。他的意义已经超越了个人，成为了整个世纪伟大的代言人。他承天意，尽心尽力，完成使命。命运和自然都受上天的安排。在他生命的八十四年间，我们经由登峰造极的君主专政来到初露端倪的革命年代。他出生的时候，路易十四在位，他离世的时候，路易十六已经头顶王冠。所以，他的摇篮映照着王朝盛世的余晖，他的灵柩折射出人间"深渊"的曙光！（鼓掌）

在此，各位先生，请让我解释一下"深渊"的含义，这是恶势力跌落的深渊，这是惩恶扬善的深渊。

先生们，既然我已经被打断，就请允许我把话说清楚。在这儿发言需要言辞审慎。我们集聚一堂，是为了肯定进步，为了享受哲学的盛宴，是为了向十八世纪致以十九世纪的问候，是为了向高尚的斗士和优秀的公仆致敬，是为了庆祝各国人民在工业、科学等方面的大踏步前进，是为了呼吁全人类的和谐生活！一句话，是为了歌颂和平，这是普天之下人人向往的崇高愿望。和平是文明的美德，战争是文明的耻辱！（掌声）我们集聚一堂，在如此重大的时刻，在如此庄严的时刻，是为了虔诚地服从道德的法则，是为了倾听法国对世界的呐喊："只有服务于正义的力量才是强大的，只有服务于真理的天才才是光荣的！"（人群活跃）

好的，我继续。

各位，在大革命之前，社会的结构是这样的：最底层的是人民；人民之上的是宗教，由神职人员代表；再上面就是司法，由法官来代表。

那么，在那个年代的人类社会，人民怎么样？人民近于无知；宗教怎么样？宗教极尽苛责；司法怎么样？司法无关公正。我还要继续说下去吗？在此，我仅列举两个案例，已是定案。请大家自行判断。

一七六一年十月十三日，在图卢兹，人们发现一个年轻人在一栋房子的客厅里上吊身亡。这件事引起民众的围观，教会也对此事大发雷霆，法官开始查证。这原本是一起自杀案件，却被定性为谋杀。为什么呢？为了宗教的利益。那么指控谁？控告孩子的父亲！理由是作为新教徒的父亲不想让他的儿子成为天主教徒。这种说法有违伦理道德，也缺乏物证。但是，他们可管不了这么多！父亲杀死了儿子，老人吊死了青年。这就是司法调查案件的结果。一七六二年三月九日，让·伽拉斯，这位白发老人，被带到公共广场。他被人扒光了垂着脑袋躺在一个轮子上，手脚也被绑着。绞刑台上站着三个人，行政长官大威德，负责监视行刑；手持十字架的神父；还有刽子手，握着一根铁棍。受刑者万分惊惧地盯着刽子手而不是神父。刽子手拎起铁棒，砸断了他的一只胳膊。受刑者惨叫一声昏死过去。行政长官赶忙采取行动，让人给犯人吸了点盐，他又恢复了知觉；接着，又一次行刑，又一次昏死。伽拉斯再一次失去知觉，人们再一次弄醒他，刽子手又一次施刑。由于每只手脚都要挨两次铁棒，在不同的地方断两次，一共遭受八次酷刑。当他第八次昏过去以后，神父让他亲吻手中的十字架，伽拉斯扭过脸去，最后刽子手给了他仁慈的一击，也就是说用铁棍粗大的那头给了他胸部致命的一击。让·伽拉斯终于得到了解放，断了气。这个过程持续了两个小时。他死之后，自杀的证据浮出水面。无辜的凶手被处决的同时另一桩谋杀案成立。谁犯的罪？法官们。（十分激动。掌声）

另外一起案子。这次是年轻人。事发三年之后的一七六五年，在阿布维尔。经过一夜暴风骤雨，翌日清晨有人在桥面上捡到一个被虫蚀了的木头十字架，它挂在护城墙上已经有三个世纪之久。是谁丢弃了耶稣受难十字架？是谁亵渎了圣物？一无所知。也许是行人，也许是大风？是谁犯了错？亚眠主教颁布了一份罪行检举命令书：要所有信徒均报告对此案情的知晓情况，否则将被罚入地狱。这是个谋害无辜的杀人命令书。亚眠主教的这个命令书奏效了，人们的流言蜚语竟成了对他人的控诉。司法部门发现，或者说他们自认为发现在十字架被丢弃的那个夜晚，曾有两个人，是两个军士，一个叫拉巴尔，一个叫代塔龙德，他们喝得醉醺醺的，唱着警卫队的歌经过了阿布维尔桥。此法院是阿布维尔司法总管辖区的法院，这里的司法总管地位与图卢兹的行政长官相当，按理说他们的执法应当更加公正合理，然而依然签发了两张逮捕令。代塔龙德逃逸，拉巴尔被捕，被移交至司法机关。他否认上过桥，但承认唱过歌。阿布维尔司法总管辖区法院判他有罪，他向巴黎的最高法院提出上诉。他被带到巴黎，最高法院认定判决书有效，又将他戴上手铐重新带回阿布维尔。我尽量说得简单。可怕的时刻降临了。为了让拉巴尔骑士供出他的同谋犯，他被迫回答一些常规的和非常规的问题。同谋什么罪？同谋走过一座桥，唱过一首歌。他们对他严刑逼供，敲碎了他的膝盖，听他忏悔的神父听到骨碎的声音吓得晕了过去。第二天，即一七六六年六月五日，拉巴尔被带到阿布维尔广场，广场上架起熊熊燃烧的火刑堆。他们向拉巴尔宣读判决书，接着砍下了他的手，用铁钳拔掉了他的舌头，然后，才大慈大悲砍下他的脑袋，最后把他丢进火堆里。这就是拉巴尔惨死的经过，他才十九岁啊！（长时间地深深感动）

于是，伏尔泰啊，你发出了憎恶的呐喊，这是你永恒的光荣！（掌声加倍）

你开始大规模地审判过去，你为人类的诉讼辩护，驳斥暴君和恶煞，你胜诉了。伟大的人，你将永远得到祝福！（新的掌声）

先生们，我刚才提到的那些可怕的事件，就发生在一个彬彬有礼的社会。人们快乐、轻松地生活着。人来人往，人们既不抬头看天，也不低头看地，漠不关心被视为无忧无虑。一些文雅的诗人，如圣奥莱尔、布夫莱尔，"友爱的贝尔纳"，写些漂亮的诗句；宫廷里歌舞升平，凡尔赛宫灯火通明；

巴黎对外界置若罔闻。而另一面，宗教却如此惨无人道，法官对一位老人施以车轮酷刑致死，神父们拔下了一个孩子的舌头，只因他唱了一首歌。（激动万分，掌声）

这个凄惨而浅薄的社会啊，伏尔泰独自一人面对它，不畏宫廷、贵族、金融巨头种种恶势力的结合，他们是一股毫无自觉意识的盲流；这批无恶不作的法官，他们欺上瞒下，媚主求荣，凌驾于人民之上，臣服于国王之下！（喝彩）伏尔泰，我重申一遍，他独自一人向这批虚伪、狂热的神职人员宣战，对这个所有恶势力相勾结的社会、对这个骇人听闻的可怕世界宣战，他已经准备好应战。他的武器是什么？他的武器轻如鸿毛、响似雷鸣。就是一支笔！（掌声）

他用这个武器，战斗过；他用这个武器，战胜过。

各位先生，请让我们缅怀这一切吧！

伏尔泰战胜了敌人，他打了辉煌的一仗。一场以一敌百的战争，一场规模宏大的战役。这是思想对物质的抗争，理性对偏见的抗争，正义对不公的抗争，被压迫者对压迫者的抗争；这是一场仁义之战，这是一场平和之战。他既怀怜子之心，又不失大丈夫之英雄气概。他拥有伟大的思想和宽阔的胸怀！（喝彩）

他战胜了古老的法典和陈旧的教条；他战胜了封建君主、中世纪式的法官、罗马天主教式的神父。他赋予黎民百姓以做人的尊严。他引导人、安抚人、教化人。他为希尔梵①和蒙巴伊②战斗过，就像当初为拉巴尔呼吁过。他不畏一切威胁，一切侮辱，一切迫害、污蔑、流亡。他不屈不挠，坚定不移。他用微笑战胜暴力，用嘲笑战胜专制，用讥讽战胜成见，用坚毅战胜顽固，用

---

① 皮埃尔·希尔梵与妻子在一七六二年被指控杀死自己的女儿，之后被缺席判处死刑。在伏尔泰的帮助下于一七六九年平反。
② 蒙巴伊夫妇在一七七〇年被误判为杀死自己的父亲，两人均被处死。在伏尔泰的呼吁下，此案得以平反。

187

真理战胜愚昧。

我刚才用了一个词,微笑。是的,微笑,就是伏尔泰。

先生们,我们之所以这么说,是因为心平气和是这位哲学家伟大的一面,伏尔泰总是能够重新冷静下来最终平衡自己的心态。无论他内心正义的火焰多么强烈,让它慢慢冷却,平和的伏尔泰总会替代愤怒的伏尔泰。在其深邃的目光中,流露出的总是微笑。

这微笑,是睿智,这微笑,我重复一下,就是伏尔泰。有时微笑会变成欢笑,但是其间不乏深沉的忧思。他嘲笑强者,安抚弱者。他使压迫者坐立难安,又让被压迫者踏实放心。他讽刺权贵,同情百姓。啊!让我们为这微笑感动吧。它是黎明的曙光,它照亮世间的真理、正义、仁慈和真诚;它揭示迷信,让人认清其丑恶的真面目。就着这光,微笑在传递。在这伟大的微笑中,我们看见社会出现新气象,平等、谦让、源自宽容的博爱,互助的意识开始在人间树立起来;人们获得相应的权利,理性被认为是法律准绳,取消偏见和成见,灵魂受到客观公正的对待。融洽和仁爱的精神、和谐与和平的氛围都来自这一伟大的微笑。

毫无疑问,终有一天,人们将意识到仁慈即睿智。当大赦到来的那一天,我确信,伏尔泰将会在星空高处微笑。(掌声三阵起伏,高呼:大赦万岁!)

先生们,有两位人类的仆人跨越一千八百年,相继来到人间,他们之间有着一种很神秘的关联。

对抗伪善,揭穿欺诈,打倒暴政、篡权、偏见、谎言和迷信;铲除庙宇,放手让人们去重建信仰;抨击凶残的法官和嗜血的神职人员;拿起鞭子驱赶圣堂的伪君子,要求恢复被剥夺者的财产,保护弱者、穷人、受难者,为被剥削者和受压迫者作抗争。这是圣人耶稣的战斗,也是凡人伏尔泰的战斗!

(喝彩)

哲学事业与福音事业相得益彰，实现了宽容精神对仁爱精神的追随。让我们带着深深的敬意说：耶稣哭了，伏尔泰笑了。正是耶稣神圣的眼泪和伏尔泰人性的微笑，构成了当代文明之柔和的一面。（经久不息的掌声）

伏尔泰总是微笑吗？不，正如我前面已经提到过，他时常拍案而起。

诚然，理性的最高法则是分寸、保留、适度。节制之于哲学家，如同呼吸之于人类。哲人所努力的就是将哲学中所有不精确的东西，提炼为某种无偏见的定性。但是，有些时候，求真的激情如同飓风，来势汹汹，名正言顺地肃清一切。但是我坚信，没有哪一位哲人能撼动正义和希望这两块社会活动的庄严基石。如果法官秉公执法，人人将会尊敬他；如果神父代表希望，人人将会崇敬他。如果法官的名字叫酷刑，如果教会的名字叫宗教裁判所，那么，人们就会站在他们的对立面，对法官说：我们不需要你的法规！对神父说：我们不需要你的教条！我们不要你地上的火刑架，不要你天上的地狱！（十分激动，掌声经久不息）于是，愤怒的哲学家站起来了，他向司法揭露法官，向上帝揭露神父！（掌声如雷）

这就是伏尔泰的伟大之举。

我前面所说的是伏尔泰的为人，接下来，我将说说他所身处的时代。

先生们，大树成林，林中之木看上去显得愈加高大，愈能展现其价值。伟人们也如此，他们并不孤单。在伏尔泰的周围有一片精神的森林。这片森林，就是人才辈出的十八世纪。在这些人才中，有几位是顶尖人物，他们是孟德斯鸠、布封和博马舍。还有两位是伏尔泰之后的高人：卢梭和狄德罗。这些思想家教导人们学会思考。只有好好思考，才能好好行动。正确的思想才能带来心中的正义。他们展开了有益的工作：布封创立博物学；博马舍，在莫里哀喜剧之外，创作出一种前所未有的戏剧①，接近后来的"社会问题剧"。孟德斯鸠深入研究法律，并且成功挖掘出了权利。至于卢梭，至于狄德罗，他们的

---

① 正剧。

名字必须单独列出。狄德罗学识渊博，性情温和，富有正义。他致力于厘清概念为学科奠基，他负责编撰了《百科全书》。卢梭为妇女作出了巨大的贡献，他以乳母的身份来陪同完善母亲的角色，相伴成为婴儿摇篮旁的两位权威；卢梭的作品，雄辩有力，真挚感人；他是位永不疲倦的沉思者，他提出了无数的政治真理；他的理想扎根于现实；他是法国第一位自称公民的人，这点，正是他的荣耀。卢梭身上凝聚着公民的情愫；而伏尔泰身上则凝聚着对天下人的情感。我们可以说在思想如此丰饶的十八世纪，卢梭代表了人民，而伏尔泰，更为博大，他代表了人类。这些充满能量的作家已经远去，但是留给我们一场大革命，这就是他们的精神所在！（掌声）

是的，法国大革命就是他们的灵魂，就是他们思想精髓的绽放！他们酝酿了大革命，人们在这场了不起的受到护佑的运动中，到处可见他们的身影。大革命终结了旧时代，开启了新未来。通过原因，可以预见结果；透过前幕，可以看见后续。大革命是通透的，通过它，我们可以看见狄德罗之后是丹东，卢梭之后是罗伯斯庇尔，伏尔泰之后是米拉波。后者秉承前辈，继往开来。

先生们，以人名归结时代，以人物命名世纪，出现过这种情形的只有三个民族：希腊、意大利和法国。我们有过伯利克里①时代、奥古斯都时代、利奥十世②时代、路易十四时代、伏尔泰时代。这样的称谓具有伟大的意义。在希腊、意大利和法国，人们享有这种以自己名字为某个时代命名的特权，就是文明的最高标志。在伏尔泰之前，只有国家领袖享受过这么高的待遇；伏尔泰胜过国家领袖，他是精神领袖。他开启了一个新纪元。从此以后，人类最高的统治权将属于思想。文明曾臣服于武力，文明必将服从于思想。权杖和刀剑已经折断，光明将取而代之。也就是说，自由将会取代权威。就人民而言，国家法律至上，个人良心为先。对于我们每一个人，都能从以下两个方面明显地体

---

① 伯利克里：古代雅典伟大政治家。
② 利奥十世：罗马教皇，曾让罗马成为西方文化中心。

会到时代的进步：作为人民，行使自己的权利；作为公民，恪守自己的职责。

这就是伏尔泰时代这个词的意义，这就是法国大革命这个重大事件的意义。

十八世纪之前的两个至今难以忘怀的世纪曾经对此作出过预警，拉伯雷在《巨人传》中警示王权，莫里哀在《达尔杜夫》里告诫教会。对武力的憎恶和对权力的尊重，是对这两部伟大而光辉的作品的最好诠释。

今天无论谁还说"武力胜过权力"，这种中世纪的论调，那他真是落后时代三百年啦！（掌声迭起）

各位先生，十九世纪发扬了十八世纪。十八世纪提出建议，十九世纪给出结论。今天在我讲话的末尾，将对这一进步作出平静而坚定的见证。

时代更迭。权力已经找到自己的方式：人类联盟。

如今，武力被视为暴力，开始受到审判。战争被告上法庭。关于人们的控诉，文明对其进行预审，已为征服者和统帅们所犯下的罪行拟出一大批卷宗（骚动）。历史，这位证人，已被传唤出庭。严峻的事实逐渐露出水面，人为造作的光辉假象即将消散开去。很多时候，凶手往往就是事件的主角（掌声）！各国人民终于明白了：美化罪行实在不能够掩盖犯罪的事实；如果说杀人是犯罪，杀很多人不可能会被减刑（笑声和喝彩）；如果说偷盗是可耻的行径，那么侵略岂可能成为光荣之举动（掌声又起）；感恩赞美诗起不了什么作用；杀人就是杀人，流血就是流血，不管他叫恺撒还是拿破仑；在永恒的上帝看来，不会因为他没有戴苦役犯的帽子而是头顶皇冠就改变其杀人凶手的真实面目！（长时间欢呼，掌声连绵不绝）

啊！让我们来宣布一个实实在在的真理，让我们来对战争表示不耻。世界上绝没有血淋淋的光荣！战争造成的伤亡毫无意义。生命不能为死亡而工作。啊，母亲们啊，不能再让战争这个小偷继续窃取你们的孩子。妇女们在痛苦中分娩；人类诞生；各国人们辛勤劳作，农民给田野施肥，工人使城市富饶，思想家冥思苦想，工业创造奇迹，天才造就神奇；人们在灿烂的星空下，群策群力，为世界博览会而奋斗。难道这一切就仅仅是为了上战场！（深深感动。全体起立，向演讲者欢呼。）

真正的战场，就在这儿。在这次聚会①上，巴黎将向全世界展示人类杰出的劳动成果！

真正的胜利，是巴黎的胜利。（掌声）

唉，尽管眼前的一切值得我们赞美和致敬，但是悲哀的一面仍旧存在，我们不能佯装不见。战争的乌云依然漂浮在地平线上，各国人民的悲剧并没有结束。战争，可恶的战争威胁依然存在，它放肆地抬起头颅，透过这个和平庄严的盛会望着我们。两年来，君主王朝依然顽固地坚持着自己愚蠢的行为，丝毫不在意有多少人因此而丧生。他们的纷争打破了和谐的音符，他们竟然还谴责我们的控诉。两者的对立是多么鲜明！

提到这种反差，我们还可以再说说伏尔泰。面对岌岌可危的事态发展，我们比任何时候都需要维护和平。让我们转身面向这位逝者，这个伟大的生命，这颗不朽的灵魂；面向他令人肃然起敬的墓碑深鞠躬；让我们向他请教，他的生命虽然在一百年前已经消逝，但是他为人类作出了不朽的功绩。让我们向其他伟大的思想家请教，向这位伟人的同行者和后继者们请教，向让-雅克·卢梭、狄德罗、孟德斯鸠请教。让这些伟人发言吧！让我们制止流血牺牲。暴君们，够了！够了！啊，野蛮的行径还在继续，那就让哲学来抗争！刀剑无情，文明愤然。就让十八世纪来救助十九世纪吧；我们的先驱哲学家们是真理的使者，让我们来祈求这些英灵，对着寻思战争的君主王朝，公开宣布人的生命权、自由权、理性的权威、劳动的圣洁、和平的仁爱。既然黑夜源自王者的宝座，那么就让光明从圣墓中放射出来！（全唱经久不息的欢呼声。高呼：维克多·雨果万岁！）

---

① 一八七八年五月一日，巴黎世界博览会开幕。

悼念乔治·桑

我为一位逝者哀悼，我向她不朽的灵魂致敬。

我喜欢她，钦佩她，崇敬她。今天，我要好好地瞻仰她，在死亡这一庄严肃穆的时刻。

我向她祝贺，因为她的所作如此伟大；我向她致谢，因为她的所为如此仁爱。我记得我曾给她写过信："我感谢您的心灵是如此的高尚。"

难道我们失去她了吗？没有！

这些高大的身影虽已远逝，但是他们高尚的灵魂不灭！远不止此，我们几乎可以说他们实现了自我。虽然存在于无形，但却是无处不在。

人的躯体只是个外掩，掩藏着人类思想这一神圣的内在。乔治·桑就是摆脱了这副躯壳，以一种思想自由地存活着。虽死犹生，不朽的女神！一位宽厚而仁慈的女神。

在我们这个时代，乔治·桑的地位独一无二。因为她是屈指可数的伟大女性之一。

在本世纪，完成法国大革命，开始人类大革命是我们的任务。男女平等是人类平等的重要内容，我们需要一位伟大的女性来代言。需要这位女性证明她不仅具有女性天使般的性格，还拥有男子所具有的优异才华；具备阳刚之气的同时也不失其温柔可爱的一面。乔治·桑就是这样一个典范。

既然有那么多的人让法国丢脸，就必须要有人为法国增光添彩。乔治·桑将是我国本世纪的骄傲之一。这位光荣的伟大女性近乎完美：她有巴尔贝斯[①]般无私的精神，巴尔扎克般卓越的才智，拉马丁般崇高的心灵。乔治·桑也不乏诗情，在加里波第[②]创造奇迹的时代，她创作出一部部杰作。

我们无需一一列举这些著作，重复大众的记忆有何必要？我们只需要概括她作品中传递的正能量：仁爱。乔治·桑是位善良的女性。因而她也遭人嫉

[①] 巴尔贝斯：法国革命家，反对七月王朝，曾组织一八三九年起义。
[②] 加里波第：意大利爱国志士及军人，杰出建国元勋。

恨。憎恶是钦慕的另类表现，侮辱是热爱的反面表达。憎恶也好，侮辱也罢，在表示反对的同时恰好证明了他人的拥护。反对者的叫骂被后来人看成是一种赞美之辞。谁头顶桂冠谁遭殃，这是一条规律，有多么壮观的喝彩，就有多么卑鄙的污蔑。

像乔治·桑这样的公众善行家，他们一离世，人们就会发现他们的缺席，表面上的空缺实则标志着新成果的诞生。

每当世间有这样的伟人离去，我们都仿佛能听见巨大的羽翅拍打的声音。有东西骤然飞逝，有东西突如其来。

天地自有阴晴圆缺。无论上天还是入地，消散之后还会复现。如果把这些伟人比作火炬的话，那么他们熄灭以后又以思想的形式复燃了。最终人们意识到他们从不曾熄灭过，这把火炬燃烧得比以往任何时候更加耀眼。从此它将归属于人类璀璨的文明，为浩瀚的宇宙文化增光添彩。革命之清风，只会让它呈现星火燎原之势。因为那阵神奇的风吹灭了虚假的光亮，增强了真实的火焰。

斯人已逝，然其思想之光永存。

埃德加·基内[①]逝世了，但是他的坟墓关不住他深刻的哲学，人们依然向他寻求建议；米什莱[②]逝世了，但是他奉献给大家的历史著作却指引人类未来的方向；乔治·桑逝世了，但是她留给我们妇女彰显女性天才的权利。正因为如此，革命日臻完善。让我们哀悼逝者，但是，也请珍视他们遗赠的思想；感谢这些先驱的英灵，是他们带来了人类的进步。我们听到的羽翅拍打的声音，正是一切真理、一切进步朝我们铿锵走来。

让我们接受这些卓越的逝者身后所给予我们的一切！让我们面向未来，让我们在沉思中，默默地向那些伟大的逝者所预言的即将到来的伟大时代致敬！

[①] 埃德加·基内：法国历史学家，是赫德尔《人类历史哲学观念》的译者。反对教权主义，呼吁政教彻底分离。著有《意大利革命》。

[②] 米什莱：法国历史学家，作家。他以文学风格的语言来撰写历史著作，令人读来兴趣盎然；他以历史学家的渊博来写作散文，情理交融，曲尽其妙。著有《法国大革命史》。

巴尔扎克悼词

各位先生：

我们举国哀悼刚刚下葬的这个人。在我们的这个时代，所有发生过的故事都已化为过眼云烟。从今往后，众人仰望的将不是统治者，而是思想家。当其中一位思想家离世时，全国为之震恸。今天，民众悼念一个天才，国家追悼一位栋梁。

先生们，巴尔扎克这个名字将镌刻在我们这个时代的纪念碑并永世长存。

巴尔扎克先生是继拿破仑时代之后，十九世纪最伟大的作家之一；正如十七世纪，在黎世留之后涌现出了七星诗社等一批显赫的作家——如此看来，在文明发展的过程中，似乎形成这样一条规律：武力统治者之后，将会出现精神统治者。

在这些伟大的精神统治者中，巴尔扎克先生名列前茅；在精英界，巴尔扎克也是佼佼者之一。他才华卓越，至高无上，他的成就不是此时此刻能说得清的。他所有的作品汇编成一部书，一部栩栩如生的、给人带来光明的、思想深刻的书。在他的书里，他以某种我们无法言说的，让人触目惊心的现实主义风格，向大众描述了当代文明的过往以及未来的趋势。这是一部包罗万象的书，诗人为它题作《人间喜剧》，其实就是题作《历史》也不为过，这里包含一切的形式和一切的风格，超过塔西陀，上溯到苏埃通，越过博马舍，直达拉伯雷。这是一部既观察人世又充满想象的书，对真实的、内心的、市侩气的、粗鄙的、物质的描写从不吝惜笔墨。但是，有时会突然撕破表面现象，把人间最阴暗、最凄惨的一面赤裸裸地暴露在你面前，对现实进行淋漓尽致的批判。

愿意也罢，不愿意也罢，同意也罢，不同意也罢，这部皇皇巨著的作者，不知不觉地加入到革命作家的伟大队伍中来。巴尔扎克往往直奔主题，抓住现代社会中的种种弊端进行肉搏。他让所有的人都从各自的迷途中清醒过来。他揭去假面具，让心存幻想的人猛然醒悟，他拼命呐喊以唤醒余下的心存侥幸的人。他埋葬恶习，剖析偏激。他挖掘并探索人性、灵魂、良心、肝肺、头脑以及每个人各自内心的深渊。由于他自由的天性和不屈不挠的本性，由于他具有我们这个时代的聪明才智，又近距离接触革命，巴尔扎克对人类的世界末日看得更清，也更懂得什么是天意。洞悉了这可怕的一切，他依然面带微笑，泰然自若，创作中渗透出莫里哀式的忧伤和卢梭式的愤世嫉俗。

　　这就是他为我们作出的贡献。这就是他留给我们的作品，崇高而又厚实的作品，花岗岩堆积起来的英雄纪念碑！从今以后，他的盛名在作品的顶尖熠熠发光。伟人们为自己建造了底座，未来负责为他们塑像。

　　他的去世震惊了巴黎。几个月前他回到法兰西。他感觉自己将不久于人世，希望再看一眼他的祖国，就像一个即将出门远走他乡的人，临行之夜再来拥抱一下自己的母亲一样。

他的一生是短促的，然而也是充实的，著述颇丰，不枉岁月。

唉！这位惊人的、不知疲倦的作家，这位哲学家，这位思想家，这位诗人，这位天才，同我们一起旅居在这世上，期间历经了多少风暴、多少斗争，这是所有伟大人物在每个时代的共同命运。今天，他安息了，他走出了冲突与仇恨。他进入坟墓的这一天同样也是他步入荣誉殿堂的日子。从今以后，他将和祖国的星星一起，熠熠闪耀于我们头顶的星空之中。

在座的诸位先生，你们心里难道不羡慕他吗？

先生们，面对这个巨大的损失，不管我们心情如何悲痛，请节哀顺便吧！打击再沉重、再伤心，也请克制一下吧。在我们这样一个时代里，一位伟人的逝世能让那些犹疑不定、受怀疑论折磨的人不时动摇对宗教的信念，这也许是一桩好事，这也许是必要的。上天让人们面对死亡去思考，就是让他们去解答奥秘，上天知道自己在做什么，死亡是最大的平等、最大的自由。

上天知道自己在做什么，因为这是最高的示训。当一个英灵庄严地走进另一个世界的时候；当一个人张开他天使般的翅膀，在众人的瞩目下，久久飞翔在上空，忽而展开另外一双隐形的翅膀，消失在未知之乡的时候，我们只能心怀仰慕并送上真挚的祝福。

不，那不是未知之乡！我在另一个沉痛的场合已经说过，现在我也不厌其烦地再说一次——这不是黑夜，而是光明！这不是结束，而是开始！这不是虚无，而是永恒！听我说话的诸位先生，我说的难道不是真话吗？这样的坟墓，就是不朽的明证！当鼎鼎大名的人物与世长辞之际，我们更深刻地认识到了他的睿智，更清楚地明白了他所完成的神圣使命。他在人世历经苦难，也得到了净化，是顶天立地的人物。这些天才们死后必将化作天使！

讨论废除死刑问题时的演说

（一八四八年九月）

各位先生：

我要说的这个话题，可能是所有问题之首。我很抱歉在你们商议的中途突然提出，这也许会令某些没有预期的发言者们感到吃惊。

至于我，我打算就此简短说几句，却是源于内心长久以来的信念。

你们刚刚推动了住宅神圣不可侵犯的立法，现在，我们请求你们再为一个更崇高、更神圣、更具有不可侵犯性的事情作出贡献，那就是人的生命！

先生们，一部宪法，尤其是一部由本国人为本国公民制定的宪法，必定要推动国家的文明前进一大步。如若不然，这部法律将毫无意义可言。

那么，敬请各位想一想什么是死刑。死刑是野蛮永恒而特殊的标志。哪里野蛮盛行，哪里死刑泛滥；哪里文明成风，哪里死刑慎行。

各位先生，这是无可争辩的事实。减轻刑罚是重大而严肃的事情。在十八世纪，人们废除了酷刑，这一直是那个世纪值得荣耀的大事。十九世纪，人们要求废除死刑！

也许今天你们不会废除死刑，但是，不必怀疑，明天你们即将把它废除，你们的后代早晚会将死刑废除！

你们在宪法的前言开头写道："面对上帝"，可是你们一开始就想从上帝那儿窃取仅属于他支配的东西：生与死的权利。

先生们，有三样东西只属于上帝，而不属于凡人：不可改变的东西，不可弥补的东西和不可分割的东西。如果人们想借宪法来限制这三样东西，那么人类是何其不幸！这三者的分量早晚会压垮我们的社会；这三者打破了法律和道德之间本该有的平衡；它们以均衡的比例确保司法的公正性。先生们，请大家想想，如果将之写进法律，将会发生什么，法律将会吓怕道德良知。

我来到这个讲台，是为了对大家说一句，一句在我看来具有决定性的话。这句话就是：

二月革命以后，人民已经萌发了一个伟大的想法：在人民焚烧王权宝座的第二天，他们就想焚烧绞刑架！

可是我深表遗憾，那时对人民的思想产生过影响的人却没有如此崇高的理想！他们阻止了人民去实现这一伟大的理想。

好吧，在宪法的第一条里，你们刚刚投票通过的宪法第一条里，你们已经接受了人民的第一个愿望：推翻王权；现在，你们需要努力的就是接受人民的第二个意愿，毁弃绞刑架！

我赞成废除死刑，彻底、干脆、坚决地废除死刑！

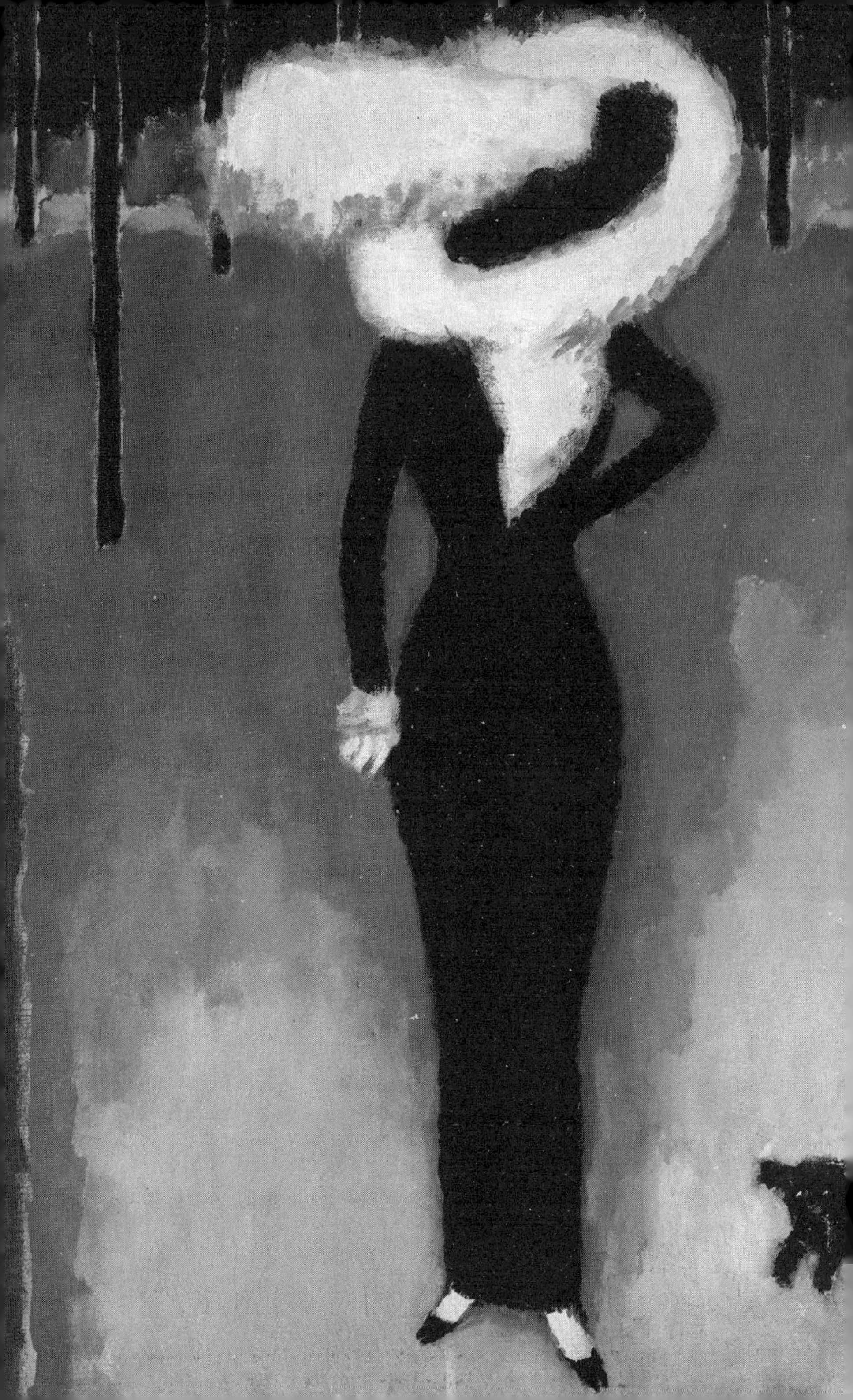

维克多·雨果在制宪议会上关于废除死刑的演讲
（一八四八年九月十五日）

有一个典型的死刑示训刑场,大家都知道。它在不同时期有不同的叫法。每个名字背后都体现出当时的社会制度和思想。这个刑场就是蒙福贡(Montfaucon)刑场,大革命时期曾被叫作沙滩广场(la place de Grève),也就是如今的圣-雅克栅栏(la Barrière Saint-Jacques)刑场。大家可以看一下这三个刑场渐变的过程:蒙福贡,常年存在的令人深感恐怖的刑场;沙滩广场,不再常年存在,但依然恐怖的刑场;圣-雅克栅栏不再常年存在,也没那么恐怖了。刑场日渐不安、羞愧、腼腆和害怕自己,它在不断自我缩小、自我逃避、自我藏匿。现在,死刑刑场已经移到了巴黎的大门口了,请注意,如果不看好它,它就要没了!消失得无影无踪了!

这意味着什么呢？这就有点令人费解了！自我隐匿的死刑刑场，努力使自己不再为死刑服务的死刑刑场。大家不要笑。这里的矛盾看似只是表面的，实质上却有着深层的、刻骨的内涵。神圣的羞耻心已经使得社会无法正视法律让它造下的罪孽。这证明社会对自己的所作所为有了觉醒意识，然而法律却还未自觉。

你们看一看，研究研究，反思一下。你们为什么要坚持死刑呢？因为它能教育人？你们想用死刑教育人什么呢？不要杀人。那么你们怎么能在杀人的同时教育别人不要杀人呢？

在法国，死刑行刑已经半遮半掩。在美国，它已经完全隐蔽。最近几天，我们在美国报纸上看到一个叫霍尔（Hall）的人被执行死刑。那里执行死刑并非像巴黎这样在公共广场上公开执行的，而是在监狱内进行。就是在"监狱"内。有观众吗？有，当然有。死刑行刑怎能没有观众呢？那么观众都有谁呢？首先是家人。谁的家人呢？被处决的犯人的家人吗？不是，是被害者的家人。死刑就是为被害者家人而执行的。死刑执行的场面就是向被害人的父母、丈夫（被杀害的是一名妇女）和兄弟们作出一个宣告和交代！啊！我忘了，还有其他的观众，有二十多位绅士每人花一个几尼[①]英国旧金币。买了一张入场券。死刑行刑就变成这样了，成了一场给一些特定人士看的闭门演出。要看这场表演还要付钱，这就是所谓的死刑行刑！

死刑行刑是道德的还是非道德的，二者必居其一。如果是道德的，为什么还要遮遮掩掩的呢？如果是非道德的，那么，为什么仍要去做呢？

为了让死刑行刑有震慑效果，必然要求场面宏大；如果场面不大，就不足以威慑人，反而令人作呕。产生不了什么效果，或者只能产生很有限的效果，甚至显得悲惨。它像某种可耻的行为。它就是一个可耻的行为。鬼鬼祟祟的隐秘执行的死刑完全变成了社会对个体的谋杀。

[①] 英国旧金币。

所以，请你们保持头脑清醒。死刑行刑要想成为死刑行刑，不仅仅要去行刑，而且行刑一定得要有效果。要追求效果，其场面就一定要恐怖，你们可以回到沙滩广场！死刑行刑场面光恐怖还不够，它还必须长期存在，你们可以回到蒙福贡！可我认为你们做不到。

你们肯定做不到！为什么呢？因为你们自己也害怕，因为你们清楚地认识到在这条道路上每后退一步都是向野蛮靠近了一步；因为，十九世纪伟大的几代人所应该做的绝不是开倒车，而是向前看！因为我们和你们，没有任何人希望回到过去那丑恶的、畸形的废墟上去，我们都想同心同德地建设光明的未来！

你们知道什么叫做悲哀吗？悲哀就是将死刑强加给人民。你们会说实在是情非得已。在天平的一个秤盘上放着无知和贫困，在另一个秤盘里必须要放上与之相平衡的物品，而你们放上去的就是死刑。来吧！把死刑去掉，你们必须拿掉，必须，听见了吗？同时也要拿掉无知和贫困。你们注定要同时完成这两项改善举措。你们经常把必要性挂在嘴边，我把必要性和进步性放在一起，强制要求你们跑过去拿到它们，必要时还会通过一些危险的手段刺激你们。

啊！你们再也不能靠死刑来护佑你们了。啊！你们将直面无知和贫困，无知和贫困为断头台提供着被斩之人，但是你们没有断头台了！你们怎么办呢？没错，起来奋斗！摧毁无知，消灭贫困！这正是我所希望的。

对，我希望你们马上加入到进步的事业中来！我想让你们破釜沉舟，这样你们便无法再懦弱地开倒车了！立法者们，经济学家们，政论家们，犯罪学家们，我希望推着你们的肩膀去打开生机勃勃和充满人性的新篇章，就像对一个想要学游泳的孩子，我们会突然把他推进水里。现在你们是大人了，我为此感到遗憾，你们游吧，自己从水里上来！

国际文学大会开幕致辞

（一九七八年六月七日）

先生们：

今年是值得纪念的一年，它的伟大之处在于敌对分子停止了叫嚣，在喧闹中有了宁静，话语权回归文明。我们可以这么形容这一年：这是听话的一年，是实现了目标的一年。在这一年中，进步代替了战争，新的议事日程刷新了旧的议事日程。在这一年中，人们克服了种种阻力、种种威胁，实现了民族大团结。一八七一年的事业是坚不可摧毁的，即将完成的。此前毫无先兆。所发生的一切，都让人莫名地感到具有某种决定性的意义。在这光荣的一年里，我们通过巴黎博览会宣告了工业的联盟；通过伏尔泰的一百周年纪念宣告了哲学的联盟；通过在此举行的代表大会宣告了文学的联盟（掌声）。这是各种形式的劳动大联合；是人类的博爱精神所构建的庄严建筑，农民和工人构成了它的基础，精英们占据了它的顶层。（喝彩）

工业追求实用，哲学追求真善，文学追求美感。这也是人类为之努力的三大目标。先生们，这种崇高的努力，其胜利的表现，就是民族之间的文明，人与人之间的和平共处。

为了见证这个胜利，你们从文明世界的各地奔赴此地。你们是各国人民喜爱和尊敬的文人政要，你们是才华横溢的知名人士，你们发出高尚的令人敬仰的声音，你们是进步事业的灵魂人物，是安抚人心的战士，是人类精神进驻巴黎的大使。欢迎你们，各位作家、各位演说家、各位诗人、各位哲学家、各位思想家、各位战士，法国向你们致敬！

（经久不息的掌声）

你们和我们同是地球村的村民。我们所有的人，手牵手，见证我们的团结和我们的联盟。让我们携手走进这个伟大和平的时代，走进正义这一信仰，走进真理这一理想。

大家相聚在此，是为了全世界的幸福，而非个人的狭隘的私利。什么是文学？它代表着人类精神的进步。什么是文明？它是人类精神每前进一步所做出的永不停歇的发现,这也是进步之所在。我们可以说,文学与文明是相通的。

一个民族可以用它的文学来衡量。一支两百万人的军队过而不留,但一部《伊利亚特》却传诵至今。薛西斯①拥有大军,却没有留下史诗,它已销声匿迹。希腊虽领土狭小,却因埃斯库罗斯而伟大。(激动)罗马只是一座城市,但因有了塔西佗,有了卢克莱修②,有了维吉尔③,有了贺拉斯④和朱文纳尔⑤,它就能享誉全球。提起西班牙,浮现的便是塞万提斯;说起意大利,但丁就站立出来;谈到英国,莎士比亚迎面而来。法国更是以文学天才来命名历史上的某段时期,巴黎的光彩照人与伏尔泰的灿烂光芒密不可分!(反复喝彩)

先生们,你们肩负着崇高的使命。你们代表着文学界的立宪会议。你们所做的决议,纵然不是宪法,至少也是某种规定。因此,你们要发表正确的言论,表达自己真实的想法。如果你们不这么做,那么,你们就有可能在立法上犯错误啊!

你们将创建出文学产权这一新事物。这是一项权利,你们将把它引入法典。因为,我敢肯定,政府将会重视你们提出的有关解决方案的意见和建议。

那些立法者认为文学只是区域内的事,你们会让他们明白,文学,是全

---

① 薛西斯:波斯帝国的国王。公元前四八〇年,薛西斯一世亲率波斯军数十万人,与希腊联军统帅斯巴达国王列奥尼达展开著名的温泉关战役。

② 卢克莱修:古罗马诗人、唯物主义哲学家。著有哲学长诗《物性论》。

③ 维吉尔:是古罗马最伟大的诗人,其史诗《埃涅阿斯纪》是西方文学史上第一部文人史诗,也是其成就最高的作品。但丁认为维吉尔最有智慧,最了解人类,因而在《神曲》中让他作为地狱和炼狱的向导。斯宾塞的《仙后》和弥尔顿的《失乐园》也有模仿《埃涅阿斯纪》的痕迹。

④ 贺拉斯:古罗马诗人、批评家。在西方古代美学思想史上占重要地位,影响仅次于亚里士多德和柏拉图。其作品《诗艺》,成为欧洲古典文艺理论名篇。

⑤ 朱文纳尔:罗马诗人,以讽刺诗著称。他长于借古喻今,诗风严峻而尖锐,其诗句"即使没有天才,愤怒出诗句"已经成为名言。十九世纪欧洲资产阶级革命高涨的年代,朱文纳尔的作品受到人们极大的重视,席勒、雨果和别林斯基都曾给予他很高的评价。

球范围内的事。文学，通过治理人的精神来治理人类。（喝彩）

设立文学产权是件有益民众的事情。所有古老的专制制度下的立法者都否认，并且依然在否认文学产权。他们的目的何在？在于奴役。有产权的作家，是自由的作家。剥夺了作家的产权，相当于剥夺了作家的独立性、思想的自由性。那些立法者们倒是希望至少能够这样。他们认为，思想是属于每个人的，因此不能成为产权，所以文学产权也是不存在的。由此可见，这些奇异的诡辩，即使称不上卑鄙，至少也够幼稚的。首先，这混淆了思维能力和思想本身，能力是普遍的，而思想是个体的，思想就是自我；其次，也混淆了抽象的思想和物质的书籍。作家的思想，是任何人想抓也抓不住的，它可以从一个灵魂飞入另一个灵魂，思想有这样的天赋和能力，能够"从嘴上飞到嘴上"。但是，书籍有别于思想，完全可以被人抓住，确实有被抓住查禁的时候。（众笑）书籍是印刷厂的产物，属于工业产品，它会借助各种形式进入商业流通领域；书可买可卖；书是产权，它的价值是被创造出来的而非自带的，它是作家向国家贡献的财富。诚然，众所周知，书的产权是最不容置疑的产权。尽管如此不可侵犯的产权，也会受到专制政府的侵犯，他们没收书籍，妄想借此没收作家。由此设立皇家的年金。他们想夺走一切，就出这点年金。他们掠夺作家，束缚作家，之后再收买作家。然而，这一切都是徒劳的。作家逃跑，即使他变成了穷人，也是自由的。（掌声）试问谁能买得起这些高傲的良知？拉伯雷，莫里哀，还是帕斯卡尔？收买的企图固然存在，然而结局是可悲的。专制体制如此凶残地吸吮着一个民族的有生力量，史官给了国王"民族之父"和"文学之父"的头衔，一切都随着专制政体一起被埋葬。所有的这一切，向国王献媚的当若懂得，严厉的沃邦也懂得。倘若说起上述"伟大的世纪"，其国王被称作"民族之父"和"文学之父"的"伟大世纪"所带来的后果，便是产生了下述两个可悲的事实：人民食不果腹，高乃依衣不蔽体。（长时间鼓掌）

太平盛世的一大败笔!

这就是没收作为劳动成果的产权的结果,不管是没收人民的,还是没收作家的。

先生们,让我们回到问题的关键点:尊重产权。重视文学产权并设立公用著作权。我们甚至可以做得更多些,扩大公用著作权。希望法律能够给予所有出版社在著者死后出版其全部书籍的权利,只需向其直接继承人支付十分微薄的费用,即不超过纯收益的百分之五到百分之十。这样就可同时实现作家无可置疑的权利和公用著作权同样无可置疑的权利。具体解决办法和相关的细节资料,本人早在一八三六年的委员会中已经指出,大家可以在当时由内政部长出版的会议纪要里找到。

原则是双重的,这点我们也不能忘记。作为著作,书是属于作者的,但是作为思想,书属于全人类——希望这词并不夸张。任何有智力的人都有这个权利。如果说作者的权利和人类精神的权利之中,必须牺牲一项的话,那么无疑应该是作者的权利。因为,我们唯一关心的是公众的利益。我声明,人人都应优先于我们作者。(很多人表示赞同)

然而,我刚刚也提到了,这种牺牲并不是必须的。

啊!光明!每分每秒都需要光明!随处随地都需要光明!人们最需要的就是光明!光明就在书里,请把书翻开,尽情沐浴书籍的光辉吧。无论您是谁,您都要培育后代,滋养生命,启迪良知,感化人心,抚慰心灵,请处处留下书籍吧;请教导、指点、求实;请增建学校,因为学校是文明的亮点。

大家都关心自己的城市,祈求自己家里的安全,担心街道突然变成漆黑一片。请设想,还存在着更可怕的危险,即人的精神漆黑一片。智者贤人就是一条条大道,大道上人来人往,人们抱着不同的目的观摩学习,这里面可能有想害人的行人。正如夜间窃贼,灵魂也有坏人,也有坏的思想。我们要处处撒播阳光,让人的精神里没有这些黑暗的角落,我们要破除迷信,避免错误,埋葬谎言。无知正如黄昏时刻，罪恶在黄昏下游荡。来吧，我们要想到街道上的照明，但是更要想到如何照亮人的心灵。（经久不息的掌声）

为此，我们必须大力传播光明。三个世纪以来，法国便致力于将光明传播给大家。先生们，请允许我讲一句忠孝爱国的话，我相信你们的心里也是这么想的：在这一方面没有任何国家能够超过法国。法国是公益国家，它从各国人民的地平线上升起。让我们说，啊！天亮了，法国就在那儿！（对！对！反复地喝彩）

不可思议的是，竟然会有人反对法国；反对的声音此起彼伏；法国竟然有敌人。这些人视教条为永恒的主子，视人类为永远长不大的孩子，他们是文明的敌人，是书籍的敌人，是自由思想的敌人，是解放、研究和拯救的敌人。但是，他们白费力气，过去的终归过去，各国人民不会重复以往的过失，盲目是有终点的，无知和错误是有限的。

老顽固们，尽管放马过来吧，我们不怕你们！行啊，你们行动吧，我们站在一旁看笑话！试试你们的力量，够你们羞辱八十九年的了，你们摘掉巴黎的王冠，你们咒骂信仰自由、新闻自由、言论自由，咒骂公民法，咒骂革命，咒骂宽容，咒骂科学，咒骂进步去吧！你们有生之年一刻都不要停歇！这就像是一部宏大的有关法国的《错误学说汇编》，就像给太阳戴上了巨大的熄灯罩！（全体一致欢呼，三阵热烈的掌声）

我不想以伤人的话结束。让我们泰然自若，我们在开始时曾肯定过和谐、和平，现在，我们将继续高傲、镇定地肯定和平。

这已经不是我第一次在一个地方提起，人类的全部智慧在于这四个字：调和、和解。调和思想，和解人类。先生们，让我们利用这次难得的机会，在座的都是哲学家，让我们不要有所顾虑，讲出实话吧。（微笑，表示赞同）我这里有句实话，有句可怕的实话：仇恨是人类特有的一种顽疾。仇恨是战争的母亲。做母亲的可怕，为子女的更可怕。

我们以牙还牙,以仇报仇,以战抗战!(激动)

基督说过"你们要彼此相爱",你们知道这是什么意思吗?这要求全世界裁军,这是医治人类的良药,这是真正的救赎。让我们相爱吧。对敌人挥舞拳头,也许不如向敌人伸出双手,更能行之有效地解除武装。基督的这句话就是上帝的意愿,让我们来执行这个不错的主意。我们将和基督同道,作家和使徒同道,沉思者和仁爱者同道。(喝彩)

来吧!让我们发出文明的呼唤!不!不!不!我们既不要穷兵黩武的野蛮,也不要血染疆场的霸道。我们不要民族和民族之间的战争,我们不要人类彼此厮杀搏斗。一切杀戮都是残忍而荒唐的。刀剑是荒谬的,匕首是愚蠢的。我们要做精神的斗士,我们要阻止物质的战争,我们要永远投身在物质和精神这两支军队的中间。生命的权利是不可侵犯的。纵然对于国王而言,性命也是最重要的。宽恕就有可能和平。当丧钟想起,我们恳求国王们顾及人民的安危,也恳求共和国照顾帝王们的性命。(鼓掌)

今天,我为了一个君王在此恳求人民,希望能对他判处流亡而非死刑。今天,对于一个流亡者来说,是美好的一天。

我们哲人的全部使命就在于调和、和解。各位科学界、诗歌界、艺术界的朋友们啊,思想将促进文明的发展,让我们来见证它的强大威力吧。人类每向和平迈出一步,我们都由衷地感到高兴。我们为自己有益的付出感到光荣和满足。真理是独一无二的,它只有一个同义词,那就是正义。理性也是唯一的。不可能存在两种诚实、明智且正确的方法。《伊利亚特》的辉煌和《哲学词典》的光芒是统一的。这束穿越世纪的永恒光辉,以其飞箭般的正直和曙光般的纯洁,战胜黑暗,打败对抗和仇恨。这是伟大的文学奇迹,没有比它更美的奇迹了。武力在法典面前惊慌失措、呆若木鸡,法制精神制伏战争。伏尔泰啊,这是智慧征服暴力;荷马啊,这是密涅瓦一把揪住阿喀琉斯的头发!(长时间的鼓掌)

我的讲话就要结束了，在此，请允许我立下一个心愿，这心愿不是对某个政党说的，而是对全世界的呼吁。

先生们，有个因其执着而闻名的罗马人，他说：我要消灭迦太基！我，我也有一个魂牵梦萦的愿望，那就是：消灭仇恨。如果说人类的文学只有一个目标，那么，目标就在于此，"更有人性的文学"。先生们，消灭仇恨最有效的方法是宽恕。啊！但愿这伟大的一年能收获最终的安定，能收获明智和真诚，能在熄灭外战之后熄灭内战。这是我们由衷的心愿。此刻，法国向全世界显示了它的友好，愿法国也能向全世界表现出它的宽厚。宽厚！让我们把这顶王冠戴在法西斯的头上！任何节日都是充满友爱的节日，没有宽恕的节日就不能称其为节日！（十分激动，一再喝彩）公众欢欣必然需要大赦。但愿这就是美好而庄严的世界博览会的结果。调和！和解！当然，这是一次人类共同努力的聚会；这是工业和劳动奇迹般的盛会；这是各种杰作之间的相互致敬、相互对照、相互比较；这是隆重的场合。然而，还有更加神圣的时刻，那就是，祖国向站在地平线上的流亡者张开怀抱！（长时间欢呼，整个大厅一再响起鼓掌声。台上环绕在演讲者四周的法国代表和外国代表上前向他祝贺，和他握手）

在立法会议上谈论贫困问题的发言

各位先生：

先生们，我与那些意欲消灭世间痛苦的人不同，痛苦是神的法则；但是我认为，而且我也坚信，我们是可以摧毁贫困的。（抗议——右派席上强烈抗议）

先生们，请注意，我说的不是减少、缩小、限定或是控制，我说的是摧毁。（右派席上窃窃私语）贫困是社会肌体上的疾病，如同麻风病一样；麻风病可以消失，贫困也可以消失。（左派席上发出：对！对！）摧毁贫困！对，这是可以做到的！立法者和掌权者应该就此进行不停地思考；关于这件事情，这件可能被做成的事，却没有去做，就是没有尽到责任！（群情激愤）

贫困，先生们，我先说一下问题真实鲜活的样子。你们想知道贫困的境况吗？你们想知道贫困可以到何种地步？现在已经到了什么地步吗？我不是指爱尔兰，也不是指中世纪，我说的是法国，我是指在巴黎，在我们生活的这个时代！你们想听一听吗？

在巴黎有……（演讲者停了下来）

我的天哪，我不应该犹豫说出这些贫困的事实。他们是那么的凄惨，真的应该让大家知道实情。但是，如果要我说出我全部的想法，我认为应该由大会作出有关贫困事实的调查报告，必要时我将提出书面的建议，希望大会对法国劳动阶级的真实处境进行一次彻底而严肃的摸查！如果我们想要治好病，怎能不先查明病因呢？（说得对！说得好！）

下面就是相关事实。

在巴黎，在巴黎那些风一吹就骚乱不已的市郊，有一条条街道，一座座房子，一堆堆垃圾，这里住着一户户的人家。全家人都杂乱地住着，男人，女人，小孩，婴儿，他们的床，他们的被褥，他们的衣服，都只是一堆堆散发着恶臭的、发酵的臭布片，都是从城边角落里捡来的。一个个人，一个个活人，为了躲避寒冬而藏匿在这些好像是城市垃圾堆的地方。（骚动）

上述是一个事实。下面还有其他的：最近几天，有个人，我的天，是个可怜的文人，他竟然饿死了。贫困并不会因为他是文人而非手工业劳动者，就对他网开一面。以文为生，同样难以果腹，在他死后，人们发现他已经六天没有进食了。（长时间的停顿）你们想不想听更凄惨的事实？就在上个月，在霍乱卷土重来的时候，有人看到一位母亲，带着四个孩子在蒙福贡尸体场里，在那些传染瘟疫的肮脏的破烂堆里找吃的。

好吧，先生们，我想说，这些都是不该发生的事情；我想说我们的社会应该可以发挥其全部力量，全部的关爱，全部的智慧和诚意，让这样的事情不再发生！我要说，在一个文明的国家，这样的事情应该挑动整个社会的良知；我在这里说话，我是帮凶，我难逃其责，出现这样的现状，我是有罪过的。让这样的事情发生，不仅是对人犯下过错，同样也是对上帝犯下罪行！（长时间激动）

这就是为什么我深切感到，也希望我的听众们能深切感到，向你们提出的这个建议的严重性。这只是第一步，但这第一步却有决定性的意义。我希望我们的大会，无论是多数派还是少数派，在这个问题上我不分多数派还是少数派，我希望大家同心同德，朝着这个目标出发，这个壮丽的目标，这个崇高的目标——消灭贫困！（好！鼓掌）

先生们，我不仅仅想要唤起你们的慷慨仁慈，我也在对立法大会呼吁，以我最庄严的政治感情在说话！就这个主题，我想最后再说一句。

先生们，正如我刚才所言，你们在国民自卫军、部队及所有国家现有的军事力量的帮助下，再一次让我们这个摇晃的国家站稳了。你们毫无畏惧，你们毫不犹豫，尽职尽责。你们挽救了社会、合法的政府、机关团体、公众和平，你们甚至拯救了文明。你们做了件非常了不起的事情……可归根结底，你们无所作为！（骚动）

你们真的是无所作为，我坚持这么认为，虽然物质秩序得到了巩固，却缺失了相应的道德秩序作为基础！（说得好！太好了！热烈地鼓掌赞成）只要人民还在受穷受苦，你们就是无所作为！只要在你们统治之下还有人民在伤心绝望，你们就是无所作为！只要年富力强的劳动者得不到面包，你们就是无所作为！只要退休的劳动者得不到居所，你们就是无所作为！只要高利贷还在盘剥我们的农村，只要我们城里有人饿死（长时间人群活跃），只要博爱精神的法律缺失，只要福音式的法律缺失，它们都是用以帮助贫穷、诚恳的家庭，帮助善良的农民，帮助善良的工人，帮助所有的好心人！（欢呼）只要革命精神都要辅以大众的痛苦，你们就是无所作为！只要这种愚昧的活动还在暗地里搞破坏，坏人拉不幸的人当垫背，你们就是无所作为！

你们看，先生们，我在将要结束时，再说一遍，我不仅仅对你们的慷慨仁慈说话，还对你们的智慧说话，我恳请你们三思。先生们，请想一想，是无政府主义打开了一个深渊，但却是贫困在挖掘这个深渊。（是这样！是这样！）你们已经立法反对无政府主义，那么，现在请立法消灭贫困吧！（全体席位上长时间活跃。演讲者走下讲台，受到同事祝贺）

和平大会开幕词

（一八四九年八月二十一日）

雨果先生起立发言如下：

各位先生，你们中的很多人心怀崇高而圣洁的思想，远道而来；你们中有记者、哲学家、宗教人士，还有杰出的作家。你们中有很多了不起的人物，很多受欢迎的公众人物，在本国就像太阳一样带给人民以光明和启迪。你们来到巴黎，就是希望本次大会，一次庄严的、有信念的和平代表大会具有划时代的意义，因为大会上的宣言不仅仅是为了某一个国家的幸福，更是为了全球所有国家的幸福。（掌声）

你们来到本次大会，为现任的当权者、政府首脑和立法者们的治国方针添加了一个至高法则。你们来到本次大会，相当于翻开了福音书最后也是最圣神的一页，即福泽上帝的所有子民共享和平；在这座弘扬着公民博爱精神的城市里，你们即将颁布人类博爱之最高精神法则。

欢迎你们！（长时间欢呼）

基于上述的考虑和言辞，就无需我赘述个人的谢意了。那么，请允许我跳出我个人的感情，同时也请大家忽略刚刚委任我为大会主席这一让我倍感荣幸之事，而只关注于你们企盼的伟大事业吧。

先生们，追求全天下的和平，这一充满宗教气息的思想，所有以之为共同目标而紧密团结的国家，以福音书为最高法则，通过调解来取代战争。这个思想是一种可行的思想吗？这样一个神圣的思想能够实现吗？很多讲求实际的人，很多老政治家，他们都回答说不行。而我呢，让我和你们一起毫不犹豫地回答："行！"（掌声）我马上来加以证明。

甚至我想说，我认为这不仅仅是一个可以实现的目标，更是一个无法回避的目标；人们能做的，只是延缓或者加速它的到来。

世间的法则不会也不可能有别于上帝的法则。那么，战争不是上帝的法则，上帝的法则是和平！（掌声）人类始于搏斗，正如万物始于混沌。（叫好声）人从哪里而来？从战争中来，这无需置疑。但是人类将前往何方？走向和平——这同样无需置疑。

你们同意这个至高的法则,然而你们的这种肯定很容易遭到反对;你们的信念也很容易遭到质疑;我们身处一个四分五裂的混乱时代,心怀全球之和平思想,无异于痴人说梦,异想天开,很容易使人感到惊讶,让人反感,有人惊呼这是乌托邦;而我,这个十九世纪伟大事业中的一个平凡劳动者,我意识到了这种阻力,但我对此并不惊讶,也不气馁。当我们头上笼罩着的那片黑暗,猛然间开启了一扇未来之门时,瞬间光芒四射,叫人头晕目眩,你们能忍住不眯起眼睛转头直视它吗?(掌声)

各位先生,如果在四个世纪之前,在村落之间、城镇之间、省份之间战争四起的时代,有个人竟然对洛林、对皮卡尔迪、对诺曼底、对布列塔尼、对奥弗涅、对普罗旺斯、对多菲内、对勃艮第说:"将会有一天,你们之间相互不再争战,将会有一天,你们不再征召士兵互相讨伐,将会有一天,大家不再说诺曼底人攻打了皮尔卡迪,洛林人击退了勃艮第人的攻击,那该有多好!"你们还要解决纷争,商讨利害,处理争执吗?你们知道你们要以什么来代替士兵吗?你们以什么来代替步兵、骑兵、大炮、小炮、长枪、利矛,还有刀剑吗?你们会放上一个小小的杉木盒子,你们称它为投票箱,而从这只木箱出来的是什么?一次大会!一次让你们每个人都体悟生活的大会,一次仿佛是对话灵魂的大会,一次至高无上的人民的主教大会。一切都由大会决定和评判,用法律解决所有的问题,大会打落每个人手中的刀剑,大会在每个人心中树立正义,对每个人说,你的权利到此为止,你的责任由此开始。打倒武器!和平地生活吧!(掌声)到了那一天,你们会感到大家有共同的思想,共同的利益,共同的命运;你们会相互拥抱,相互承认血脉相连;到了那一天,你们不再敌对,你们将是同一个民族;你们不再是勃艮第、诺曼底、布列塔尼、普罗旺斯,你们将是法兰西。你们将不再叫做战争,你们的名字叫做文明!

先生们,如果有人在那个时代这样说,当时所有讲求实效的人,所有严肃的人，所有的政治家，可能都会大叫："哦，梦想家！哦，空想的大脑！这人太不了解人类了！简直是作梦，荒唐透顶！"——先生们，时代进步了，这荒唐透顶的梦要实现了！（欢呼）

好吧，我得强调一下，提出这个崇高预言的人被聪明人当成了疯子，因为他说出了上帝的意图！（又一次欢呼）

好吧！今天，你们说，我也和你们一起说，所有的人，所有在场的每个人，我们对法国、英国、普鲁士、奥地利、西班牙、意大利、俄国，我们对每个国家说：

总有一天，你们会放下武器！总有一天，巴黎与伦敦之间，彼得堡与柏林之间，维也纳和都灵之间，城市之间将不再有战争，正如说今天在鲁昂和亚眠之间，费城和波士顿之间会爆发战争那样显得无比荒唐。总有一天，法国、俄国、意大利、英国、德国，大陆上每一个你们自己的国家，你们并不会失去各自的魅力、各自的荣耀，你们将成为欧洲的兄弟姐妹，正如诺曼底、布列塔尼、勃艮第、洛林和阿尔萨斯，即像我们所有的省会组成法兰西民族那样，紧密地组成一个更高一级的大家庭统一体。总有一天，将不会存在用来打仗的战场，只有贸易上的市场，只有思想上的人才。

——总有一天，大小炮弹将被选票、被各国间的普选、被一位至高无上的大元老院的可敬仲裁取代，对于欧洲来说，就如同是英国的、德国的议会，如同是法国的立法会议！（鼓掌）总有一天，我们在博物馆里指着一门大炮，如同我们今天在博物馆里指着一种酷刑的刑具，讶异于它的曾经存在！（笑声，喝彩声）总有一天，我们会看到两大群体联盟——美利坚合众国，欧罗巴合众国，（掌声）面对着面，隔海相望，彼此伸出手来，交换各自的产品、贸易、工业、艺术和天才，共同开垦地球，殖民沙漠，在造物主的指引下改造万物，为谋取众人的幸福，共同把这两股力量结合起来，即人类的兄弟情谊和上帝的威力！（长时间的掌声）

这一天的到来，无需再等四百年，因为我们生活在一个飞速发展的时代，我们生活在推动各国人民前进的最为迅猛的激流之中。我们的时代，一年经常可以完成一个世纪的工作。法国人、英国人、比利时人，还有德国人、俄国人、斯拉夫人、欧洲人、美洲人，我们凭借什么来尽快实现这伟大的一天的到来？我们要彼此相亲相爱！（雷鸣般的掌声）

在缔造和平大业的进程中，我们相亲相爱是帮助上帝最好的办法！

因为上帝愿意实现这个崇高的目标！为了使之实现，上帝竭尽全力！上帝造就了多少天才，为的就是让人类有所发觉，这些发现都是为了尽早实现和平这个共同的目标！多么大的进步，多么明了的事情！大自然愈来愈被人类所了解，物质愈来愈成为智慧的奴隶、文明的侍者！而战争、痛苦的缘由，全部烟消云散。相隔千里的民族心手相连！拉近了彼此的距离！亲近，就是兄弟般情谊的开始！

幸运的是欧洲有了火车，很快就不见得比中世纪的法国大多少！今天，因为有了汽船，穿越大洋比从前穿越地中海更加方便！用不了多久，人类跨越地球，就如同荷马的众神三步便跨越天空。再过几年，促进融洽的电话将会覆盖全球，拥抱世界！（掌声）

说到这里，先生们，当我深入思量这个大格局的时候，发现人和事的努力结果，无一不留有上帝的痕迹；当我想起人类的福祉、和平的美好目标时；当我审视这天意所赞成而政治所反对的结果时，一种痛苦之情便涌上我的心头。

从统计数字和预算的对比可以得知，欧洲各国为了维持军队，每年支出的总数不少于二十个亿，如果再加上对战争物资器材的保养，支出要达到三十个亿。这还要赔上两百多万男子劳动力，这是最健康、最强壮、最年轻的男子，是人群中的精壮分子，你们不将他们的劳动成果估价至少十个亿？由此你们将会算出欧洲每年为常规的军费花出了四十个亿。先生们，和平才维持

了三十二年，这期间为战争却花费了一千二百八十个亿，多么惊人的数字！（激动）

请假设一下，如果欧洲各国人民不相互嫉妒，不相互仇恨，而是相互信任，相亲相爱；再假设一下，如果他们在想着自己是法国人、英国人或者德国人之前，想到大家首先都是人类，把各国都当作祖国，那么人类就是一家人；而现在，这笔巨款被彼此之间的不信任疯狂地销蚀掉，多冤啊！为彼此之间的信任谋福利该多好啊！这给予仇恨的一千二百八十个亿，请给予融洽和谐！这给予战争的一千二百八十个亿，请给予和平！（掌声）

这笔钱，请给予就业，给予教育，给予工业，给予贸易，给予航运，给予农业，给予科学，给予艺术。请你们设想一下如此而来的结果。如果说，这三十二年间，有这样一笔巨款，同时又有美国帮助欧洲，你们可知道结果会是怎样？世界的面貌原本可以被改变，地峡早被打通，大河早被挖好，大山早被凿通，铁路早就贯通了欧美两个大陆，全球的商船队也已成百倍增加；荒原不再，闲地不再，沼泽不再；僻远的地方早已建起城市，暗礁成为港口，还亚洲以文明，还人类以非洲；劳动创造出无数的财富，地球的每个角落都涌现出无尽的财富，而贫穷已被消灭！你知道随着贫穷的消失而消失的是什么吗？是革命！（长时间的喝彩）对，世界的面貌本来可以被改变！我们原本不应该自相残杀，而是在普天之下和平地繁衍！我们原本不该发动革命，而应开拓移民！我们原本不该给文明带来野蛮，而是给野蛮带去文明！（再次鼓掌）

先生们，请你们看看，热心于战争，完全不顾民族和国家沦为何种地步：在这三十二年间，欧洲为了并不存在的战争支出了一千二百八十亿，如果把它给了现实中的和平，我们说，我们必须大声说，我们看到的欧洲将不是现在所目睹的一番景象，欧洲大陆本来不会是一个战场，而是一座工厂，本来不会出现如此悲惨的景象，皮埃蒙特被践踏，永恒之城罗马因政治原因而动荡不宁，匈牙利和威尼斯惨烈地互斗，而法国则是一派不安、穷困和凄凉的气息；贫困、哀伤与内战，前途黯淡；我们本不该是这样悲惨的景象，我们的眼前本会是希望、欢乐和善意，人们为了大家的共同幸福而努力，我们看到文明在辛勤劳动，从中发出天下大同的万丈光芒。（叫好声，鼓掌声）

这件事情值得我们深思！正是由于我们对战争的预备导致了革命！我们所做的一切，代价不菲，然而仅仅是为了对付假想的危害！我们武装起自己，对付假设的危险；我们将视线转向并不存在的乌云；我们在预警战争，战争没有来，而我们没有预见革命，革命却来了。（长时间的鼓掌）

然而，先生们，我们也无需绝望。相反，我们应当前所未有地充满希望！请不要被暂时的震荡吓坏了，也许，这正是巨人诞生之前必然的震动。请不要对我们所处的时代抱有偏见，不要错看了它。总而言之，这是一个神奇而美好的时代，让我们大声喊：十九世纪，将成为世界历史上最伟大的一页！正如我刚才对你们提到的那样，所有的进步都昭示和证实着这一点：世界是相互促进的。国际上的敌意失利了，版图上的国界同人们内心的偏见一并消失了；联合的倾向出现了，民风变得温和了，教育水平得到提高了，而刑罚标准降低了；最富有文学气息的语言，即最人性的语言占据主导地位了。一切都在同时运转，政治经济学、科学、工业、哲学和立法都为了同一个目标，创造福利，创造慈善，也就是说，对我而言，这是我永远为之奋斗的目标，对内消除贫困，对外消除战争。（掌声）

是的，最后我想以这样的话作为结尾：革命时代已经终结，我们开启了日臻完美的时代。各国人民将以和平的方式来取代暴力的方式，进行自我完善；这个时代来临了，身为和平者的上帝会用平静压制煽动者的搅乱。（叫好声）

从今往后，伟大的政治目标，真正的政治目标就是：承认所有民族的独立性，复兴各民族的历史，通过和平的方式把这些民族的历史与文明统一起来，不断繁荣文明民族的文化，给尚未开化的民族作出榜样，以仲裁代替征战。最后，总结如下，让正义拥有最后的话语权，取代上个世纪的暴力话语权。（激动万分）

先生们，我的演讲就要结束了，我想说，这个思想鼓励着我们，人类并不是从今天才开始走上这条天意的道路。在我们古老的欧洲，英国迈出了第一步，英国以百年的榜样对各国人民说，你们是自由的。而法国迈出了第二步，法国对各国人民说，你们是自主的。现在，让我们一起来迈出这第三步，法国、英国、比利时、德国、意大利，欧洲和美洲，让我们一起对各国人民说：我们是兄弟！（巨大的欢呼声，演讲者在掌声中坐下）

写给未婚妻的信

一八二〇年一月

　　我亲爱的阿黛尔，你寥寥数语，却让我如获新生。千真万确，你就是我的全部。如果我明天即将死去，你温暖的言语、迷人的双唇、轻柔的一吻就能唤我起死回生呢。今晚我能安然入眠了，与昨夜就寝的情形迥然不同啊！阿黛尔，昨夜，我真是万念俱灰，因为我以为你的爱已不在，我期盼死神的降临。

　　然而，我仍旧追问自己：她真的不爱我了吗？我的灵魂就没有什么值得她爱的地方了吗？而失去了这份爱，生活将会索然无味，这还不足以成为我去死的理由吗？然而我活着就只是为了追求自身的幸福吗？不，绝对不是。我的生命是为她而存在的，无论她爱我与否。我有什么权利去索取她的爱？难道我能胜过天使或是神灵？毋庸置疑，我爱她，我乐意为她奉献我的一切，甚至再也没有希望得到她的青睐。为了她笑靥如花，为了她投过来的惊鸿一瞥，我献于她的唯有忠诚。不这样，我又能如何呢？难道她不正是我生命的唯一目标吗？假如她对我冷若冰霜，甚至怨恨厌烦，这只能是我的悲哀，仅此而已。如此又何妨呢，只要这样不妨碍她的幸福；就是啊，如果她不爱我，我只能怪罪自己。我的职责就是追随她的步伐，用我的生命去捍卫她的生命，充当她抵御外界危险的壁垒，把我的头颅献给她作垫脚石，让她与世间的疾苦永远绝缘。不求酬劳，不图褒奖。倘若她偶尔屈尊向她的奴仆投来怜悯的一瞥，在危机关头能想到他，他该有多开心啊！只要她同意我为了她的全部愿望与任性而付出生命，只要她同意我心怀崇敬之情亲吻她可爱的足迹，只要她愿意在她身处困境时依靠于我，那我真算是得到了期待中的唯一幸福了。难道因为我预备为她祭献自己，她就要因此感谢我？我爱她，怎么能是她的错？她就为此不得不爱我了吗？不，她尽可以玩弄我的衷情，以怨报德，不屑地拒绝我的狂热崇拜。而我无论何时都没有权利抱怨我的天使，无论何时都不能停止向她竭力奉献她所不屑的一切。当我生命的每一天都烙印上为她献身的痕迹，临终前仍不能偿清我欠她的无尽债务呢。

我的爱人阿黛尔，上述就是昨天此刻我灵魂的抉择和思考。今日思绪依然如旧，只是掺入了对幸福的笃定，掺入了我不曾也不敢奢望的幸福感，以致我一想到这令人难以置信的幸福就战栗不止。

阿黛尔啊，看来你是爱我的！这太让人心醉啦，快让我确信它是真的！假如我能在你脚边度过我的一生，确保你会同我一般幸福，并确信我们将会相亲相爱到永远，你知不知到我会快乐到疯掉？啊，你的来信抚慰了我的心，你信中的言语让我幸福满盈。阿黛尔啊，我心中至爱的天使，千恩万谢，我愿意像膜拜神灵一样匍匐在你的面前。你让我无比幸福！再见啊，再见，我将度过一个拥你入梦的甜蜜之夜。

好好睡吧，让你的丈夫得到你曾允诺于他的十二个吻，以及你还来不及许诺的所有亲吻吧！

一八二〇年二月十九日

这两天以来，我的阿黛尔，自从读了你的来信，这封赋予你对我行使更多的权利却没有赋予我同等权利的信，我在这两天一直斟酌着我该如何回复，可是仍然毫无思绪。你的抱怨、你的苦恼、你的宽容都让我为之深深动容。是我自己，我亲爱的朋友，正是我自己让你遭受这一切，我是你不幸的缘由。这啃噬着我的唯一念想足以令我自责多过你对我的抱怨。不，你不会，你也从来没有受到过责备，你因我的过错而不幸。如果上苍是公正的，我希望他只惩罚我。我尝试匆匆写下数语，可能要比你刚才读的那几行连贯一点，希望你能读懂，而我自己已经不知所云。接着读吧，我的阿黛尔，我是那么的不幸。在我纷繁杂乱的思绪中，我只能分清一件事情，那就是我难以扼制的激情。我很遗憾做了……然而我有更严重的错误要去追悔。亲爱的朋友，留意啊，这些错误，其后果就是让我如今遭受责难，这些错误，都将可能铸就我们未来的幸福，到时它应该得到正名。我不得不承认自己缺乏远见卓识，可我的出发点是好的。至于你，我丝毫没有想过你有什么需要自责的。平静下来吧，不要再哭了,睡个比我好的安稳觉。

我有千般事情想与你诉说,但又不知从何说起。你有权向我索取意见,这一点也不……你有权要求你丈夫作出牺牲,而我也本该尽义务。……然而,你却与我感同身受。现在对我而言,没有你的爱生活将难以为继,再也见不到你,无异于判我死缓。你的眼神、你的柔情于我生命必不可缺,我意识到这一点太晚了。我们不应该对幸福如此绝望,除非我死。死亡的日期可能并不遥远,我的阿黛尔,这是你要习惯的事情。同时,我答应你尽量推迟它的到来,尽管它只可能来得太早。我认为今后在公开场合我俩尽可能彼此保持最大的距离,下决心让你对我表现出冷淡,对你的丈夫、你的维克多、一个愿意付出一切只为减少你痛苦的人来讲,是需要经过多么漫长的思想斗争啊!我还应该克制自己不再坐到你的身旁,我亲爱的阿黛尔,在此,我恳求你,可怜我那不幸的嫉妒之心吧,你要像远离我一样,也和其他男人都保持距离。在我无法再亲近你的时候,我希望也没有其他人分享到与你在一起的幸福,这就算是我应该得到的抚慰吧。因为这种幸福我只有在考虑到你的利益时才肯舍弃的呀。待在你母亲身边吧,跟其他的女伴在一起吧。我的阿黛尔,你不知道,我爱你到何种程度!但凡我见到其他人哪怕仅仅是靠近你,就不无嫉妒,急躁得战栗。我的肌肉紧绷,我的胸膛气鼓鼓,我需要用尽全力,很谨慎地去克制自己。设想一下当你跳华尔兹,当你与别人相拥而对方不是我的时候,又会是何等的情形!我的爱人阿黛尔,我求你,不要嘲笑我的嫉妒之心;请多想着你是属于我的,请把你完完整整地保留给我一个人吧!我还恳求你不要容许阿瑟里那先生亲近你,关于这一点,你的丈夫自有道理。

所以,我的朋友,从今往后只要不是你我两人绝对独处,你就得表现出对我完全的漠视。还得抚平你双亲的忧虑,通过你对我的言行举止让他们深信你已经不再爱我了,甚至于你从未爱过我。然而我能预见自己不久便会胡思乱想,受尽折磨;我还心惊胆战唯恐我让你伪装冷漠一事会弄假成真。因而,我的阿黛尔，请千万不要吝惜传递任何可以让我感到心安的信息，你的一个微笑、一个眼神、一个手势足矣。是的，写信给我吧，在你确保安全并有时间的前提下，尽可能常给我写信啊！告诉我一切你将要去做、将会遇到的事情，让我来帮你分担一半的痛苦吧。告诉我老夫人参加某党派后的所见所闻，你来信中所描述的事儿让我浑身发颤啊；她希望你离开我吧？她是擅长教唆这种事的。可是，我迷人的阿黛尔啊，我十分担心我俩分别的日子会在那次长久别离之前早早到来。

你母亲会把这些告知我母亲吗？我不能对你形容这样的举动将会把我拖入一场怎样毁灭性的灾难之中！你不想对我解释一下你母亲在某党派的听闻一事？……听着，时间会证明一切，我的朋友，不要绝望，我想我们将会拥有幸福美满的结局，倘若没有这个甜蜜念想的支撑，你以为我能承受这般的烦恼和忧愁吗？我忍受我的痛苦，勇敢地致力于这项让我更独立的事业；倘若不是想到你，想着两人的结合，你以为我能如此欢欣而又痛苦地忍受精神上连绵不绝的煎熬吗？不，绝不是自命不凡的傲气促使我追求名誉，只有为了你的福泽，我才愿意这么做；因为我相信有朝一日终能抚平你的痛苦和烦忧，虽然令你痛苦的缘由全在我，但是绝非我的本意。无论你仍是我的妻，抑或嫁作他人妇，我的生命都属于你；倘若是后一种情形……我将万分内疚、万分不安地带着我们的秘密远去。

再见啦，虽然我仍有万般事由欲说与你听，但得就此搁笔了，请原谅我的语无伦次。入夜天冷，你很难想象我给你去信的时间和地点。保重贵体，关于我的耻辱，请勿争论，但请告知我有关我的谣传。我的自尊心尚不至于如你想象中的那般脆弱易碎。你确信藏匿我信件的地方安全吗？考虑到它们有可能会给你带来麻烦，我劝你将它们焚烧为好。你的来信肯定安全。倘有一日不再安全，我将万分不舍地毁弃它们。我不怨你在来信中不称谓我，这是你所采取的预防措施吗？戒备之心也许出于本能，但是，这一点也说明你还不够了解

233

我。来吧,我的阿黛尔,虽然我有时候显得冒失,可我绝对不是一个懦夫,也绝不是一个无赖。亲吻你。

你的丈夫,维克多

一旦你方便,记得给我写信啊。我想知道发生在你身边的一切。再会啦。

一九二〇年二月二十八日,周一

我的阿黛尔啊,倘若昨晚依了你将这封信件归还于你,我将会很郁闷。尽管它让我思绪万千,但是对我而言它是弥足珍贵的,因为它证明你还爱着我。

我心甘情愿地承认错全在我。我祈求你的原谅,以我最真诚的悔意。不,我的阿黛尔啊,我无权责罚你。让你受惩罚?凭什么啊?我只有保护你、守卫你的义!

时常让我知晓你身边所发生的一切,你的所思所为。在此我要稍稍指责你一下:我知道你喜欢参加舞会,是你自己告诉我的,最近你迷上了华尔兹,那你为什么要拒绝最近的邀请?不要混淆:我为你放弃舞会和晚会,仅是为自己省去了一些烦扰,而不是为你作出牺牲。牺牲,只有在人们放弃快乐的享受时才称得上牺牲。于我,只有在看见你或待在你身旁时才觉得快乐。于你,是在舞池中翩翩起舞的时刻,所以你舍弃参加舞会才是一种真正的牺牲。我很感激你的用心,但是我不能欣然接受。实言相告,我是非常嫉妒,但是如果纯粹为了一己私欲,就剥夺你快乐的权利,那也实在太不厚道了,况且这也是你这个年龄本该拥有的快乐。倘若你还有什么我不满意的地方,那就是让你拥有跳舞的快乐,这毫无疑问也将会成为我的快乐。去吧,去跳舞吧,只是在那时别忘了我。在舞会上你将不难邂逅比我更可爱、更殷勤,尤其是更优秀的男子,但我敢打包票,你找不出一个像我这样纯洁无私并深深爱着你的年轻人。

我不想拿我自己的困苦去烦扰你。我也不是无可救药,每当我见到你幸福快乐、平安无事,我的烦恼就会烟消云散。

再见啦，常告知我你的近况啊！或见面，或写信。愿上帝赐予我这三样美德：勇气、谨慎、耐心，或仅是后两种吧，因为，只要你爱我，我就不会缺乏勇气。我不愿你读到这封信时流泪。至于我，当想到你是属于我的，我就总是满心欢喜。你就是我的，我的阿黛尔，不是吗？

即使未来的道路不乏重重困难险阻，我早就准备像查理十二那样呐喊："上帝把她给了我，魔鬼就休想夺走她！"

再见啦，饶恕你丈夫并允许他假想得到你的一个吻吧，你曾允诺过他十个吻。

你忠实的维克多

一八二〇年三月二十八日

阿黛尔，你让我给你写几句，你想让我重复那些已经讲过千万遍的话吗？你想让我说我爱你吗？除此我实在想不出其它表达了……跟你说，我爱你胜过爱生命？可这不算什么，你知道的，我并不是那么迷恋生命，远不及我对你的爱！有件事要提醒你一下，我不许你，听见了吗，我不许你再说我轻视你啦、忽视你啦这样的话。如果你再强迫我对你说我不爱你啦，我不重视你啦，你会激怒我的。"不够重视你"，从何说起？如果错在我俩中的一方，那肯定不是我的宝贝阿黛尔。可我并不担心你轻视我，因为我希望你认识到我的见解是正确的。我是你的丈夫，至少我自认为是啊，只有你能将我这个身份抹去。

我的朋友，你身边发生了什么事啊？有苦恼吗？全告诉我吧！乐意为你效劳。

你知道吗，有个念头，它支撑我人生四分之三的幸福：我想纵然千般阻挠，我还是能成为你的丈夫，即便只有一天半日。假如我们明日成婚，后天让我死去，我都会心甘情愿，而且也不会有人指责于你。我的阿黛尔，你会为我守寡——不是吗？无论如何，我都情愿上苍如此安排。痛苦的一生不如幸福的一天。

听着,我的朋友,多想想我吧,我思念的只有你!是你欠我的!我努力让自己变得更优秀以期能配得上你。但愿你知道我是多么爱你啊……任何有违你意愿的事,我都不会去做。我只为我的妻子、我亲爱的阿黛尔效劳。请再爱我多一点以示回馈吧!

再说一句,现在你是雨果大将军的儿媳妇啦,所作所为要得体,不要因他人不够重视你而苦恼;妈妈很看重这些。我认为她很明智。你有可能认为我很自负,如同认为我会因人们对我的成就之谈而沾沾自喜。其实,我的阿黛尔,上帝可以作证:我只为一件事情而自豪,那就是赢得了你的爱。

再见啊,你还欠我八个吻,你有可能会永远拒绝给我的八个吻。再见啦,一切属于你,只属于你。

一八二〇年四月十八日

我亲爱的阿黛尔,看到你生病我很难过。如果是你对我的成见造成你如今的身体状况,说实话,我真不知道该如何澄清自己,让你释然。我曾问你是哪些长舌妇在你面前搬弄是非,你不愿告诉我,因为更糟糕的是你极有可能已经信以为真……我也曾问你她们指责我什么,有则改之,无则加勉,可是你仍然不和我说。她们究竟跟你说了些什么?谣言中的我大概品行不端吧。然而上苍可以作证:我想让你知道我的一切,事无巨细,如此我将不用那么担心你朋友们的闲言碎语了。我想你臆造了很多我的故事吧,因为她们很可能把我描述为一个自大狂,请你相信我没有如此自大地说过话啊!

你隐约指责过我,说我在你身边时显得局促不安,对啊,我是感到不舒服,因为我总是希望与你独处,可是却备受他人探究目光上下打量的折磨;你还说我提过"我感到厌烦",如若你已认定我是一个谎言家,那么即便我说我仅有的幸福时光即是有你在我身旁,好像也于事无补了。

我的阿黛尔啊,既然残酷的思绪至此,我得对你说,不久我将放弃这最后的唯一幸福啦。我不受你父母待见,显然,他们在你面前抱怨过我吧。我承认我的那些过错，更确切地说是一个错误，那是我唯一犯的错，就是爱上了你。你知道吗，我无法再登门拜访你了，一个不欢迎我的地方啊。写下这些时我满眼含泪，脸庞焦灼难忍，就好似一个小丑、一个骄傲的人。

无论如何，请在此接受我神圣的誓言：除你之外，别无她人；时机成熟，择日完婚。烧毁我所有的信件但请保留这一封吧。人们可以分离我们，但是我属于你，永远属于你；我是你的福利，我是你的私产，我是你的奴仆……永远记得，你可以像使用一件物品一样使用我，无论我在哪里，或近或远，写信告诉我你的意愿，我就去做，除非我死。

上述即是我在停止造访你家之前想要对你讲的话。如果你愿意与我保持联系，那么请你自己向我明示你希望我采用何种方法。是的，我的阿黛尔，可能不久便无法见到你啦，给我点勇气吧……

我时常痛苦地自我剖析。你说自从与我恋爱，你就觉得不如之前那么受人尊重了（你自己的表达）；而在我一方，自从与你恋爱，我意欲配得起你这一念想让我审视自身的缺点，让我日臻完美。因此，我的阿黛尔啊，我应该补偿你的一切损失，是我亏欠了你，我乐意重申这一点。如若我时时摒弃年轻人常有的放纵不羁的通病，不是因为我没有机会去这么做，而是因为思念之情一直在勉励着我。也是幸亏有了你，我还保留着完整的自己和纯洁的心灵，这也是我能献给你的、未经他人触碰过的唯一礼物啦。也许我应该克制自己不说这么多细节，但是你是我的妻子，我想以此说明我对你已无所隐瞒，用来证明你的影响力在你忠诚的丈夫身上发挥到了何种程度。

你的丈夫，雨果

一八二一年三月至四月

一八二一年三月初期

阿黛尔，你上封来信太短，只写了寥寥数语，答应会面的时间也前所未有的短促。看来，你不是腻烦我了就是厌倦给我写信了吧？阿黛尔，我愿意用这种令人痛苦的想法折磨自己；我愿意相信如果你竭力压缩我俩在一起的时间，是因为害怕被人看见你和你丈夫在一起；如果你的来信总是如此简短，是你另有隐情，可我猜不到。赤诚相见，我还是那么尊重你，我相信一切，不然我又该如何呢？

当你对我表现出冷淡或是不满时，我就会花很长的时间在脑海里为你找寻理由、为你开脱；而那些有可能的真正原因，一旦被我知道真相，将会把我推入绝望谷底。哦，不，我的阿黛尔，有时当你带着厌烦之情靠近我，或是急不可耐地从我身边离去，尽管我内心痛苦万分，但是我依然盲目地信任你；到达我忍耐的极限，也只不过是你不再爱我了。鉴于我人生的所有计划都建立在你的坚守之上，假如你这个基础不存在了，我又会如何呢？

你一再追问我一个情理之中的问题，每次当你提出的时候又让我痛苦万分，因为这个问题表明你极其不信任我。你说是我一年前拒绝去你家的。阿黛尔啊，我一直深深地遗憾没让你实际体会遭受拒绝的滋味，不然现在你可能会更好地理解我。你可以自己衡量一下，对于一个男人而言，还能有其他别的做法吗？事实是你并没有亲身经历受到拒绝一事，我也毫无责备之意。然而信任我的人，不用亲眼见证，他也会相信我之所以接受如此不幸，实在是因为别无选择。我不能苛求于你，我只想见你一面，消除人们在你面前对你丈夫的所有偏见。写信无济于事，因为即便你看着信，你自己就在一边自以为是地反驳，而我却无从辩解。

阿黛尔，你向我辩白就要容易得多，你只需对我说你永远爱我。一切就会冰释前嫌。

你对我说你至少认为：如果我现在不努力想办法重返你家拜访，那么今后我再也做不到了。阿黛尔啊，我亲爱的阿黛尔啊，如若你觉得我能办得到，就请你给我指明条道路吧，只要它体面可行，我将十分乐意去尝试。若能得到你父母的赞同而与你重聚，与你共度良宵，陪你散步，带你去往各处，满足你的一切愿望，我将何等得幸福！你想想，我用长久的孤独换取如此大的幸福，我将会何等的快乐！

最大的阻挠源于我们两家的疏离。我俩的长辈之间多少有点不睦，我也不太清楚其间的原由；如今在我看来也很难甚至不太可能去调和他们。细细思量后，你或许终又认为应该伺机而动。而我对此是不抱任何希望了。因而我期待能在不久的将来，自己能够强大到足以独立，而家人也无从拒绝。到那时，我的阿黛尔，你就是属于我的啦，我希望不久就能美梦成真。我只为这一希冀而生活、而工作。你想象不出当我写下"你是属于我的啦"这几个字的时候，我是如何的心醉神迷！我愿意奉献我的一生去换取与你，与我的爱妻共度一年甚至仅仅一个月的幸福时光。

我不想对你提出的有关"我的轻视"作任何回答。你怎么会如此认为呢？请你稍稍尊重我一点，你相信我能去爱一个我所轻视的人吗？你自己衡量一下，你比那些矫揉造作、爱慕虚荣的女人，无论在人品上还是性格上，都不知要高出多少呢！我最爱的阿黛尔啊，我能不对你心怀最深的敬意吗！如果我的灵魂和行为总能保持纯洁和高尚，那都是源于对你的思念，想要与你相般配的坚定意志不时地保护着我啊。阿黛尔，我见你总是如此高贵，又如此谦逊，我请求你不要苛责自己，否则我得认为自己是个坏蛋啦。然而我也没有什么过错，除了爱你，如果你认为爱你也算是一种错误的话。

相信我，阿黛尔，如果你爱上我，可能是一种不幸（于你如是，于我则不然），可这绝不是罪孽。只有我对你的柔情万丈才能比得上我对你怀有的无比尊敬啊。

再见，我的阿黛尔，夜已深，纸也尽。原谅我潦草的笔迹。再见，亲吻你。

你忠诚的丈夫，雨果

一八二二年一月四日，周五晚

前夜我本该在你家门口向你道别的，我本不应该与你争论，至少这场争论在你看来没有必要，然而却带给我一个如此冷淡的送别。因此我只能将这冰冷的分别归咎于之前的谈话。一个小时之前我们还是那么亲密、难舍难分！我本可以满心喜悦地回来，而此时此刻，本该享受给你写信的快乐，也不会像现在一样愁容满面了。对于这次令你不高兴的谈话，我似乎已经无话可说。因为我不理解，当我为这个人①辩护时，言语中既无诽谤又无嫉妒之辞，况且他还值得全国人民的尊敬，为什么你不乐意了呢？若有朝一日，征得你允许，我致力于一项光辉的事业，我的至爱阿黛尔啊，在我看来，新思想和新青年对我的赞美就是最好的回馈啊。此刻暂且搁置不谈也罢。

说句实话，我很少有幸见到你的看法与我的一致。无论我提出什么观点，若在你面前遇到与我意见相左之人（很奇怪这样的事只发生在你身上），你总会很快站到他们那边来反对我。似乎真理一经我口，在你眼里就成了谬误。我只接受那些思量过后觉得高尚而仁义的道理，也就是说这意见符合一个爱你的人的身份。那么，如若我所阐述的观点，冒犯了在座的各位，也许会有一场唇枪舌剑之争，我自然而然想去找寻你的认同，你是我唯一的渴望和满足。然而却是徒劳！你变得目光不满，愁眉紧蹙，言辞稀少。有时甚至迫使我无法言语。那时我就要保持沉默了，就像是一个冒失鬼在自己的主张面前犹豫退缩就可以了。如果我再继续，坚持论证我认为符合你身份的观点，从种种迹象看来，结果似乎适得其反。我只好顾忌你的不悦而泄气离场。……

我的爱人，我所言及的都是简单、自然的道理，而你没发现你对我的回答却只有傲慢。因着你的不是，本来我也可以傲慢，你难道不想让我觉得你还爱着我吗？然而，我亲爱的，狭隘而卑小的傲慢是不会出现在一个爱你的伟大灵魂中的，我要的比傲慢更高级。我索求的是让你幸福、十足的幸福！把我世俗忧郁的思想配上你光明非凡的思想，灵魂配灵魂，命运配命运，不朽配不朽；如果你愿意，就将这一切都当成诗，因为诗歌即是爱情。如果世上没有诗

---

① 这个人可能是夏多布里昂，雨果十分崇敬的一位法国诗人。

歌，哪还会有真情？……

这些话在你看来或许有点可笑，但是，我的阿黛尔，你想想，在我的意识中，诗歌和道德是同义词，这样想你更容易理解了吧。

看吧，当爱情占据一个人的头脑时，骄傲在他身上无处躲藏。真的，我对你总是深表敬意，这对其他人可是很少见到的。因为我的意识告诉我并非是我优于他们，而是我不同于他们。可这足矣。

我亲爱的阿黛尔，请不要由此推论：我极度重视自己的意见。恰恰相反，提醒你一下，我注重的不是我个人的观点，而是你的意见；对我而言，你的意见十分珍贵。使我痛苦的就是违逆你的想法。而你的想法，毫无疑问，较之我的要更为正确。在我们结婚以后，我会永远以你的观点为指引，得到你的首肯，我才去行动。因为你对一切高贵的事宜都有着本能的直觉。此刻我唯一抱歉的是，我为配得上你而在竭力完善自己，然而这一想法并没能让你满高兴。你啊，你是永远不会体察到这点的，不然，你就会同情我啦。

我还不清楚你对我写给德隆太太的信函是否感到满意。你既然想看，我就附件一份随信寄给你。请保密，你知道它事关重大。也许你会觉得它有点简短，但是，在我看来，一个简单的提议就应该由简洁的言辞来表达。但愿它能得到你的赞同，至少是信中的提议部分，我将别无他求。

我重读了刚写的两页，我的表达有点混乱。我的阿黛尔啊，你知道你上次冰冷的辞别，令我这两天备受痛苦的折磨以致我无心做事。除了担心惹你不高兴，还负疚虚度光阴。时间是很宝贵的，尤其是当它们都应该用于为你工作的时候。

时常会有一个问题萦绕着我，我想就此与你交流一下：能干强悍的人所能为你提供的服务，在我看来不见得如人们所认为的那样有保证。我只能依靠我自己，因为我只信任我自己。亲爱的朋友，我情愿连续工作十五个日夜也不愿祈求别人一小时。难道你不是这样认为的吗？我想你应该有同感。当我能够依靠我自己，为你提供一份安逸，我将会多么自豪！什么时候我才能说，除我之外，没有谁能给我的阿黛尔带来幸福啊！

什么时候啊，哦，究竟什么时候能实现这所有美好的愿望呢？！我不抱怨我未曾享受过人生的快乐，我愿留存我全部的感知来等候彼时的幸福。我亲爱的朋友，我在众人面前迎娶你的那个早晨，所有爱我的人都当为我感到喜

悦，因为不曾有哪种幸福，像我的幸福这般深深地迷醉人心。婚姻将开启我人生的新篇章，从某种意义上而言是我的第二次生命。受灼热而纯洁的爱情长期煎熬之后，希望婚姻是温暖甜蜜的，从婚姻生活的快乐核心以至种种未知的体验，希望纯洁、健康、完满的爱情在继续，爱情之火永不熄灭。

哦，我的阿黛尔啊，请原谅我思绪的漂移，可当我想到只有我对你拥有某种权利，想到你将整个属于我，我就不由地惶恐起自己的微不足道，我自问我何以配得上享有如此的幸福。因此，我亲爱的朋友，若你看见我多么虔诚热烈地向上帝祈祷，祈求它怜悯我的孤独，并赐予我曾许诺的天使，你将不难想象这不朽的爱情对世俗的生命产生了多大的魔力啊。阿黛尔啊，爱情它完全征服了我。只对你一人，我燃烧起千层激情、释放出万丈豪情、展现出勃勃雄心。所有的这一切都已化为一个憧憬、一份情感、一种念想，全都为了你，你就是我毕生所求。

目前，我的生活尚未完善，少了你，就是少了一切。我俩稀少而短暂的相会虽然缓解了我的相思之苦，但是这远远无法让我获得满足。我需要常常见到你，我需要时时刻刻见到你。这种需求已经深入我心，以至于成为了一种本能。想要见到你的这种无法遏制的念想，总是牵引着我去往所有可能见到你的地方，哪怕只有一线希望。因此，我常常就在你的身旁而你却没有发觉。我愿乔装或隐形以便每时每刻都能待在我妻子的身旁，跟随她的步伐，陪伴她的行动。有她在场，我才能呼吸通畅。

啊，我亲爱的朋友，什么时候你才能属于我！我的阿黛尔啊，我呢，前天曾怀疑你欺骗了我因而很是气愤，在此我恳求你的原谅，不要因为我一时不公正的想法而蔑视我啊。你啊，你怎么可能说谎呢，怎么可能欺骗我嘛！我情愿相信是太阳和永恒在撒谎呢。

别了，我善良、高贵的阿黛尔啊，尽管你的维克多还不完美，请你多爱他吧，至少他对你的十全十美心驰神往。

写给朱丽叶的信

一八三三年三月七日

我爱你,我心怜的天使。这点你清楚得很,可你仍然要我把它写出来。想想也有道理。恋爱的人本就应该彼此爱慕,互诉衷肠,抒发情爱。然后亲吻对方的唇、对方的眼,亲吻任何其他的地方。你就是我深爱的朱丽叶。

当我忧伤的时候,我就会想起你,就像人们在冬日里希冀阳光。当我快乐的时候,我也会想起你,就像人们在烈日下渴望树荫。我的朱丽叶,你很清楚,我是全心全意地爱着你啊。你知道吗,你稚嫩的脸庞就像婴孩,而审慎的神情又像母亲。所以我也同时用这两种爱来拥抱你。

亲吻我,我美丽的爱人朱朱。

雨果

一八三四年四月八日

我心怜的爱人啊,既然今晚得见你的希望已经瞬间化为泡影,那至少让我那温柔的问候在黎明时分飞到你的床前将你唤醒。你将会在明天将近十一点时收到这封小笺,我期待她能第一时间见到你睡意朦胧的双眸。你将会掀起你的窗帘,打开你的窗户,你将会心动如骤当你感到我是多么沉醉于你;在我深情拥抱你的时候,你就会满脸绯红,满心喜悦。

至此仍有一个孤独而伤心的夜晚要熬过,这真让我痛苦。但是相恋的人们,就应该时常生活在对第二天的憧憬中。那么明天见吧。

爱你的灵魂就像爱你的美貌。你是一本让人百读不倦的好书,我衷心感谢你让我如此自在地翻阅。

亲遍你。

雨果

一八四一年二月十七深夜至十八日凌晨

我亲爱的,你还记得吗?我们的初夜,是个狂欢节之夜,那是一八三三年封斋节前星期二的晚上。记不得是在哪个剧院,曾有一次怎样的舞会,我俩都得参加,但我俩又都没去(搁笔,吻你美丽的唇,让我继续写下去。)我深信,任何力量,包括死亡,都能无法从我的记忆中抹去那一夜。此时此刻,那个夜晚的每一个时刻都在我脑海中一一浮现,一个片断接着一个片断,一个细节接着一个细节,犹如黑夜中的星星划过我灵魂的双眼。不是吗,你本该去参加舞会的,可是因为等我而没有去。可怜的天使!你就是美的化身,爱的化身!你的那间小卧,静谧而和谐。窗外,是巴黎城在欢歌笑语,那些头戴面具的人喧嚣而过。当人们沉醉在嘉年华欢乐的气氛中时,我俩却藏匿在一旁品味着属于两个人的节日甜蜜。比起我俩名副其实的沉醉,巴黎的欢腾显得华而不实。

我可爱的天使,请你永远记住这神奇的时刻吧,它改变了你的生活。一八三三年二月十七日,那一夜象征着一件伟大而神圣的事物在你身上孕育。

喧嚣、嘈杂、光怪陆离的假象以及熙攘的人群在那一夜被你远远地抛弃，为了追求那神秘莫测、孤独寂寥、充满爱情的世外桃源……

那一晚，我们在一起共度了八个小时。每一个小时都已经衍生出一年的光阴。

在这过去的八年时光里，我心里全是你。没有什么使之改变过。你等着看吧，每一年依然将衍生出一个世纪。

一八三七年十二月，晚八点

我爱怜的天使，刚刚你是那么亲切、迷人！我心为之荡漾。即使你偶尔黯然神伤，也是为了接下来的光彩照人。

只要这天还未过完，我就无法认为它是我们更美好的一天。我感觉到你我比以往更为情深意切。我刚到家时你给予我的那个亲吻直达我灵魂深处。我的爱人，我俩如此亲爱已经五年了，我俩的心始终充满着柔情蜜意，让人心醉神迷。我们的爱情如成年人一般健壮，如新生儿一般纯真。朱丽叶特，我觉得这样的过往保证了我们的未来。"我觉得"有点用词不当，我想说的是我确信，不是吗，朱丽叶特？每一次我提笔写信，我都怨怼、憎恶信纸如此冷漠，厌恨文笔如此枯竭。怎么回事啊，心中的千言万语，不知如何说与你听！一封信如何表达得了一份真情？！

你知道，我爱你，因为你应当被爱，以善心爱你的美德，以肉体爱你的美貌，以灵魂爱你的灵魂。

新年就要来到，我别无他求，只希望彼此爱情天长地久。爱情在，就有幸福在。再说，我也不需要表示祝愿了，因为这是不言而喻的。我的天使，我的生命，我的快乐，难道不是这样的吗？我爱你，吻你美丽的双眸。我无限思念你。你是我的朱丽叶特，五年前如此，今日如此，五年后，以至永远都如此。

不久见，我的生命。

雨果入选法兰西学院院士的演说
（一八四一年六月三日）

先生们：

本世纪①的法国，从一开始，就为各国观众奉上了一场精彩纷呈的好戏。有个身影活跃在法国各地，他使法国称霸欧洲。这个人出身并不显赫，来自科西嘉岛一个落寞的贵族家庭。两个共和国造就了他——从家族讲是佛罗伦萨共和国②，就他本人而言是法兰西共和国。他在如此短暂的几年内登上了连历史都要为之惊叹的最高王位。他是天生的王者、时代的娇儿、行动的霸主。他身上的一切都表明他合法地拥有上天赋予他的权利。他独具三大优势：天时、人和、超凡入圣。一场革命抚育了他，一个民族选择了他，一位教皇钦点了他。多少王侯将相臣服于他，这都是造物主的安排，连神秘叵测的命运本身都承认他是上天的宠儿。大家这样评价他：殁于塔甘罗格的俄罗斯帝国沙皇亚历山大一世说"您是上天派遣来的"；在埃及身亡的克莱贝尔③说"您像世界一样伟大"；牺牲于马朗格的德赛说："我是士兵，而您是将军。"在奥斯特里茨断气的瓦卢贝尔说："我快死了，而您的统治将要开始了。"他的军威高涨，他的征服力无比强大。

他每年都在扩充自己帝国的疆界，甚至超出了上帝所给予他的神圣而充足的疆土。像查理大帝一样，他跨越了阿尔卑斯山脉；像路易十四一样，他翻越了比利牛斯山脉；像恺撒一样，他跨过了莱茵河；他差一点像征服者威廉一样，跨过英吉利海峡。在他的统治下，法国曾拥有一百三十个省；一边触及易北河的各出海口，另一边延伸到了蒂伯河。他曾经是四千四百万法国人的君主，也是一亿欧洲人的保护者。他的领土覆盖各国国土，其中包括两个大公国和五个古老的共和国，即萨瓦公国、托斯卡尼公国，热那亚共和国、罗马共和

---

① 指十九世纪。

② 在过去的六个世纪中，弗罗伦萨从美第奇家族控制走向共和国，又回到美第奇家族，后来经过十个月的战争，成为神圣罗马帝国辖地，一七三七年美第奇家族家脉断绝，弗罗伦萨被拿破仑占领。

③ 克莱贝尔：革命时期拿破仑手下的将军，一八〇〇年被刺死。

国、威尼斯共和国、瓦莱共和国及联省共和国。他在欧洲内部构建自己的帝国,好像欧洲是他的城堡,他用十个封建君主国给这个堡垒搭建前沿工事。他把这十个君主国并入自己的帝国同时,也纳入自己的家园。他为他的童年伙伴、兄弟、表兄弟们加冕,他们曾在故乡阿雅克肖的小院里一起玩耍。他让养子娶巴伐利亚的公主,让最小的弟弟娶符腾堡的公主。至于他自己,他从奥地利帝国夺走了德意志,并毫不客气地以莱茵联邦的名义据为己有;又从奥地利抢走了罗尔州,并入巴伐利亚;又抢走伊利里亚,并入法国;然后又屈尊娶了一位大公主。他的一切都如此宏大、光芒万丈。他是欧洲上空的一幅奇异景象。有一次,人们看到他坐在十四位加冕君主中间,高高地端坐在恺撒和沙皇之间。有一天,他请塔尔玛①看戏,一厅子的国王陪同。还只在他权力膨胀之初,有一天突然心血来潮,他想把法国的势力延伸到意大利的某一角,于是他以波旁家族的名义按照自己的方式扩充到了意大利,使帕尔玛的路易公爵变成了伊特鲁利亚国王。同时期,他利用一次靠威望和暴力得来的休战机会,迫使英国国王放弃了他们窃取了四百年之久的"法兰西国王"的名号,并叫他们永远不敢再偷走。大革命摘下了法兰西纹章上的百合花;他就从英格兰的徽章上摘下了百合花;别人加给百合花的耻辱,他却能以相同的方式给百合花以荣耀。他通过帝国法令,把普鲁士分割为四个省,封锁了英伦三岛。他宣称阿姆斯特丹是帝国第三大城市——罗马也只是第二大城。——他向世界宣称,布拉干撒王室已经不再掌权。

他越过莱茵河时,德意志的各位选帝侯来到边境迎接他,希望他能让他们做个国王。古斯达夫·瓦萨古老的王国没有继承人,想找个君主,请求他派一名大帅做王国的君主。查理五世的继承者、路易十四的曾孙、西班牙兼印度的国王,请求他娶自己的姐妹为妻。他与近卫军出生入死,他们了解他、抱怨他、也崇拜他。大战的第二天,他和他们作鼓舞士气的对话,阐释他伟大的行

---

① 塔尔玛:法国著名悲剧演员,深得拿破仑青睐,曾教过拿破仑举止的艺术。

动,把历史改写成了史诗。在他的统治中,正如在他的君威里有些许平凡的、反常的、不可思议的地方。不像东方的皇帝,他没有威尼斯的大公给他做大司酒官;不像德意志的皇帝,他没有巴伐利亚的公爵给他做马厩总管。但他有时候会让那些指挥他骑兵的国王关个禁闭。在两场战役间隙,他会开凿运河、修筑公路、兴建剧院、繁荣科学院、激励科学发现、奠基伟大的纪念建筑物,或是在杜伊勒里宫的宫厅里编撰法典,与国事顾问争辩,直到他以天才般单纯而至上的理由,成功地替代老一套的法律法规。最后,我想在此,对这位特立独行的伟人,作最后一点补充,他的历史背景是如此悠远深广,他可以说,他也曾经说过:"我的先祖是查理大帝";他通过各种姻缘又与历代王朝有千丝万缕的关系,他可以说,他也曾经说过:"我的舅父是国王路易十六。"

这个人是个旷世奇才。先生们,他可谓一帆风顺、所向披靡。正如我刚提醒你们的,连最显赫的君主都来和他结交,最古老的王族都来寻求与他联姻,最古老的贵族都希望为他效劳。无论来者多么高贵、多么傲慢,无不向他

致敬，因为他们几乎看见了上帝亲手在他头顶上安了两顶皇冠，一顶是用黄金铸造的王权，一顶是用光明造就的天才。欧洲大陆上所有的人都向他弯腰致敬，所有的人——除了六位诗人——请允许我在这里高声念出他们的名字，并对他们心怀敬意——这六位思想家，他们在全世界都臣服时仍然昂首挺立；我已经迫不及待地想向你们报出这几个光荣的名字，他们是：杜西斯①、德利尔、斯塔尔夫人②、邦雅曼·贡斯当③、夏多布里昂④、勒梅西埃⑤。

他们不肯低头，这意味着什么？在这样一个赢得了胜利与力量，赢得了强大与帝国，赢得了统治与辉煌的法兰西，这样一个让欧洲惊异并臣服的法兰西，在法兰西踏遍欧洲，达到鼎盛的时期，这六位义士起来反抗一位天才，这六位名人奋起怒斥一位英雄，这六位诗人横眉冷对一位权威，这意味着什么？先生们，他们代表了当时欧洲唯一缺乏的一样东西——独立；他们也代表了当时法国惟一缺乏的一样东西——自由！

此刻我并不是有意责备那些无义之人，他们当时对世界的主人拍手称好并不为过。他是一个国家的明星，又是这个国家的太阳，人们为之晕头转向是谈不上有罪的。对于拿破仑想争取的人来说，如何去捍卫自己的心理疆界，对抗这个无往不胜的入侵者，也许是更加困难的。因为这个人具有制服一个民族的高超艺术，具有吸引所有人的高明手腕。怎么说呢，先生们，我不能篡夺

---

① 杜西斯：法国作家、诗人、剧作家。

② 斯塔尔夫人：法国评论家和小说家，法国浪漫主义文学前驱。她宣称：民主政治会使作家迎合大众口味；贵族政治下，作家为上层人士写作，这虽然对艺术有更高的要求，却不利于新异与激情。对文学来说最糟糕的是绝对王权，因为他们扼杀思想，阻碍革新，限制自由。这一议论激怒了波拿巴。

③ 邦雅曼·贡斯当：法国文学家和政治思想家，近代自由主义的奠基者之一。代表作《古代人的自由和现代人的自由》。

④ 夏多布里昂：法国作家、政治家、外交家，法兰西学院院士。法国浪漫主义文学的先驱。著有小说《阿达拉》《勒内》《基督教真谛》，长篇自传《墓畔回忆录》等。

⑤ 勒梅西埃：法国诗人、剧作家。

这至高无上的批评的权利！我有什么资格？在我进入这个团体的时刻，我百感交集，为吸纳我来的选举结果而自豪，为欢迎我来的深切问候而感动，为眼前可亲可敬的听众而深表不安，我为你们的重大损失而难过，但我却无力给你们以安慰。最后，在这个让人肃然起敬的地方，在这个先哲与当代名人友爱之光芒交相辉映的祥和之地，我为自己的渺小而羞愧，难道我自己不也正需要仁爱与宽恕吗？再者，我实话实说，我也绝不认同年轻的一代人可以苛责前辈和兄长。没有战斗过的人有批评他人的权利吗？我们应当回想，那时我们还是孩子，生活对于我们来说是无忧无虑的，而对别人而言或是沉重而艰难的。我们继父辈之后来到这个世界，父辈们已经疲倦，我们需要景仰他们。既要批评接受伟大的斗争思想，也要批评接受盛极一时的伟大事物。要公平对待每一个人，无论是那些无义之人，还是正义之士。让我们理解他们对于皇帝的狂热崇拜，也让我们向不屈不挠的抵抗者致敬。两者都是合法的。

确实如此，先生们，我再说一次，反抗在当时不仅是合法的，而且是光荣的。

皇帝为此感到很难过，正如他后来在圣赫勒拿岛所说的："本来想让帕斯卡尔当参议员，让高乃依当部长。"先生们，身为伟大的人不会不懂得别人的伟大。凭借自己的强权，一般人常会蔑视有才华者的这种反叛。拿破仑却十分清楚，他知道自己是个人物，必将名留青史。又自我感觉不乏诗才，必得关心这些诗人。我们应当高调承认这一点，这位向年轻法兰西共和国开刀，打赢雾月①十八日战役的炮兵少尉，这位向古老欧洲王朝开刀，打赢奥斯特里茨战役的炮兵少尉的确是一位将才。他是一个胜利者，如同他能战胜一切事物，他想要成功地与文学交上朋友。登上宝座所需的一切，拿破仑都在不懈追求且带着一种直觉，他的方式方法或许与路易十四有所不同，但劲头有过之而无不

---

① 雾月：法国共和历中秋季第二个月，时间上对应公历十月二十二日至十一月二十日。

及。在伟大的皇帝身上，有着伟大国王的架势。他最早的抱负之一就是要让文学为自己的权势效力。仅仅是钳住人民激情的嘴，对他而言是不够的，他本来想要制服邦雅曼·贡斯当；仅仅是击败了三十支军队，对他而言是不够的，他本来想要击败勒梅西埃；征服了六个王国，对他而言是不够的，他本来想要征服夏多布里昂。

先生们，这些不服拿破仑的义士并不是因为受到个人情感的左右来反抗他，他们对拿破仑身上闪现出的大度、罕见与杰出的品质毫不怀疑。只是在他们眼里，拿破仑作为政治家，让胜利者这个角色失色，作为英雄的同时，他也是个暴君，如同西庇阿①身上带有有克伦威尔②的色彩。他的一半生命和他另一半生命大唱反调。波拿巴曾经让自己军队的大旗为华盛顿挂孝，但他没有效仿华盛顿；他曾经任命奥韦涅的拉图尔作为共和国第一投弹兵，但他却把共和国给废除了；他曾经把圆屋顶下的荣军院作为伟大的杜伦尼③的墓室，但他又把万塞纳的沟壑作为大孔代④孙子的墓地。

虽然他们有着高傲贞洁的态度，但皇帝毫不犹豫地主动采取一切行动。他为他们提供了一切名誉——各国驻外使节、各种俸禄、荣誉团的高级头衔、元老院议员，可以说是给予了所能提供的一切。而我们已经看到，这几位高贵的倔强者将这一切都拒绝了。

拉拢无效之后，我很遗憾地告诉大家，随后便是迫害。可是他们仍旧没有一人让步。幸亏有了这六位才子、这六位君子，在这种诸多自由被取消，诸多王室都屈尊的统治之中，自由思想的高贵尊严得到了维护。

不仅如此，先生们，这对于整个人类也不无裨益。他们的抵抗不仅是对

---

① 西庇阿：又译斯奇皮欧。古罗马政治家、军事家，名门贵族，军功显赫。
② 克伦威尔：英国政治家、军事家、宗教领袖。
③ 杜伦尼：法国军事家、元帅。
④ 大孔代：大孔代是法国波旁王朝的贵族路易二世·德·波旁的外号。孔代家族最著名的代表人物。十七世纪欧洲最杰出的统帅之一。

专制暴政的抵制，同时也是对战争的抵制。但愿大家不要误解我下面这句话的含义。我认为经常战争是件好事，只能从这样一个高度来理解这个观点：把整部历史只看成一次事件，把所有哲学只看成一种思想，那么，战争给人类带来的创伤未必比犁沟对土地造成的创伤要大。五千年来，一切收获都始于犁刀，一切文明都始于战争。但是，先生们，当战争成为了一种主流的趋势，当战争成了一个民族的常态，当战争成了一种慢性病的时候，打比方说，在十四年期间经历了十三场大的战役，那么情况就不一样了，不管今后的结局将会有多么美好，目前的状况是人民饱受战火的摧残。人类细腻雅致的文明风尚，在粗暴的铁蹄之下被磨损而消失殆尽；军刀成为社会唯一的工具，武力给刀剑赋予了权力；宗教信仰本该点亮各民族的面容，这一神圣的光辉却在渐渐褪去，消失在一个个条约的酝酿中、一次次王国的分割中。贸易、工业、智慧的蓬勃发展，一切和平的活动都宣告结束，人类融洽的社会关系也岌岌可危。在这样的时刻，先生们，我们应该为之呐喊，我们应当理性地面对武力，大胆直言。面对胜利、面对强大，思想家应当对英雄们提出告诫；诗人们，这些冷静、耐心、和平的文明使者，应该劝诫征服者，这些蛮横的文明使者。

  在这些反抗的义士中，曾有一个人令拿破仑为之心动，他差一点就像是换了一个人似的对他说"你也一样！"就像是另一位独裁者对另一位共和者的反驳。这个人，先生们，就是勒梅西埃先生。他喜爱探索，谨慎低调，灵活机智，善于推理，擅长想象，可以这么说，即便是天马行空，也不失其数学般的精准。他出身贵族，但只追求人要有才华；他生来富足，却深谙贫穷不可夺志的道理；谦逊中带着一种清高；温和中带点固执，为人沉着冷静，不屈不挠；在公众事物上严肃以待，坚守原则，难以妥协；厌恶迷惑他人的东西。勒梅西埃先生，他能思善辩，从来只依据事实发表政见，并且以他特有的方式看待问题。在因果关系中，更注重探究原因，是个喜欢追根溯源的人；也是个顾虑重重的人，总是心怀种种不满要去抗争，对于那些不可一世的事物，更是充满着某种潜在的仇恨和无畏的反抗。别人都是在时势之前表现自己的激情，而他似乎总是在大势过后才抱以同样的激情。一七八九年，他还停留在保王阶段，正如人们当时所谓的一七八五年的"专制保王派"。到了一七九三年，正如他自己所说的，是一七八九年的自由派，而到了一八〇四年，正当是拿破仑称帝时机成熟的时候，勒梅西埃先生的共和时期也才成熟。

正如你们所看到的，先生们，他所表达的政见，是事过境迁之后的后续反应，而他对此似乎毫不介意。

在此，请允许我提几件有关他年少时期生活环境的小事。要看一个人性格的养成，只能追溯他小时候的故事。同样，当我们想要深入了解这些光明使者之所以伟大的原因，光看到他们的天赋还不行，还得从其性格来分析他们。天才是燃烧的火焰，而性格是内在的把芯。

一七九三那年，正是恐怖最猖狂的时候，勒梅西埃先生，年纪轻轻，他饶有兴趣地关注国民公会①的所有会议。先生们，国民公会是一个深暗的、悲情的、阴森的，然而也是崇高的、值得凝思的话题。请公正以待，现在我们谈起它已无生命之忧，但在大革命时期那是冒着生命危险的大事。所以请公正看待这些在人类文明进程中发生过的可怕而庄严的事情吧，它们已经不复存在！在我眼里，法兰西总是受到天意这一伟大事物的派遣。在历代王朝，就是一条法则；在帝国时期，就是一个人；在大革命时期，就是一个大会。这个大会粉碎了王权，拯救了国家；这个大会，既像克伦威尔一样与王权斗争，也像汉尼拔②一样与天下斗争；这个大会凝聚了整个民族的智慧，同时也具有个人的才赋。总之，这个大会犯下一些罪行，也创造了无数的奇迹。在遭受厌恶和诅咒的同时，它也值得我们去赞赏。

---

① 国民公会：是法国大革命时期的最高立法机构。
② 汉尼拔：北非古国迦太基名将、军事家。欧洲历史上最伟大的四大军事统帅（亚历山大、汉尼拔、恺撒大帝、拿破仑）之一。

然而，我们得承认，在那个年代的法国，道德之光在减弱，由此——先生们，请注意——理性之光也在失去。这段半明半暗的昏暗时期了持续一些年代，然为了人类今后的幸福，对旧社会采取暴力以完成天意，这些都是必需的。人为暴力，称其犯罪；承天意者，则为革命。

这团阴影，同样也是上帝之手对人民的掩护。

正如我刚才提到的，一七九三年并不是几个高人凭借个人的天赋所能翻云覆雨的。看起来当年似乎是上天觉得人类过于渺小而无力完成它的愿望，于是采用第二套方案，它亲自登台。于是，一七九三年有三个巨人闹起了革命。第一，是社会现实；第二，是地理格局；最后，是欧洲时势。其中之一，米拉波，已经作古；另一个，西哀士，也已经销声匿迹，这个"伟大的懦夫"自称曾经"辉煌"过；第三，波拿巴，还没有登上历史舞台。西哀士①已被人遗忘，丹东②可能例外，所以国民公会里没有了一流的人物，没有了领军人物，只有伟大的激情，伟大的抗争，伟大的闪光，伟大的幽灵。诚然，这已足够让群众感到目眩和赞叹，他们是这个大会强有力的观众，紧盯着这个给大家带来种种决定的大会。补充一点，在那个风云变幻的时代，凡事瞬息万变，欧洲和法国，巴黎和边界，战场和广场，每时每刻都有诸多意外发生，一切进展如此之神速以至到了国民公会的讲台上，随着演讲者一边讲话，一边事情还在不停变化呢，演讲者让人民感到迷惑和眩晕的同时，也使人民强大起来。还有，正如巴黎，正如法国，国民公会在世纪末的暮色余晖中活动着，拉长了最渺小的人物的影子，也给最孱弱的人物勾勒出了一个巨大而模糊的外形；就历史本身而言，国民公会也带有某种难以言表的阴森和超自然的色彩。

如同九头蛇怪迷惑海鸟那样，诗人们也常常被这些异常可怕的大会所迷

---

① 西哀士：法国大革命时期的政治理论家，活动家，发表《论特权》等。一七九二年，西哀士被选入国民公会，投票赞成处死路易十六。一八一五年国王路易十八复辟，西哀士以弑君罪被放逐，定居布鲁塞尔。

② 丹东：法国大革命期间雅各宾派政治家、演说家。

惑。长期国会吞噬了弥尔顿①，国民公会吸引了勒梅西埃先生。后来，这两位在这两个类似阎王殿一般的地方，由内而外，散发出某种难以形容的模糊光芒，照亮了这段阴暗的史诗。在《失乐园》中我们能感到克伦威尔，在《泛伪记》中能感到一七九三年。国民公会，对于年轻的勒梅西埃，就是革命的幻影，就是幻影在眼前的呈现。每天，他都跑去看，"制定无法无天的法律"正如他自己也有令人赞叹的言词。每天早晨，他都会来到会场，坐到公众席上，坐在一群奇怪的妇女中间，在这种糟糕的场合中她们竟还干着某种我不太清楚的家务活计，历史给她们取了一个可恶的外号"编织女"。②她们认识他，等着他，并给他保留座位。只是，在她们眼里来，他总显得有些稀奇古怪，表现在他年轻的脸庞上，他不整的衣冠上，他惊愕的专注表情上，他争论时不安的情绪中，他深邃的凝视中，以及他断断续续的讲话中，她们以为他少根筋。有一天，他比平时晚到一些时候，他听到一个妇女对另一个妇女说："别坐那儿，那是白痴的位子。"

四年之后的一七九七年，白痴给法国人写下《阿伽门农》。

这个大会让诗人写下这部悲剧难道仅仅是巧合？在希腊神话人物埃癸斯托斯③和丹东之间，在希腊城市阿尔戈斯和巴黎之间，在荷马时期的野蛮和伏尔泰时期的道德败坏之间，有什么共同之处呢？究竟是什么样的奇思妙想让史前天真而简单的谋害行为作为镜子来射影当代文明衰败腐朽的犯罪？让希腊悲剧中高大的灵魂，游荡在可以说是法国大革命的绞刑架附近；让古代的弑君者与近代弑君者，即私情的妻子与激愤的人民大众作对照！④先生们，我承认，每当想起才华横溢的勒梅西埃先生的那个时代，在国民公会中的商讨和天神后

---

① 弥尔顿：英国诗人、政论家，民主斗士。著有长诗《失乐园》《复乐园》《力士参孙》。

② 法国大革命期间，边打毛衣边列席国民议会的平民妇女。

③ 埃癸斯托斯：希腊神话人物。阿伽门农的妻子克吕泰涅斯特拉的情人。

④ 大革命期间国民公会投票判处法王路易十六死刑，所以说激愤的大众是近代弑君者。

裔中的争执之间，在诗人的所见和所想之间，我常常会找出一种关联，无外乎是一种和谐。在诗人脑子里经过了怎样神奇的转化，才创作出《阿伽门农》？这点就是只有诗人一人捕捉到的灵感，它十足的短暂。无论如何，《阿伽门农》这部作品，就其恐怖和怜悯，就其悲剧元素之简洁、风格之厚重，毫无疑问，无论哪一方面均堪称我国舞台上最美的悲剧之一。这首严厉的诗歌果真颇具希腊之遗风。审视这部作品，我们能感受到这是大卫①给雅典浮雕以色彩的时代，是塔尔玛给雅典浮雕以言语和动作的时代。它带给我们的不仅仅是时代，我们还能对时代中的人物感同身受。我们猜测诗人在写作时是很煎熬的。因为，在深深的忧伤中，我们能体会到某种无法言说的近乎革命带来的恐惧感贯穿整部作品。请你们看看这部作品——先生们，它值得——整部来看，细节也同样值得推敲。阿伽门农和斯特洛菲尔的帆桨战船靠岸，人们欢呼，王侯之间相互亲切地问候。尤其注意克吕泰涅斯特拉，脸色苍白，嗜血的人物，决心要弑君的淫妇，她环顾周围，无动于衷，多么可怕的事情！她竟然毫不畏惧。俘虏卡珊德拉和幼年的俄瑞斯忒斯②，这两位表面看起来弱小，实际上，厉害着呢！前者会预言，后者即未来。卡珊德拉，是个象征威胁的侍妾；俄瑞斯忒斯，是个代表惩戒的孩子。

正如我刚刚说到的，在大家还不知痛苦、不言梦想的年代，勒梅西埃正在承受痛苦、正在创作。他努力整理思绪，对勇敢的人受强烈的好奇心牵引前往观看可怕的场景而感兴趣，他以尽可能近的距离接近国民公会，即靠近大革命。他探身向革命大熔炉里观望，瞧见未来之塑像如同火山口的岩浆在里面沸腾，从中他看到了革命的伟大信念在熊熊燃烧，他听到了革命的伟大信念在厉声怒号。以我们的思想、我们的自由、我们的法律为基础铸就今日的铜像。未来的

---

① 大卫：是法国著名画家，新古典主义画派的奠基人。代表作《荷拉斯兄弟之誓》《马拉之死》《萨宾妇女》。
② 俄瑞斯忒斯：阿伽门农和克吕泰涅斯特拉之子。

文明是上天的奥秘，勒梅西埃先生并不准备去猜测它。他只满足于平静地接受它，以坚忍不拔、逆来顺受的心态去接受所有的灾难。值得我们注意的是，我情不自禁地想要强调，他太年轻，太默默无闻，在人群中不易被发现。在恐怖时期，目睹着刽子手牵着大事件中的一位位主角走上行刑的街头，这些公众事件都牢牢地印刻在诗人的内心深处。路易十六的忠臣，几乎可以说是路易十六的奴仆，其行刑的马车于一月二十一日经过；朗巴勒①夫人的教子，其押解的标枪于九月二日经过；安德烈·舍尼埃②的朋友，其押解的马车于热月③七日经过。因此，在他二十岁的时候，他就看到这个世界上除父亲以外最神圣，除上帝以外最辉煌的三样东西被人斩首了，即砍下了王权、美貌和才赋！

经历了血雨腥风之后，脆弱的人会一辈子忧郁，坚强的人则会一辈子严肃。勒梅西埃先生接受了沉重的生活。热月九日对于法国来说，是开启了一个新世纪，即革命的第二阶段，勒梅西埃先生看到社会解体，又看着它被重建起来。他过着一个出入上流社会文艺圈的生活。有时候他微笑着，点评和分享督政府时期的世风。罗伯斯庇尔④之后的督政府，相当于路易十四之后的摄政时期，一个民智已经开启的民族在摆脱了烦恼或恐惧之后，欢乐喧嚣，人们神清气爽，他们要快活，他们要放纵，此刻他们借助狂欢抗议专制制度带来的苦难，彼时借助狂欢抗议清教徒式专制暴政的愚昧。勒梅西埃先生那时凭借《阿伽门农》已经声名远播，他希望结交当时所有的精英人物，精英们也想结识他。他在杜西斯家认识了埃古夏尔·勒布兰⑤，在普拉非夫人家认识了安德烈·舍尼埃。勒布兰非常喜欢他，对他从未有过半句讽刺挖苦。菲特雅梅⑥的

---

① 朗巴勒夫人：法国大革命期间被肢解。
② 安德烈·舍尼埃：法国诗人。
③ 热月：法国共和历的第十一个月，时间上对应公历七月十九日至八月十七日。
④ 罗伯斯庇尔：法国革命家、律师、政治家。雅各宾派政府的实际首脑之一。
⑤ 埃古夏尔·勒布兰：法国诗人。
⑥ 菲特雅梅：法国瓦兹省的一个市镇，属于克莱蒙区克莱蒙县。

公爵、塔莱朗亲王[①]、拉梅特夫人、佛洛里昂先生、阿吉永公爵夫人、塔利安夫人、伯纳丁·德·圣-彼埃尔[②]和斯塔尔夫人盛情款待他、欢迎他。博马舍愿意帮他出版作品,如同二十年后,迪皮特伦愿意做他的老师一般。他的地位如此之高,已经身不由己陷入党派纷争;和一些上层人物平起平坐,他同时是达维德和德利尔两人的朋友,前者曾参与审判国王,后者曾为国王哭泣。正是在这样的年代,他与各色人物交流思想,静观世态,观察个人,对付各种应酬。在勒梅西埃先生身上我们可以看到两个影子——两个自由的人,他是独立的政治人物,他又是独立的文学人物。

早先,他结识了一个后来时来运转的军官,此人将取代督政府成为执政。几年时间内,两人的生活擦肩而过。彼此都默默无闻,一人破产,而另一人受穷。有人批评前者的第一篇悲剧是学生习作,责备后者的第一件业绩是雅各宾党人的功劳。两人同时因为各自的绰号而声名鹊起。人们称呼一人为"梅西埃麦莱亚戈先生"[③],称呼另一人为"葡月将军"。真是奇妙,一时间,法国所有高层人物竟然对此无人不晓、无人不知。博阿尔内夫人[④]思量嫁给其保护人巴拉斯[⑤],就这件不太门当户对的婚事征求勒梅西埃先生的意见;勒梅西埃先生当时对土伦战役中的一位年轻炮兵[⑥]感兴趣,就建议她嫁给他。后来,勒梅西埃和这个炮兵,一个成了文学家,一个成了军事家,几乎是平行地成长。两人同时取得个人最初的胜利。勒梅西埃先生在阿尔科拉之捷和洛迪战役那年上演了《阿

[①] 塔莱朗:法国著名的政治家、外交家,后来积极策划波旁王朝复辟。
[②] 伯纳丁·德·圣·彼埃尔:法国作家、植物学家。
[③] "梅西埃-麦莱亚戈先生":这个外号因为他写了诗剧Méléagre(麦莱亚戈)。麦莱亚戈是古希腊神话人物之一,《荷马史诗》之著名英雄。
[④] 后来成为约瑟芬皇后。
[⑤] 巴拉斯:法国大革命时期的风云人物。在督政府担任督政官其间贪污腐化,情妇甚多,拿破仑的妻子、后来成为皇后的约瑟芬在嫁给拿破仑之前曾一度与其过从甚密。巴拉斯在政务上乏善可陈,唯一著名的功绩是发现和举荐了拿破仑。
[⑥] 指拿破仑。

伽门农》，在马朗格战役那年上演了《宾多》。早在马朗格战役之前，他们的联系就已经很紧密了。在尚特雷那街上的客厅里，曾经见过勒梅西埃先生向埃及大军的总司令朗读《奥菲厄斯》这部埃及题材的著名悲剧。克莱贝尔和德赛在一旁倾听。在执政府期间，他们已经结下了深厚的友谊。在马尔梅宗城堡，首席执政带着一种真正大人物特有的孩子般爽朗的心，半夜里突然闯入正在熬夜的诗人的卧室，闹着吹灭诗人的蜡烛，接着哈哈大笑转身逃走。约瑟芬向勒梅西埃透露结婚计划；首席执政向他透露建立帝国的计划。那一天，勒梅西埃先生感到，他正在失去一位朋友。他无法接受一位主子。当人们和同类的人相处的时候，放弃彼此平等的想法是何等的困难。于是诗人高傲地走开了。我们可以这样说，在法国，他是最后一个不向拿破仑敬称"您"的人。一八一二年花月①十四日，元老院第一次给国家的宠儿以皇帝的称号——陛下。而勒梅西埃在一封值得纪念的信中，仍然亲切地用这个伟大的名字称呼他：波拿巴。

  两个人的友谊给对方都带来了美誉，但随之而来的还有争斗。诗人并非配不上统帅。勒梅西埃先生也是旷世奇才。如今，我们比以往任何时候都更有理由这么说，因为他的纪念碑已经宣告落成。今天，这位诗人构建的文学殿堂要安放上来自上帝的最后一块命运之石，人类所有的成果最后都要经上帝之手。先生们，你们当然不会要求我对他的鸿篇巨著逐页加以审视。他的作品和伏尔泰的作品一样包罗万象。颂歌、诗简、寓言、歌曲、诙谐的改编、小说、戏剧、历史、抨击性文章、散文和诗歌、翻译和改译，涵盖政治、哲学、文学等领域，浩浩荡荡，波澜壮阔。作品尤以其中十首诗歌、十二部喜剧和十四部悲剧称冠。这座丰富而奇异的文学殿堂有时黑暗阴郁，有时又明亮耀眼。透过殿堂的门窗，在这似明又暗的背景下，基于寓言、《圣经》以及历史故事的所有魂灵都纷至沓来。阿特里德斯、以实玛利、以法莲的利未人、里库尔格斯、

---

① 花月：法国共和历中第八个月，时间上对应公历四月二十日至五月十九日。

卡米耶、克洛维一世、查理大帝、柏杜安、圣路易、查理六世、理查三世、黎塞留、波拿巴，其中有四位代表人物被镌刻在殿堂三角门楣上：摩西、亚历山大、荷马和牛顿，即是凭借立法、战争、诗歌和科学这四大支柱来高屋建瓴。诗人将他们的形象及其思想精髓发扬光大，在我们的文学宝库中发出璀璨夺目的光芒。先生们，这组人物，可谓屈指可数。下面，请允许我在分析完他作品的主线之后，再提到一些细节性的、有意思的剧目。这部名为《葡萄牙革命》的喜剧，十分生动风趣、讽刺幽默。这个普劳特和莫里哀的阿巴贡不同，对这一点作者说得很巧妙，"莫里哀的主题是吝啬鬼丢失一笔财富，我这儿是普劳特找到了一个吝啬鬼"。在《克里斯多夫·哥伦布》里，作者严格遵守了三一律之地点统一，因为剧情都发生在大船的甲板上，同时又大胆将之破除，因为这艘船——我简直想说这部剧——从旧大陆驶向新大陆。《弗雷格龙德》的构思则好像是克雷比荣①的一个梦，有点高乃依的风范。在《亚特兰蒂阿德》中，透进一束刺眼的天光，纵然从科学的角度来分析它比从诗学的角度来阐释显得更合情合理。最后我要说到那首诗，那是一部在魔界上演的人间戏剧，由上帝来题名，这篇《泛伪记》从整体上看就是一首史诗、喜剧或者是讽刺诗，它好似文学的一个怪胎，它是个三头怪物，又唱、又跳、又叫。

这一部部作品，搭建起一部高高的人字梯，借用这部梯子，这位思想家或下至地狱，或上至天堂。先生们，现在，我们不得不对这位崇高而勤勉的智者心怀真挚的感激之情，为了法国人那绝妙而难以满足的审美情趣，他勇敢地进行了多种创作尝试，仍孜孜不倦。从伏尔泰看来，他是哲学家；从莎士比亚看来，他是诗人。这位先驱在多拉②借用德穆斯捷③之名复兴的时代，把一首首史诗献给了但丁。这位高瞻远瞩的诗人，张开双翅，一只是原始的悲剧，

---

① 克雷比荣：法国戏剧家，著有多种悲剧。
② 多拉：古希腊和古罗马的一个古镇地名。考古遗址。
③ 德穆斯捷：一个家族的姓氏。曾出皮埃尔-安东尼·德穆斯捷，他那个时代最杰出的工程师之一。他的侄子查理-艾尔伯特·德穆斯捷是作家。

另一只是革命的喜剧。他那篇《阿伽门农》,近似普罗米修斯式的诗作,《宾多》则是费加罗式的诗作。

先生们,批评时似乎理所当然要先赞颂一番。人类的眼睛——是完美还是残疾?——它生就寻找万物的缺陷。布瓦洛也不是毫无保留地赞扬莫里哀。这对布瓦洛而言是一种真诚的表现吗?我不知道,但似乎的确如此。两百三十年前,天文学家约翰·法布里修斯在太阳里发现有黑子;两千两百年前,语法学家佐伊勒发现荷马身上的"黑子"。我此时此刻可以按照这样的惯例来做,在我进行褒扬的同时加上几句批评,这无损于我对这位诗人抱有的恭敬之情,当然,我会采用艺术的手法来委婉地表达。但是,先生们,我不这样做。你们只要想到,我一生都忠实于我的信念,如果我偶然对勒梅西埃先生提出保留意见,这些意见也许主要针对敏感而关键的一点,也就是说关于风格,我觉得这事会影响作家的前途,想到这些,我毫不怀疑,先生们,你们将会理解我的谨慎,会同意我沉默不言的。再说,我在一开始就说过,现在我应该重申,我是谁?谁给我资格来解决如此复杂、如此严肃的问题?我哪有替别人解决的权威?只有后代——这又是我的一个信念——才拥有权利对杰出的人物作出最终的判断和评价。后人只有在看到他们作品的全貌、范围以及前景之后,才能说他们有怎样的迷惑、怎样的失误。如果现在就要在你们面前扮演后代这样隆重的角色,对一个杰出的人物提出责备或者责难,这个人至少应该或者自视为同时代的翘楚才行。而我,既不想享有这种特权,也不愿如此自命不凡。是幸事,亦不是。

此外,先生们,每当谈起勒梅西埃先生时,总要回到这一点。无论他的文学作品如何登峰造极,他的人品、性格或许要比他的文学更加完美。

只要他相信,他有责任与他认为不公的政府作斗争,他就可以为此牺牲自己的财产。本来在革命后已经恢复的财产,又被帝国夺走了。他牺牲自己的时间,牺牲自己的睡眠,牺牲自身的安全,这些可都是家庭幸福的保障啊。更难能可贵的是，作为诗人，他连自己作品的命运都不顾及了。从来没有哪一位诗人比他更加英勇地用自己的剧作去进行战斗。他给审查机关寄去剧本，就如同一位将军派自己的士兵去冲锋陷阵。一篇剧被毙掉，立即补上另一篇，虽然不幸同遭厄运。先生们，我怀着可悲的好奇心去了解和衡量这一场斗争对《阿伽门农》的作者的名声造成多大的伤害。——不算被公安委员会因有害哲学之名而被禁演的《以法莲的利未人》①；不算因不合共和国需要而被国民公会禁演的《革命的达尔杜弗》；不算因敌视王权而被复辟王朝禁演的《痴呆的查理五世》；也不算据说一八二三年被侍卫们喝倒彩的《堕落者》；我仅仅根据帝国审查机关的文书，找到的结果如下：《宾多》上演了二十次之后被禁，而《普劳图斯》则是上演七次后被禁，《克里斯朵夫·哥伦布》有军人守卫，在刺刀的尖刃上演出十一次后被禁，《查理大帝》禁演，《卡米耶》禁演。在这场令当局蒙羞而荣耀诗人的战斗中，勒梅西埃在十年中有五部大剧被刺身亡。

有时，他为了自己的权利和自己的思想曾经直接对波拿巴本人提出强硬的抗议。有一天，在一次几乎是要让两人彻底决裂的辩论中，主子突然停了下来，对他说："你怎么啦？你怎么涨红了脸啦？""那你脸怎么白了？"勒梅西埃先生骄傲地反驳道，"你和我，我们俩就是这样子。有事情激怒我们时，我是红脸，你是白脸！"随即，他再也不去见皇帝了。直到有一次，一八一二年一月，在拿破仑青云直上达到顶峰时，在他的《卡米耶》无端被禁演后的几周，在他已经绝望从此不打算在帝国上演任何剧本的时候，他作为研究院的院士不得不去杜伊勒里宫。拿破仑看见他，径直走了过去。"你好哇，勒梅西埃先生，你什么时候给我们写一部漂亮的悲剧呀？"勒梅西埃先生盯着皇帝看了看，丢下一句话："快了，我等着！"这句话好可怕！像是先知的预言，而不

---

① 以法莲的利未人：以法莲即约瑟的次子，生于埃及(《创世纪》)，意思是"使之昌盛"。利未人指以法莲的后代，是以色列十二支派之一的以法莲支派。约瑟的父亲雅各（即以色列）临终坚持立以法莲在玛拿西（约瑟的长子）之前。约瑟生前得见以法莲第三代的子孙(《创世纪》)。

是诗人的话！这句话是在一八一二年初说的，竟然预示了莫斯科、滑铁卢和圣赫勒拿岛！

在这颗无声而严肃的心里，对波拿巴的同情并没有完全熄灭。在他生命的最后那段时间，年龄非但没有熄灭他的热情，反而使他重新燃烧起来。几乎是去年的这个时期，就在五月的某天上午，巴黎有消息传来，说英国终于为自己在圣赫勒拿岛的行为感到羞愧，决定把拿破仑的棺材还给法国。勒梅西埃先生已经疾病缠身一个多月，他叫人拿来报纸。报纸上果然报道说有一艘三桅战船将要驶向圣赫勒拿岛。老人站了起来，他脸色苍白，颤颤巍巍，泪眼婆娑，当有人给他念到"贝特朗将军去迎接他的主人皇帝……"时，"我呢？"他喊道，"我要是能去迎接我的朋友第一执政该有多好！"

八天之后，他离世了。

"哎！"他可敬的妻子对我讲起了这些痛苦的细节，"他不是去迎接他，他更加诚心，他去与他相聚了。"

我们刚刚对这位伟大诗人的人生作了匆匆的回顾，现在我们要从中得出一些启示。

勒梅西埃先生是这等罕见的人物，他的精神在寻求这样一个严肃而深刻的问题的答案：面向不同的时代、民族和政府，文学究竟应该作何反应？

今天，路易十四古老的国王宝座、国民公会、专制国家的荣光、绝对的君主政体、共和专政、军人独裁，所有的一切都已经烟消云散。随着我们新一代人，年复一年向着未知的目标驶去，这三座大山，勒梅西埃先生在人生的道路上先后翻越过的、热爱过、审视过、也反抗过的三座大山，从今以后都将逝去，逐渐隐没在往昔记忆的浓雾中。诸王只是几个幽灵，国民公会只是一个回忆，而皇帝，则是一座坟墓。

只是这三者所包含的思想还未消失，死亡与崩溃分析出他们固有的本质价值，仿佛是穿越了他们的灵魂一般。上帝有时候将一些思想放入某些事物中，放在某些人身上，如同装满鲜花的花瓶，花瓶碎了，思想的芬芳散发出来了。

各位先生，代代相传的王族包含了历史的传统，国民公会则包含了革命的发展，拿破仑包含了国家团结。传统诞生稳定，发展诞生自由，团结诞生力量。而传统、团结和发展，换而言之，就是稳定、力量和自由，这就是文明。树根、树干、树叶，这就是一棵完整的文明之树。

各位先生，传统对于这个国家是很重要的。法国并不是由一块殖民地猛然变成的国家，不像美洲国家。法国是欧洲不可分割的一部分，现实不能与历史割裂开来如同土地之无法割裂。因此，据我看来，我们最近的这次革命非常重要、非常猛烈、非常睿智。我们以令人赞叹的本能体悟到：既然王权国家需要王族，那么王族就应当在某些时候以支系间的继承来取代君主间的继承；这次革命非常理智地选择了一个宪政元首——杜穆里埃和克勒曼副长官、亨利四世的孙子、路易十三的侄孙；这场革命用充分的理由把古老的王族改造成为年轻的王朝，这既是君主的，又是人民的，它的历史充满过去，它的使命充满未来。

但是，如果说历史传统对法国是重要的，那么自由发展对她来说会更重要。注重思想的发展是她的特色。法国依传统而存在，靠发展而存续。先生们，我刚才让你们回想起三十年前法国的强大和美好，但愿我不会令诸位产生大逆不道的想法，借助那些所谓不言自明的反差来贬低、凌辱今天的法国，使她泄气。我们可以心平气和地说——我们无需为这样显而易见的简单事实提高嗓门——法国的今天依然如同往昔一样伟大。自从法国五十年前开始自我改造以来，她经历了一个返老还童的过程。法国似乎把她的时间和任务分成了两等份，前二十五年的时间，她把自己的军队强加给了欧洲，后二十五年的时间，她在欧洲传播自己的思想。法国靠她的新闻界号召各个国家，靠她的书籍影响人类的精神世界。这是一个创举，通过战争实现统治后，她又以和平的方式实现思想上的统治,这是法国在世界上推行自己理念的历程。法国提议的事情立即引起全人类的参与和讨论,她的思想正慢慢地渗透到各个政府,使他们得到净化。由此,人类正在逐步由恶向善转变,避免了各种激烈的动荡之苦。其他各个民族强有力的心跳都来自法国。各大行事审慎的国家、对未来忧心忡忡的国家,吸收法国有益的思想注入到自己古老的血液中,不是用来治病,请原谅我的这一表达,而是在接种进步的、预防革命的疫苗。也许法国在世界上的权势范围暂时已经缩减,不,当然不是指在那张由上帝描绘的世界地图上,不是用江河、海洋和山脉标记的永恒的地图,而是指在这张瞬息万变、由胜利与外交红蓝笔迹相勾勒、每隔二十年重画一次的地图上。这又有什么关系呢!在一定的时间内,上帝总会把未来的一切都收进他的盒子里去。法国的形态是由上天注定的。此外,如果各种联盟、各种对抗、各种代表大会建成一个法国,而诗人和作家建成另一个意义上的法国。除了那可见的边界外,这伟大的国家还有不可见的另一条边境,一直延伸到没有人类语言的地方,即是说,一直延伸到人类文明世界的边界上。

还有几句话,先生们,还请你们再耐心听片刻,我将要结束讲话了。

你们看到,我是永远心怀希望的那种人。请原谅我的缺点,我赞赏我的国家,我也同样热爱我所处的时代。不管别人怎么说,我都不相信人类正日益渺小,我更不会相信法国正在逐渐衰弱。我觉得上天不会这样安排。天主为古人建成了罗马,又为今人建造了巴黎。我觉得,上帝之手是看得见的,在一切事情上不断借优秀民族之手去改造宇宙,借杰出人物之劳动去改善优秀的民族。对,先生们,尽管有人抨击和诽谤,不喜欢我这个盲目的旁观者,但我相信人类,我对我的时代有信心;尽管有人怀疑和审视,不喜欢我这个耳聋的倾听者,但我信仰上帝,并对它充满信心。

所以,我们的国家没有什么东西在退化,没有。各国各民族的火炬永远高举在法国人手中。这是个伟大的时代,我如此认为——虽然我个人是渺小得不值一提，但我有权利这么说！——法国在科学上是伟大的，在工业上同样是伟大的，在雄辩、诗歌和艺术上也依然伟大。一代代新人，但愿至少会由他们中间最微不足道的人来说句迟到的公道话。他们已经虔诚地、勇敢地继承了父辈的事业。歌德死后，德国的思想销声匿迹；拜伦和瓦尔特·司各特死后，英国的诗歌默默无闻；此时，全宇宙唯一闪亮而生动的文学，就只有法国文学。从彼得堡到加的斯，从加尔各答到纽约，大家只读法国文学。全世界从中受益，比利时借此维生。在三个大洲的陆地上，哪儿有一种思想在发芽，哪儿就曾种下一本法国的书。所以，我们要向年轻的一代人致敬，向他们所取得的成就致敬！今天在座的有高超的作家、高贵的诗人、杰出的大师，都温情地指望着在思想这片永恒的田野里有黑马奔驰。啊！但愿这些青年才俊能信心十足地转身面向这座会议大厅！如同在十一年前，我杰出的朋友马丁先生在你们中间就座时说的那样："你们不会让任何一个人留在门外！"

愿这些年轻人，这些天才，这些法国文学伟大传统的后继者不要忘记：新的时代有新的责任。今天的作家，任务没有以往那么危险，但更加崇高。不再如一七九三年要保卫王权，反对断头台，或者如一八一〇年拯救言论的自由，但仍有文明需要传播。作家无需再如安德烈·舍尼埃那样，交出自己的脑袋，也不用像勒梅西埃那样牺牲自己的作品，他只需要奉献自己的思想。

奉献自己的思想——请允许我在此庄严地重复我曾经说过的话、写下的字。在我有限的能力范围内，这始终是我的法则和目的——把自己的思想贡献于不断发展的人类和平；鄙视群氓，热爱人民；既要适时地远离政党，又要尊重多方面的丰富的创新；既要在需要时抵制政权，又要向政权寻求支点。有人认为这支点是神圣的，有人认为这支点是人性的，但人人都认为它是神秘而有益的。没有这个支点，任何政府都会动摇。要时时对照世间的法律和天主教的律法，对照刑罚制度和福音书；每当新闻界的工作符合时代前进的步伐，要与之并肩作战；倾听处在黑暗中的人们的心声、痛苦和想法，对他们表示同情，鼓励他们打破闭塞、窒息的空间，去叩响未来之门；要借助剧院，通过笑声和眼泪，通过历史沉痛的教训，通过奇异的想象，撒播令人心动的脉脉温情，在观众的心灵中化作对妇女的怜悯，对老人的尊重；让自然如同上帝的活力一般进入艺术；总而言之，教化人，使思想宁静的光芒照耀在人们头上，这就是今天，先生们，诗人的使命、职责与荣耀。

我对孤独的诗人说的话，我对被孤立的作家说的话，先生们，我斗胆认为也是可以对你们说的。你们对人心、对心灵有着巨大的影响。你们已然成为重要的精神能量之一。三个世纪以来，这个能量自路德起已经开始发生转移，它们已不再只属于教会。对于当今的文明，有两个领域属于你们，即智力的领域和道德的领域。你们的价值、你们的桂冠，并不只限于才华，而是直达道德。法兰西学士院通过哲学家和勤于思考的人士达到永远的一致；通过历史学家和务实的人们达到一致；通过诗人和青年，与妇女相一致；通过制定语言并改写语言与人民相一致。你们立足于国家主要的团体内，并在此水平上补充各个团体的作用，在社会的一切角落里发出光芒，并且让思想这股微妙的力量，可以说是有生命的力量，去到法典这僵硬的文本不能深入到的地方。所有其他的权力确保、调整着国家的外部生活，而你们，治理内部生活。其他权力制定法律，而你们，制定风俗。

然而，先生们，不要走过了头。不要进入宗教问题，不要进入社会问题，甚至不要进入政治问题，任何人都不会有最终的解决方法。在现代社会中，真理的镜子已经摔碎了。每个政党捡起一块碎片，思想家努力拼这些碎片，但大部分碎片摔成奇形怪状，有些还沾上了泥巴，有的，唉，还沾着鲜血！要把这些碎片好歹拼凑起来，除了几块破损外，重现总体的真理，只需要一个智者；而把碎片连成整体，还其完整形貌，则需要上帝。

没有任何人更像这位智者——先生们，请允许我在结束时念出这个令人尊敬的名字，我对他永远有一种特殊的恭敬之情——没有人比马勒泽尔布①更像这位智者，他同时是伟大的作家、伟大的法官、伟大的大臣和伟大的公民。只是，他来得太早，他更像是要结束革命的人，而不是开始革命的人。未来的震动不知不觉地被当前的进步所吸引；民风的淳朴，由学校、工厂和图书馆负责教育；而由法律和教育逐步提高人的素质，这就是任何一个良好的政府，任何真正的思想家都应该向自己提出的严肃目标；这就是马勒泽布在他几次过于短暂的担任部长期间给自己规定的任务。一七七六年以后，他感到以后十七年将要扫荡一切的风暴来临，他匆匆忙忙地将摇摇欲坠的君主制度系在这个结实的基础上。若不是缆绳断了，他本可以拯救国家，拯救国王的。可是——愿这对于任何想要模仿他的人都是一种鼓励——如果连马勒泽布本人也不复存在，至少，在这进行革命，忘怀一切的岁月里，人民对他留下来的记忆，是不可磨灭的。如同沉没在暴风雨中的大船，古老的铁锚永远地留在海底，一半被埋进了沙里。

---

① 马尔泽尔布：法国政治家，大革命中被处决。

à Jacques et Coco Lartigue
Amicalement
A. Dongen

江苏文艺
世界大师
果壳宇宙

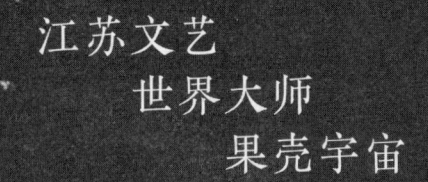

热情
情怀 勤勉 革新
善良 豁达 澄明 睿智
沉稳 平衡 神秘
浪漫

人类的过去，书写在这里；你的未来，藏在你读过的书中。

人类是一根连接在兽类与超人中间的绳索——
一根悬于深渊上的绳索。
人类之伟大，在于它是桥梁而非终点；
人类之可爱，在于它是过渡也是没落。

每个不曾起舞的日子都是对生命的辜负/尼采

荣光时刻/丘吉尔

不要因为走得太远而忘记为什么出发/纪伯伦

这里有我对生命全部的爱/加缪

这个世界既不属于富可敌国者，
也不属于权势滔天者，
它属于那些有心人。

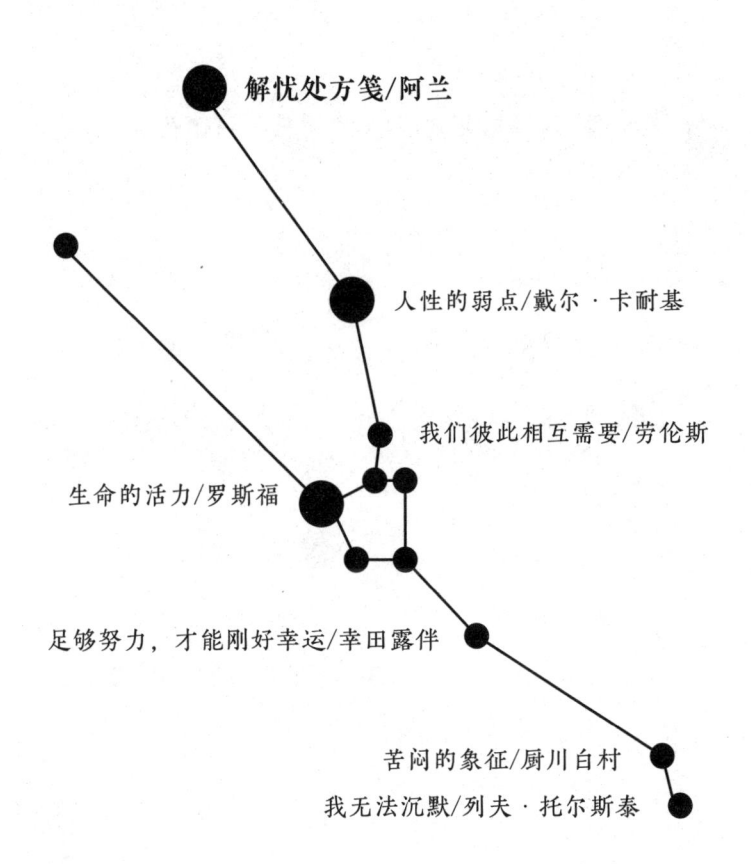

解忧处方笺/阿兰

人性的弱点/戴尔·卡耐基

我们彼此相互需要/劳伦斯

生命的活力/罗斯福

足够努力，才能刚好幸运/幸田露伴

苦闷的象征/厨川白村
我无法沉默/列夫·托尔斯泰

生活的不确定性，正是希望的源泉。

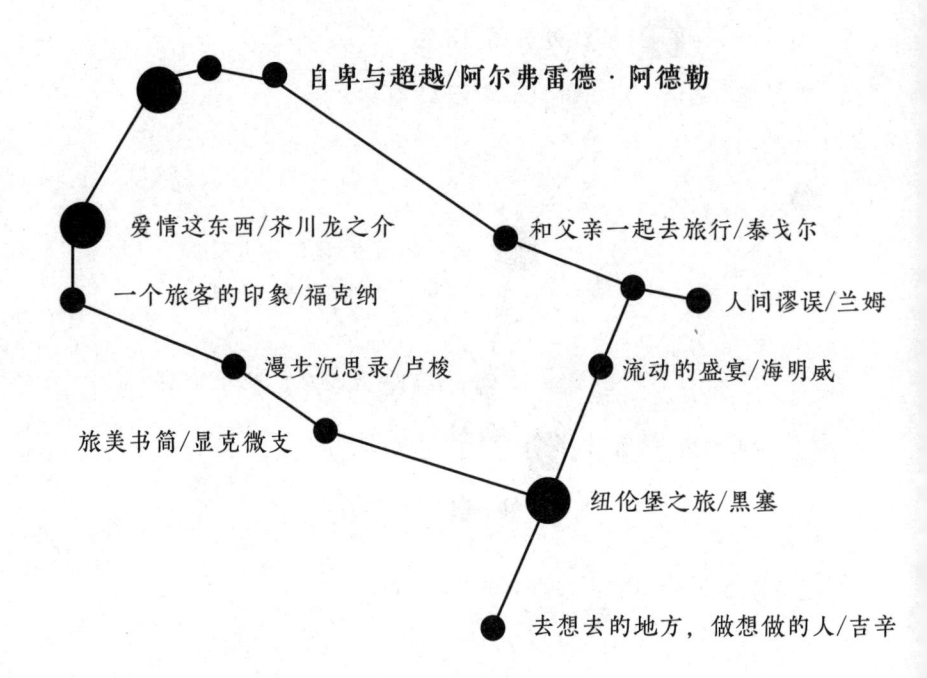

自卑与超越/阿尔弗雷德·阿德勒

爱情这东西/芥川龙之介

和父亲一起去旅行/泰戈尔

一个旅客的印象/福克纳

人间谬误/兰姆

漫步沉思录/卢梭

流动的盛宴/海明威

旅美书简/显克微支

纽伦堡之旅/黑塞

去想去的地方，做想做的人/吉辛

坚定你的信念吧，天会破晓；希望的种子深藏于泥土，它会发芽；
白天已近在眼前，那时——
你的负担将变成礼物，你受的苦将照亮你的路。

你受的苦将照亮你的路/泰戈尔

与世界握手言和/托尔斯泰

善良在左，邪恶在右/契诃夫

上天给我的启迪/德富芦花

诗意地理解生活，理解我们周围的一切——
这是童年最可宝贵的馈赠。

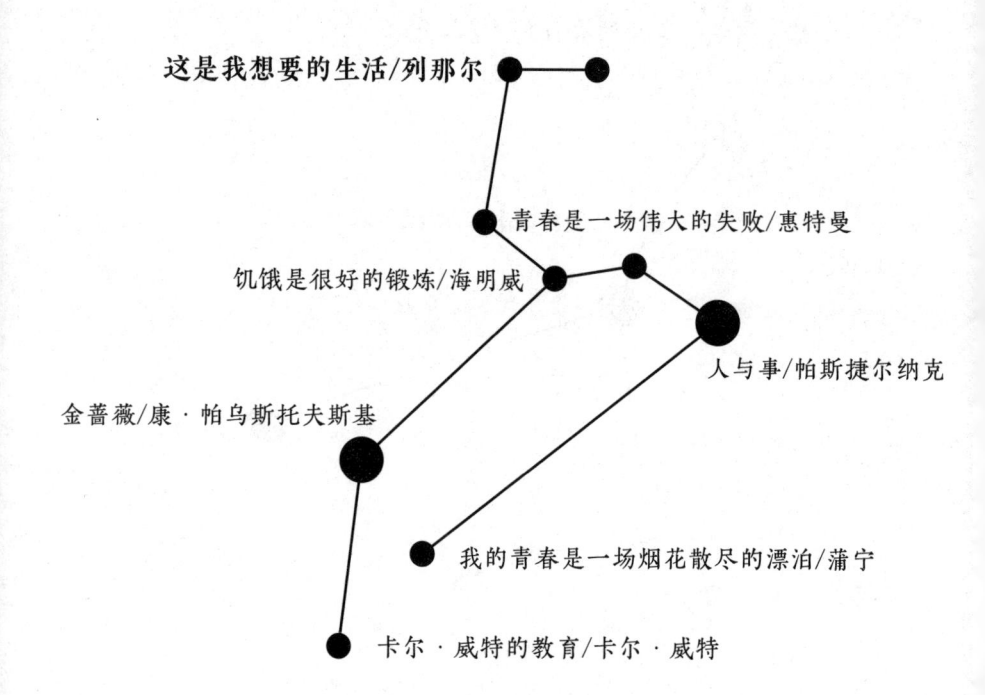

这是我想要的生活/列那尔

青春是一场伟大的失败/惠特曼

饥饿是很好的锻炼/海明威

人与事/帕斯捷尔纳克

金蔷薇/康·帕乌斯托夫斯基

我的青春是一场烟花散尽的漂泊/蒲宁

卡尔·威特的教育/卡尔·威特

我们在这世上的时日不多，
不值得浪费时间去取悦那些卑劣庸俗的流氓。

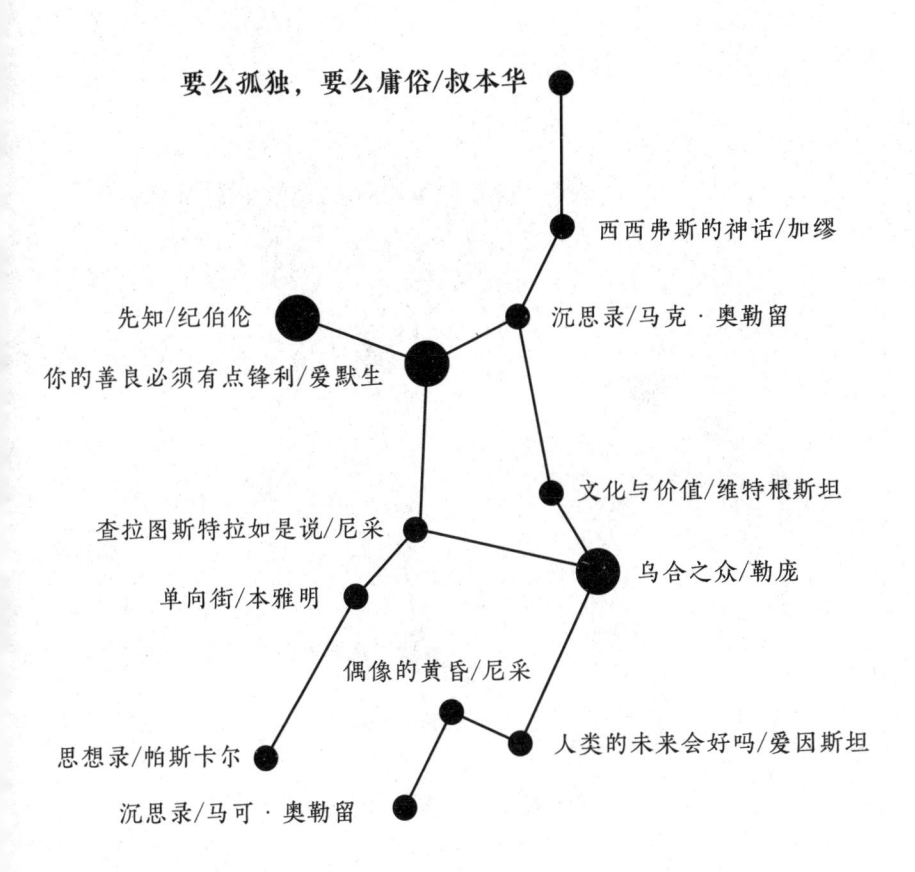

要么孤独，要么庸俗/叔本华

西西弗斯的神话/加缪

先知/纪伯伦　　　　　　　沉思录/马克·奥勒留
你的善良必须有点锋利/爱默生

文化与价值/维特根斯坦

查拉图斯特拉如是说/尼采

乌合之众/勒庞

单向街/本雅明

偶像的黄昏/尼采

思想录/帕斯卡尔　　　人类的未来会好吗/爱因斯坦
沉思录/马可·奥勒留

Virgo

平衡

"可能"问"不可能"道:"你住在什么地方呢?"
答曰:"我就在那无能为力者的梦境里。"

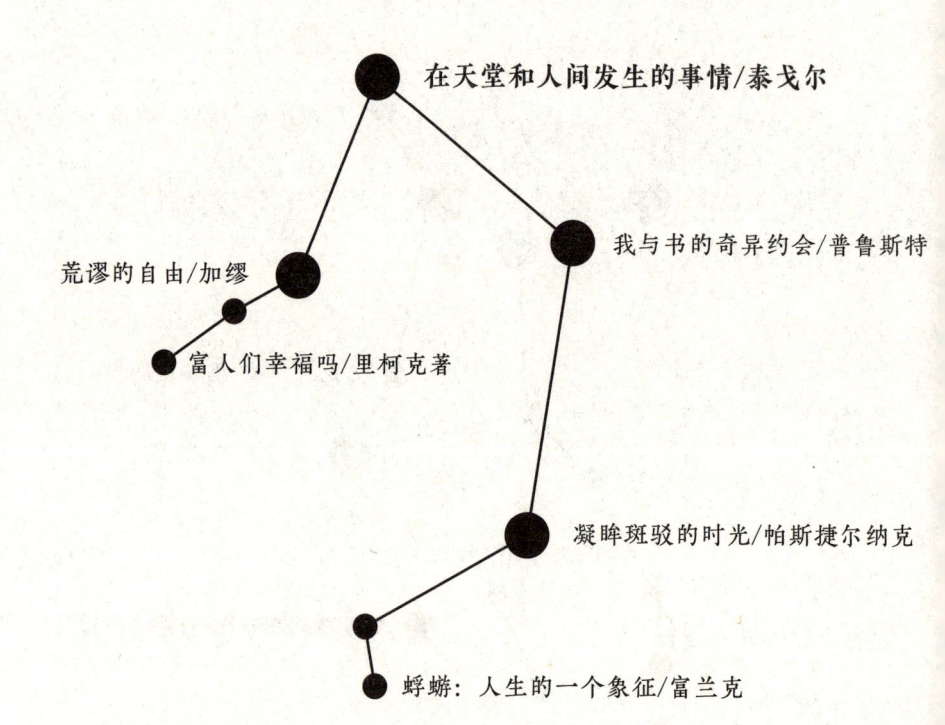

在天堂和人间发生的事情/泰戈尔

我与书的奇异约会/普鲁斯特

荒谬的自由/加缪

富人们幸福吗/里柯克著

凝眸斑驳的时光/帕斯捷尔纳克

蜉蝣:人生的一个象征/富兰克

Libra

神秘

这莫名其妙的世界啊，无论如何令人愁肠百结——
她，总还是美的。

说谎这门艺术/马克·吐温
我们俩有个无言的秘密/蒲宁
歌德谈话录/歌德
皇村回忆/普希金
不合时宜的思想/高尔基
自然史/布封
蒲宁回忆录/蒲宁
蒲宁回忆录/（俄）蒲宁著
我们欢喜异常/奥威尔
动物的心灵/布封
在这不幸时代的严寒里/卡夫卡
戴面具的生活/奥尼尔
金眼睛的玛塞尔/法朗士
名人传/罗曼·罗兰
我的哲学的发展/伯特兰·罗素

Scorpio

世界上最宽阔的是海洋，
比海洋更宽阔的是天空，
比天空更宽阔的是人的胸怀。

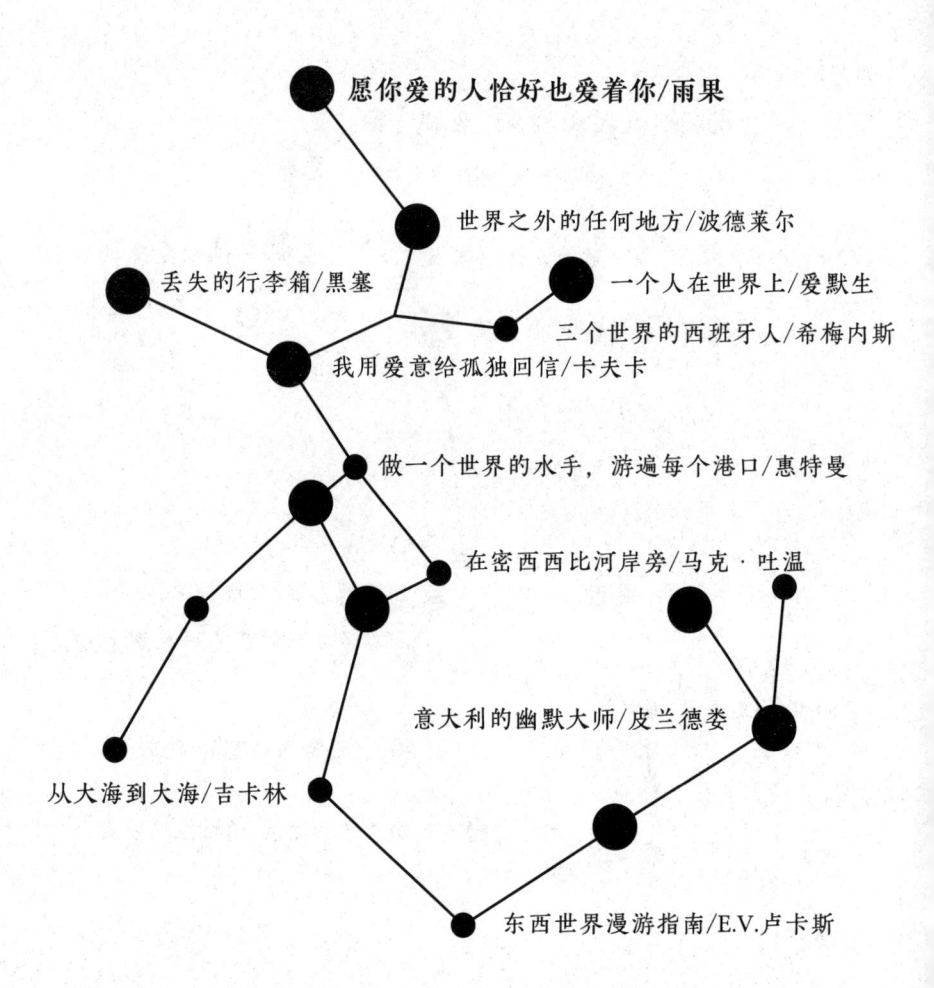

愿你爱的人恰好也爱着你/雨果

世界之外的任何地方/波德莱尔

丢失的行李箱/黑塞

一个人在世界上/爱默生

三个世界的西班牙人/希梅内斯

我用爱意给孤独回信/卡夫卡

做一个世界的水手，游遍每个港口/惠特曼

在密西西比河岸旁/马克·吐温

意大利的幽默大师/皮兰德娄

从大海到大海/吉卡林

东西世界漫游指南/E.V.卢卡斯

谁将声震人间，必长久深自缄默；
谁将点燃闪电，必长久如云漂泊。

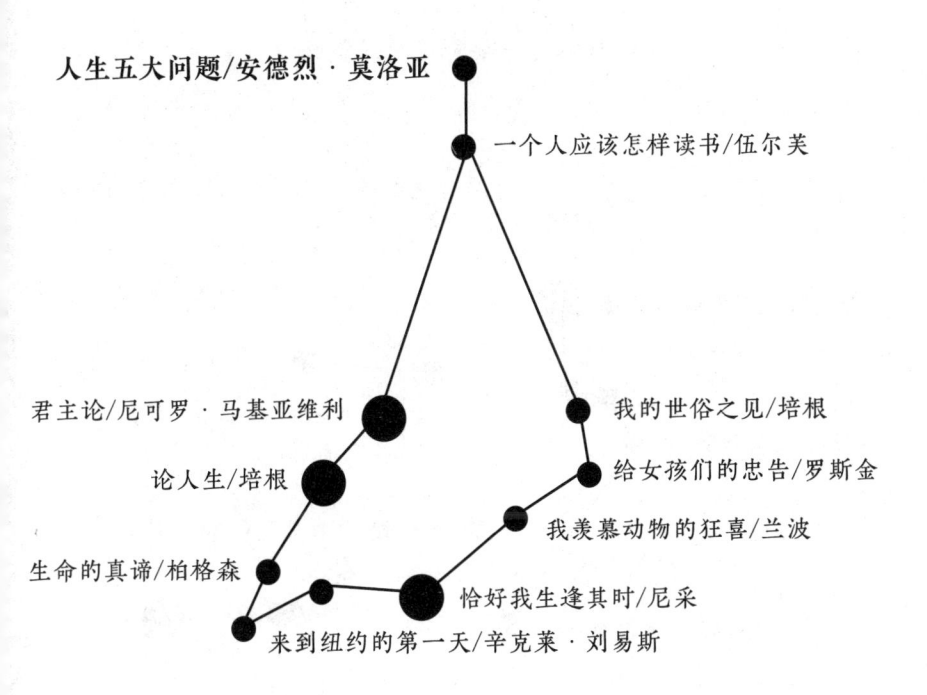

人生五大问题/安德烈·莫洛亚

一个人应该怎样读书/伍尔芙

君主论/尼可罗·马基亚维利

我的世俗之见/培根

论人生/培根

给女孩们的忠告/罗斯金

我羡慕动物的狂喜/兰波

生命的真谛/柏格森

恰好我生逢其时/尼采

来到纽约的第一天/辛克莱·刘易斯

我们的整个生命是一场惊人的道德之争，
人，你本该活得荣耀。

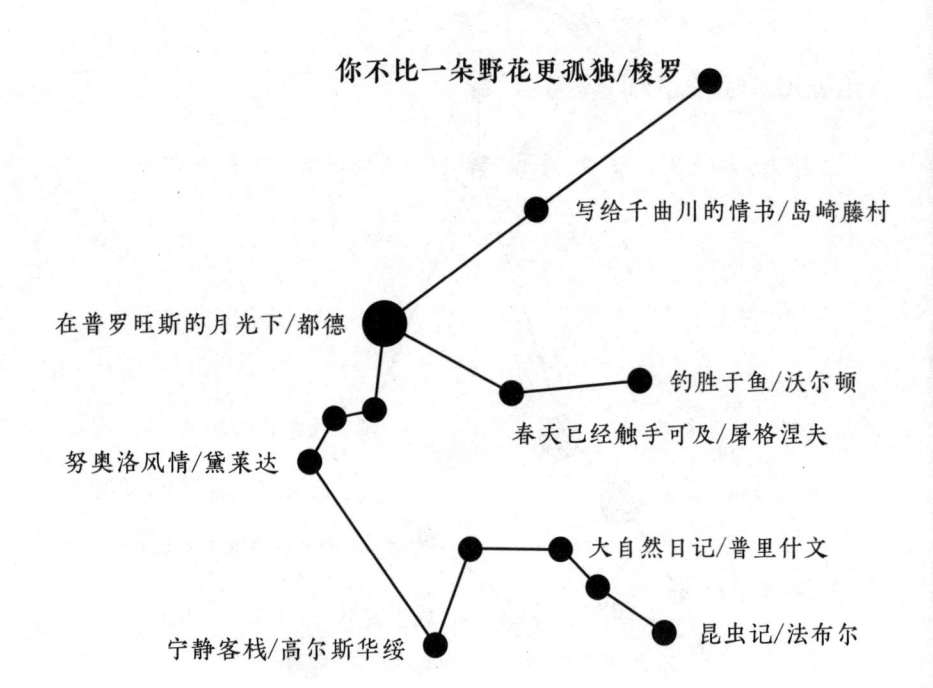

你不比一朵野花更孤独/梭罗

写给千曲川的情书/岛崎藤村

在普罗旺斯的月光下/都德

钓胜于鱼/沃尔顿

春天已经触手可及/屠格涅夫

努奥洛风情/黛莱达

大自然日记/普里什文

昆虫记/法布尔

宁静客栈/高尔斯华绥

Aquarius

你我相知未深,

因为我不曾与你同在一片寂静之中。

我想为你连根拔除寂寞/夏目漱石

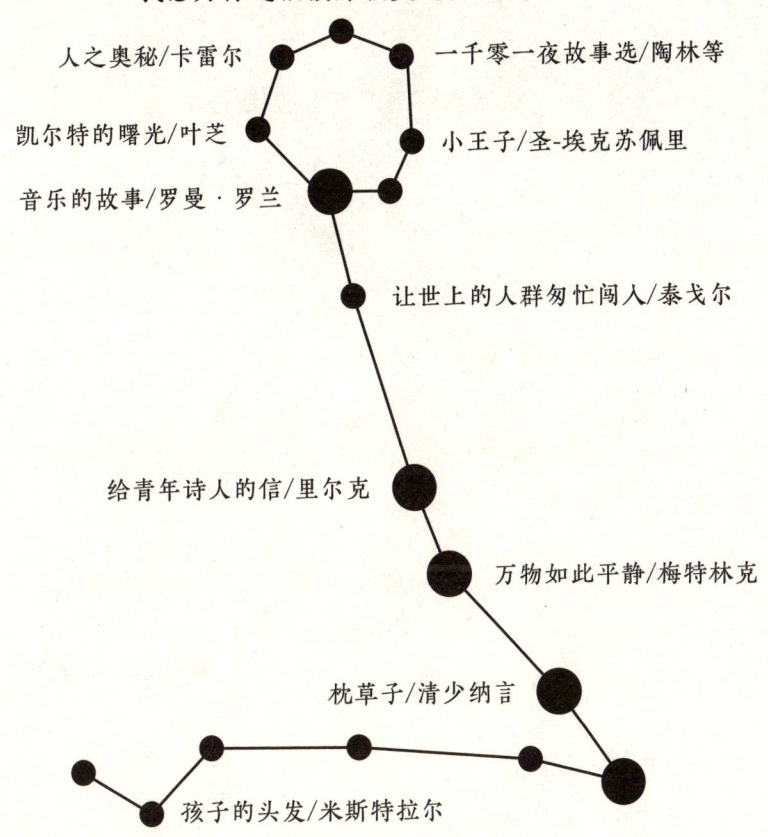

人之奥秘/卡雷尔　　　一千零一夜故事选/陶林等

凯尔特的曙光/叶芝

小王子/圣-埃克苏佩里

音乐的故事/罗曼·罗兰

让世上的人群匆忙闯入/泰戈尔

给青年诗人的信/里尔克

万物如此平静/梅特林克

枕草子/清少纳言

孩子的头发/米斯特拉尔

Pisces